人殺し

新装版

明野照葉

ハルキ文庫

角川春樹事務所

目次

人殺し

プロローグ

一九八八年三月　板橋救急医療センター・小児科処置室

ああ、ああ、ああ……、ああ、ああ、ああ……。

午前三時。

蛍光灯の明かりが鈍く沈んだ病院の廊下に、女の声が響いていた。まるで言葉になっていない。理性の箍《たが》がはずれた感じのする、気が触れたような喚《わめ》き声だった。

ああ、ああ、ああ……、ああ、ああ、ああ……。

波立つような震えを含んだその声が、深夜の静寂をひきちぎり、絶え間なく院内に響き渡る。廊下をすれ違う看護師同士が、沈痛な面持ちをとり繕い、ちらりと目と目を見交し合って言葉抜きで語り合う。「駄目だったのね」「そのようね」——。

ああ、ああ、ああ……、ああ、ああ、ああ……。

声はなおも響き続ける。診察室のなかでは、女が寝台に縋《すが》りつくような恰好《かっこう》で、床の上に坐り込んでいた。まだ二十代前半だろう、痩《や》せ型の歳若い女だった。いくぶん骨ばった背中に、うしろでひとつにまとめられた長い髪が垂れている。喚きにも等しい叫び声は、その女の口から上がっていた。寝台の上に乗っているのは、ごくごく小さな肉体でしかない。生後五ヵ月、まだ0歳児の赤ん坊だ。

「まゆ……」

女の口から、ようやく言葉と思《おぼ》しき声が漏れた。が、それもすぐにまた意味をなさない喚き声にとって代わった。

ああ、ああ、ああ……、ああ、ああ、ああ……。

女のかたわらには、当直医と、ひと組の男女が立ち尽くしていた。

男の方は、嘆き声を上げている女の夫であり、亡くなった赤ん坊の父親だった。彼は血の気の失《う》せた顔色をして、死んでいったわが子を黙って見つめていた。男の隣で同じように立ち尽くしているのは彼の母親――、死んだ赤ん坊にとっては、祖母に当たる女性だった。彼女も息子同様、色をなくした顔をして、寝台の上の赤ん坊を茫然《ぼうぜん》たる面持ちで見つめている。その表情には、目の前の現実を頑《かたく》なに拒もうとするような凍《い》てつきが窺《うかが》われ、瞳さえもが色褪《あ》せてしまっている。が、やがて彼女の表情に、きりきりとした苛《いら》立《だ》ちを感じさせる棘《とげ》が芽生えはじめた。

ああ、ああ、ああ……、ああ、ああ、ああ……。

その声に、きゅっと眉《まゆ》を顰《ひそ》めて顔をひきつらせたかと思いきや、彼女はいきなり両手で自分の耳を覆った。これ以上、嫁の嘆き声を耳にするに忍びないというよりは、声を聞きたくないという険のある顔つきをしていた。彼女の目が、寝台の上の赤ん坊から床の上の嫁の背中に移される。灰色がかった彼女の目の底に、冷たい憤りの色が垣間見えた。

「もうやめてちょうだい」

もはや我慢がならぬというように、彼女は両手で耳を覆ったまま、嫁の背中に向かって言葉を投げつけた。声もきんと尖《とが》っていたが、まなじりもまたつり上がっていた。

「そんな声をだして泣くのはやめてちょうだい」

床の上の女が半分うしろを振り返り、ちらりと見上げるように姑に目を向けた。けれども、女はすぐに顔を元に戻し、またぞろ声を上げて泣きはじめた。

ああ、ああ、ああ……、ああ、ああ、ああ……。

「もうやめてちょうだいって言っているじゃないのっ」

嫁の泣き声から逃れようとするかのように診察室をでると、彼女は廊下のレザー張りのベンチに崩れ落ちるように坐り込んだ。とたんに自らの肉体を支えていたつっかえ棒がくたりと萎《な》えたようになって、背が丸まって首が垂れた。真由《まゆ》が死んだ。それがいまもって信じられない。

「母さん——」

息子の声に顔を上げた時、先刻まではからだの内で凍りついたようになっていた涙がいつしか瞳からとめどなく溢《あふ》れでて、頬《ほお》をぐっしょりと濡《ぬ》らしていることに彼女ははじめて気がついた。上向けた顔から顎《あご》を伝わり、首筋にまで涙がこぼれ落ちていく。

彼女は言った。自然と涙声になっていた。

「真由ちゃん、まだ一歳のお誕生日も迎えていなかった。たったの五ヵ月……そんなのってある？　あんまりよ」

乳幼児突然死症候群、乳幼児急性不測死――、SIDS、あるいはSUDなどと呼ばれる。原因はいまだ特定されていないが、生後六ヵ月以内に発生する確率が圧倒的に高い。

真由は三〇〇〇グラム弱と、どちらかというと小さく生まれてきたし、生まれてからも、べつに丸々と太った見るからに健康そうな赤ん坊ではなかった。マシュマロのように色白でふわふわとした感じのする、女の子女の子した赤ん坊。とはいえ、見た目よりもずっと丈夫で、発育状態にも健康状態にも問題はなかった。ここにきて表情も格段に豊かになって、祖母と孫として、あるいは人と人として、真由と意思の疎通が図れるようになってきたことに、彼女も大きな喜びを覚えていた。額《ひたい》に薄く小さな八の字のような線があるのが生まれた時からの真由の特徴だったが、それさえもが、彼女にはいとしい徴《しるし》に思えていた。真由が大きな黒い瞳をくりくりさせてものを見る時の顔は、どこの赤ん坊に比べても、愛くるしさで勝っていたと思う。これからが、本当にかわいい盛りだった。それなのに――。

「あの子、元気だったわ」繰り言のように彼女は言った。「昨日だっていつもと変わりなかった。それがどうして？」

「かわいそうに」

　ああ、ああ、ああ……、ああ、ああ、ああ……。

　診察室からは、まだ箍がはずれたような嘆き声が聞こえてくる。彼女は思わずまた自分の両耳を手で覆っていた。

「弘俊《ひろとし》。やめさせてちょうだい。あの泣き声、何とかして」

「……」

「ねえ、弘俊。真由ちゃんはどうして死んだの？　何で死ななければならなかったの？」

　返す言葉をなくして黙り込んだ息子を見上げ、涙で濡れたままの顔で彼女は言った。自然と詰問するような口調になっていた。彼は瞳を翳《かげ》らせてから、自分に向けられた母親の目から視線をはずすように、唇を真一文字に引き結んだままの顔をやや俯《うつむ》けた。

　窒息、気管支炎、気道炎、心疾患……特定されてはいないものの、乳幼児突然死症候群の原因はいろいろと言われている。だが、母親が今、自分に尋ねているのがそういうことでないことは、彼もよく承知していた。

　ああ、ああ、ああ……、ああ、ああ、ああ……。

　彼女は顔をひきつらせ、一度ははずした手を、また自分の両耳にあてがった。

「何なのよ、あれは」吐き捨てるように彼女は言った。「堪《た》えられない。あの人は、わざとらしいのよ！」

「母さん――」

「あの人、おかしい。私、前から思ってた。こうなってみてようやくはっきりしたわ。だけど弘俊、遅すぎた」そこで一気に涙声になり、声にも気弱な震えが生じた。「真由ちゃんが死んでしまった後ではどうにもならない」

ああ、ああ、ああ……、ああ、ああ、ああ……。

廊下には、まだ狂ったような喚き声が聞こえてくる。

「真由ちゃんが死んだのはあの人のせいよ」

そう言った彼女の声は冷えていた。一方でその声は、揺るがしがたい確信に満ちていて、内に燃えるような憎悪を孕《はら》んでもいた。

言った後、彼女は顔を覆って泣きはじめた。むせび泣くような嗚咽《おえつ》の声が漏れる。そのかたわらでは、今もあの声が響いていた。

ああ、ああ、ああ……、ああ、ああ、ああ……。

違う、そういうことじゃない——、母親に対して言わねばならないと思った。が、言葉が咽喉《のど》のあたりにつかえて音にならない。また、言ったところで慰めにならないこともわかっていたし、彼自身、何がどう違うのかを明確に言葉にしてみせるだけの自信がなかった。

目の前でむせび泣いている女の息子。診察室で狂ったような喚き声を上げている女の夫。たった五ヵ月この世に存在しただけで息をすることをやめ、もはや冷たくなってしまった小さすぎるぐらいに小さな女の子の父親。三者の役割に身を引き裂かれそうになりながら、彼は母親の前に立ち尽くしていた。

三月。春というにはまだ浅い未明の空気の冷たさが、院内の隅々にまで染み渡っていた。しかし、二人は空気の冷たさも、それに浸されてからだが冷えきっていっていることも、どちらも感じる余裕を失っていた。

ねえ、弘俊。真由ちゃんはどうして死んだの？　何で死ななければならなかったの？

――、先刻母親が口にした言葉が、彼の耳のなかで繰り返される。それが自分自身の思いでもあったことに、その時ようやく彼は思い至った。真由はどうして死ななければならなかったのか――。

ああ、ああ、ああ……、ああ、ああ、ああ……。

異様なトーンの嘆き声が、執拗《しつよう》なまでに繰り返されている。

ああ、ああ、ああ……、ああ、ああ、ああ……。

鼓膜に押し寄せる津波のような声からわが身を守ろうとするように、彼もまた母親と同じように、両手で耳を覆っていた。

第一章　おぼろ月

二〇〇三年　東京都文京区本郷《ほんごう》

1

目が合っているのに合っていない。黒目のなかで、視点がよそに逸《そ》れている。それが最初、野本泰史《のもとやすし》が水内弓恵《みずうちゆみえ》に対して抱いた印象だった。

住めば都、とはよく言ったものだと思う。泰史は学生時代から十年以上、文京区の本郷で暮らしている。駅でいったら、地下鉄丸の内線の本郷三丁目駅だ。大江戸線も通るようになっていっそう便利になってしまったから、なおのこといまさらどこかに引っ越す気持ちになれない。今は南北線の東大前駅もできたが、本郷三丁目駅といえば、昔から東大本郷キャンパスの最寄り駅だった。ただし、泰史は東大に通っていた訳ではない。通っていたのは池袋にある私大だ。妹の萌子《もえこ》には、「まるで東大にはいれなかった仇《かたき》をとろうとするみたいに、しつこく本郷に住み続けているわね」と揶揄《やゆ》されるが、泰史ははなから東大など受験していない。それは萌子も承知のことだ。本郷に住みはじめたのは、弾みのようなものだった。それが二十歳の時だから、思えば今年で丸十四年になろうとしている。

社会人になるのを機に、学生時代のいかにもつましげで貧乏臭いアパートからは移った。以降も二度引っ越しをしたが、どちらも同じ本郷だ。とりたてて本郷のどこが気に入ったということもない。強いていえば、夜、赤門に電灯が灯った風景は好きだ。間近におぼろ月を眺めている心地になる。だが、その程度のことならば、きっとどこの町にも見つけられることだろう。住みはじめたのが弾みなら、あとは惰性でここまできたようなものかもしれなかった。

今現在住んでいるのは2DKの賃貸マンションで、いまもって仮住まいの身であることに変わりはない。余所者《よそ》であることも同じだ。もともと地元に馴染《なじ》もうという気持ちはなかった。それでも十四年という月日の厚みか、自然と周囲と顔見知りにもなれば馴染みの店もできる。『琥珀亭《こはくてい》』もそのうちのひとつだった。

『琥珀亭』は、本郷通りを東大とは反対側の西片《にしかた》の方に少しはいったところにある洋食屋で、駅からも泰史の住まいからも歩いて五、六分と、どちらからも近い。オーナーの田島《たじま》寛行《ひろゆき》・美恵子《みえこ》夫婦とのつき合いも本郷の町とのつき合いと同じぐらいに長くなった。

水内弓恵と出逢ったのも、『琥珀亭』でのことだった。

ある晩『琥珀亭』にいってみると、黒に近い濃い茶色のカフェエプロンをした、見慣れぬ女性がいた。濃い茶色は『琥珀亭』では、エプロンのみならずランチョンマットなどにも使われている。いわば店のシンボルカラーのようなものだ。その色のエプロンをして店のなかに立っているのだから、彼女が客であるはずはなかった。

「ああ、ノモッちゃん。こちら、今週から店を手伝ってもらってる人」美恵子が奥の厨房《ちゆうぼう》からでてきて言った。「水内さんていうの。よろしくね」

同じように、美恵子は弓恵にも泰史を紹介した。

「こちらは、学生の頃からうちに通ってくれているお馴染みさんの野本さん。私たちはつき合いが古いから、ノモッちゃんとかノモちゃんなんて呼んでいるけど」

美恵子を間に挟むような恰好《かつこう》で、「どうも」と互いにやや曖昧《あいまい》な挨拶《あいさつ》を交し合った。その時だ。目が合っているのに合っていない——、泰史はそんな印象を抱いた。同時に、摑《つか》みどころのない影の薄さのようなものを感じた。不思議な人だという思いがした。

初対面だから、むろんその時は歳までは尋ねなかった。ただ、自分と同じ世代だろうという感じはした。あとで美恵子から聞いたところによると、弓恵は三十六歳——、『琥珀亭』ではじめて出逢った時から半年が過ぎ、互いにひとつずつ歳をとったから、今年弓恵は三十七歳。三十四歳になった泰史より、三つ歳上ということになる。ほっそりとしたからだつきをしていて、若く見えるといえば若く見える。ただ、彼女には、相手にそうしたことを考えさせない不透明な空気がある気がした。存在そのものがどこか霞《かす》んでいて、現実感に欠けている。

弓恵も本郷に住んでいるということだった。それにしては見かけたことのない顔だと思ったが、それもそのはずで、弓恵は秋口に越してきたばかりで、当時は本郷にきてから二ヵ月にしかなっていなかった。一方で、どこかで会ったことがあるような模糊《もこ》とした感触もあった。本郷の町ではない。今までの人生の道筋におけるどこかの時点で、一度は接触したことがあったような手応《てごた》え。そうはいっても、いくら考えてみたところで記憶に浮上してこないのだから、すれ違ったという程度の接触だったのかもしれないし、単なる泰史の錯覚かもしれなかった。

「だけど、珍しいよね。人を雇い入れるなんてさ」

基本的に『琥珀亭』は、昔から夫婦二人でやっている。店に寛行と美恵子以外の人間がいるというのは、十年以上通っていても、滅多になかったことだった。

「まあね」微妙な面持ちをして美恵子が言った。「寄る年波よ」

言われてみれば、夏を過ぎたあたりから、肩が張って仕方がないと、美恵子がこぼすことがふえていた。二人がまだ活《い》きのいい頃から通っていたので、ふだんは考えたこともなかったが、聞けば寛行は五十六、美恵子も五十三になるのだという。

「五十もなかばになるときついわよ」美恵子は言った。「肩が張るばっかりじゃなくて、ここのところ頭痛もするようになってきたから、思い切って病院にいってきたのよ。そうしたら血圧だって。医者は無理はするなって言うんだけど、こっちは商売しているんだからそうもいかない」

「こいつは店が終わってから食いすぎるんだよ」痩《や》せ型の寛行が、眉《まゆ》を顰《ひそ》め気味にしながら言った。「だから太るし血圧が上がる」

「そんなこと言ったたって」

寛行の言葉に、美恵子は唇を尖《とが》らせて、ぽってりとした頰《ほお》を余計に膨らませていた。珍しく人を雇う決心をしたのだから、きっと泰史にこぼしていた以上にからだがきつかったのだろう。

泰史は、『琥珀亭』に少なくとも週に一、二度はいっている。今はフリーのライターの仕事をしているので、取材にでている時はべつとして、部屋に籠《こ》もって原稿を書いている週などは、毎日のように訪れることもある。本郷で暮らすようになって間もなくのことだから、思えば十年どころか十三年余り、『琥珀亭』に通い続けていることになる。『琥珀亭』に弓恵という新しい顔ぶれが加わったことで、逆に『琥珀亭』でのこの十三年余りの日々が思い出された。

泰史のなかで、『琥珀亭』は赤門の蜜柑《みかん》色をした明かりと結びついている。学生の頃からあの明かりを見ると、自然と『琥珀亭』に足が向くようなところがあった。

「ああ、ノモッちゃん、お帰り。どうだった、試験の方は？　問題のフランス文学の単位は無事取れそう？」

「明日も試験でしょ？　しっかり栄養あるものを食べとかなくちゃ」

暖色の明かりが灯った店のなか、美恵子がまるで母親のように迎えてくれることも多かった。寛行にしても同様だ。身内を迎えるような暖かい笑顔、暖かい言葉。

「え？　またハンバーグ定食？　それじゃ三日連続だろうに。今日はタンシチューが絶対お薦め。絶品に仕上がってる。今日はぜひこれを食べていきなって。え？　いいよ、ハンバーグ定食と同じ値段で。ノモちゃんのことだ、特別、特別」

泰史の側も、寛行の作るものが口に合う。だからこそ、これだけの年月、通い続けることにもなったのだと思う。どの料理も気取りすぎていないし、値段が手頃というのも有り難い。また、メニューにない料理や泰史の好みに合わせたものを作ってくれたりもする。それは今にしても同じことだ。

「ポトフ。これはサービス。本当は賄《まかな》い飯なんだけどな、ノモちゃんの好きな野菜で作ったから食べていきな」

「ノモッちゃんは、私たち夫婦にとってはもはや身内か息子みたいなものだからさ」

二人は言う。

たしかに、『琥珀亭』にはほかの店では感じることのできない寛《くつろ》ぎがある。言ってみれば家のキッチン。それでいて、二人は決して煩《うるさ》い父親でも母親でもない。泰史が自分から何か言いださなければ、あちらから突っ込んで尋ねてくることはない。いわば疑似家族の、適度な距離感の保たれた居心地のよさ。その心地よさは、当初から変わることなく今日まで続いている。だから泰史もさほど意識しないままに、十三年余りもの長きの年月、当たり前のように『琥珀亭』に通い続けてこられた。

したがって泰史は、『琥珀亭』に勤めはじめた弓恵とも、必然的にしょっちゅう顔を合わせることになった。はじめて出逢ったのが昨年の十二月のはじめ。季節は春を通り越し、すでに梅雨にはいりつつある。

弓恵は今も『琥珀亭』で働いている。美恵子との反《そ》りも悪くないようだ。いて邪魔にならないのがいい、と美恵子は言う。

「うちはずっと夫婦二人で気兼ねなしにやってきたでしょ。気配の濃い人だとくたびれちゃうのよ。その点、弓恵さんは」そこまで言うと、美恵子は、ふふ、と半分口に含むような笑いを漏らした。「霞んだ空気みたいっていうか、時々いるのを忘れちゃうぐらい」

背丈の方は百六十センチぐらいだろうか。弓恵は肉の薄い痩せたからだつきをしている。顔の造りそのものは悪くないのだが、おとなしげな顔だちをしている上に表情に乏しく、寂しげな感じがする。化粧もほとんどしていないといっていいぐらいに控えめだ。もともとなのか少し染めているのか、茶色の長い髪をしているが、それもほどけたまま垂らしていることはなく、たいがいうしろでひとつに束ねている。

派手なところはひとつとしてない。口数も少なく、声にしても、空模様でいうなら晴れではなく花曇りだ。彼女は年齢だけでなく、美人かどうかということすら、見る人の意識からぼやけさせてしまうようなところがある。

「あれできちんとお化粧したら、また違うと思うのよ」美恵子は言った。「でも、どうも弓恵さん、お化粧が嫌いみたいね。うちは食べ物屋だから、ごてごて厚化粧されるよりはずっといいけど」

たしかに化粧をすれば色がついて、多少華やかさがでるに違いない。しかし、弓恵は自らそうあることを望むように、ベージュっぽい空気のなかに溶けている。着ているものにしても同様で、あまり印象に残らない中間色をした特徴のない服が多い。見るからにおとなしげで目立ったところがなく、存在感が稀薄《きはく》な女。今はうるさいぐらいに自分を主張する女が大半だ。逆にそんな捉《とら》えどころがない女だから、かえって弓恵は泰史の興味を惹《ひ》いたのかもしれない。瞳のなかで視点が逃げたという、最初の印象も大きかった。

「ノモッちゃんだから言うけれど、雇う時、ひとつだけ迷ったことがあるのよね」ある時、美恵子が言ったことがある。「あの人、一人暮らしなんだけどさ、猫を飼っているっていうから。うちは飲食店だから、本当は動物を飼っている人は使いたくなかったのよね」

三十七歳、独身。今は三十過ぎて結婚もせず、一人暮らしをしている人間も多い。かくいう泰史がその一人だ。とはいえ、弓恵はこれといった仕事のあてもなしに、猫とともにふらりと本郷に越してきた。彼女の場合、ふつうとはそこが違った。

「仕事のあてもなしに……」泰史は美恵子に言った。「もしここで雇ってもらえなかったら、どうするつもりでいたんだろう」

いかに小さなコーポラスでの一人暮らしとはいえ、当然月々かかるものはかかる。なにがしかの収入なしに、人は生きていけない。

「さあねえ」

深読みかもしれない。けれども、泰史はそう言って曖昧に言葉を濁して首を傾《かし》げた美恵子の表情にも、歯切れの悪さのようなものを覚えていた。

2

「これは明治の印判ね。今買おうとしたら、一枚七、八千円すると思う。もともとは銘々皿だわ。それを灰皿に使っているというのが、もったいないというか、何とも贅沢《ぜいたく》」

「この染付《そめつけ》の向附《むこうづけ》も古いものよ。大正……、ううん、やっぱり明治でしょうね。だって、青の色が鮮やかだもの。青というより、正確には藍《あい》ね。双魚の文様自体は伝統的だけど、これは魚の顔もいい」

「箸置きは雲鶴《うんかく》。雲と鶴で雲鶴。雲鶴もいいけど、私は鳥では鷺《さぎ》文も好きだわ」

………


『琥珀亭』が休みの日に、時折弓恵と食事に出かけるようになっていた。彼女は必ずしも日曜日が休みとは限らないが、泰史も仕事が仕事だけに同じことで、向こうの休みに都合を合わせることが不可能ではない。そもそも食事をするだけだ。べつに丸一日をともに過ごそうという訳ではないからどうにでもなる。

二人で食事に出かけるのは、たいがい上野の『伊万里《いまり》』という小料理屋に決まってきつつあった。『伊万里』は、その屋号から察せられるように、主人が小料理屋でなければ瀬戸物屋か骨董品《こっとうひん》屋をやりたかったというぐらいに器好きの店だ。したがって、料理を供する器には、たいがい有田《ありた》・伊万里の古い器を用いている。なかでも色絵や赤絵と呼ばれる鮮やかな色使いのものよりも、青一色の染付が主だ。それが弓恵の好みにぴたりと合った。なかなか買い求めることまではできないというが、彼女が相当な器好きであることは間違いなく、それだけに、弓恵は器に詳しい。

「蛸《たこ》唐草、牡丹《ぼたん》唐草、菊唐草……唐草にもいろいろあるのよね。文様に唐草が用いられるのは、きっと蔓《つる》がどこまでものびるのが、縁起がいいと考えられたからなんでしょうね」

器のこととなると、肝心の料理もそっちのけといった具合で、弓恵の口から澱《よど》みなく言葉が溢《あふ》れでる。それでいて、話が自分のことに及ぶと、とたんに口が重くなるのが常だった。泰史が尋ねているのは、ごくありきたりなことでしかない。以前はどんな仕事をしていたのか。どうして本郷に越してきたのか。本郷にくる前にはどこに住んでいたのか。生まれはどこなのか……知り合えば、会話のなかでふつうにでてくるようなことばかりだ。

そんな程度の問いかけにさえ、弓恵は目線をやや落として言葉を濁す。

最初食事に誘った時も、相当な逡巡《しゅんじゅん》の色が窺《うかが》われた。ただ、泰史が長年『琥珀亭』に通っている客だということは弓恵も承知しているし、田島夫婦が泰史に親近感を抱いていることも、そばで見ていてわかっていたはずだ。ならば一度ぐらいは、という気持ちで、ためらいながらも首を縦に振ったのだろう。

本当に、食事だけのつき合いだが、たまたま最初に連れていったのが『伊万里』だったというのも幸いしたように思う。ここの店ならまたきたい――、案外それが弓恵の側には、重ねて二人で食事にでかけていることの大きな理由になっているかもしれない。

彼女が飼っている猫を見に、一度家を訪ねたこともある。こぢんまりとして清潔な感じのするコーポラスの1DKの部屋だった。物も道具類も少なくて、女性の部屋としてはやや殺風景で素っ気ない印象を受けたが、弓恵の部屋らしいといえばそういえた。残り香のように香《こう》の薫りがほんのりと漂っているその部屋のなかに、タモという名前の白い雄猫がいた。雑種の和猫だ。大きくない。泰史は猫には詳しくないからはっきりしたことはわからないが、まだ仔猫の部類といっていいのではないか。本来コーポラスでのペットの飼育は禁止されている。見つかったら追いだされるかもしれない、と弓恵は語った。

「それでもやっぱり猫が飼いたいの?」

泰史は尋ねた。動物嫌いではないものの、泰史は犬も猫も小鳥も、あえて飼いたいとは思わない。家を空けられないのが困るし、何より世話をするのが面倒臭い。

「そうね」泰史の問いに、小さく頷《うなず》いて弓恵は言った。「ずっと飼ってきたから」

「ずっとって、タモはまだ小さいよね。タモの前にも猫を飼っていたの?」

弓恵が無言で首肯した。

「ふうん。今まで何匹ぐらい?」

一拍挟んだ後、さあ、と弓恵は首を傾げてから言った。

「何匹ぐらいだったかしら……。よく覚えていないけど」

いっぺんに何匹も飼っていたというのならともかく、これまでに自分が飼ってきた猫の数ぐらい、すぐに答えられるのがふつうだろう。しかし、弓恵は、そうした些細《ささい》なことすら、明確に語ろうとしない。

「タモか。変わった名前だな」泰史は言った。「僕はノモちゃんとかノモッちゃんとか呼ばれているから何だか親しみを感じるけど、どうしてタモって名前をつけたの?」

「何となく」

「何となく――」

一事が万事その調子で、何を尋ねたところで、結局ひとつとして明らかにならない。


「変なこと訊《き》くようだけど」

用事があって、弓恵が店を休んでいる日のことだった。泰史は『琥珀亭』の美恵子から、突然のように切りだされた。

「ノモッちゃん、もしかして弓恵さんとつき合ってる?」

月に二度かそこら夕食をともにしていることは事実だが、果たしてそれでつき合っているといえるかどうかは疑問だった。三十を過ぎた男と女だ。本来つき合っているという言葉の内には、当然べつの要素が含まれているだろう。

「まあ、時々夕飯を食いにいったりはしているけど」

泰史はありのままを答えた。泰史の言葉に、ふうん、と頷いた美恵子の顔色はどこか冴《さ》えなかった。冴えない顔色のまま、続けて彼女は泰史に問うた。

「今後は?」

「この先、もっと深いつき合いをしていくつもり？　ノモッちゃんが今、弓恵さんと食事に出かけたりしているのは、そういう前提あってのことなの？」

「え？　今後？　今後って？」

　その問いに、思わず泰史は首を傾げていた。弓恵に関心を抱いていることを否定するつもりはない。彼女のことをもっと知りたいという気持ちがあるからこそ、食事に誘うようにもなった。けれども、肉体的なつながりや今後の関係、あるいは生活といった要素を含めた具体的な未来図のようなものは、まるで持っていなかった。

「だけど、どうして？」逆に泰史は美恵子に問うた。「何だって急にそんなことを？」

「いえね、弓恵さん、三十七歳でしょ」濁りのとれない面持ちをして、言葉を選ぶように美恵子が言った。「女が三十七年生きてくれば、当然その間いろいろあった訳よ。もしもノモッちゃんがまじめに弓恵さんとつき合おうという気持ちでいるんだとしたら、これ、黙認していいことなのかな、なんて思ったりもしたものだから。黙認という言い方も、おかしなものかもしれないけど」

　寛行もそうだが、美恵子もふだんはわりあいはっきりものを言う。その彼女にしては、歯切れの悪いものの言いようだった。

「今のところ、何の明確な意志もないんだけど」泰史は言った。「まあ、こっちも三十四年生きてきているからね、いろいろあったのは一緒といえば一緒《じ》だし」

　あえて笑い飛ばそうとするような泰史に、美恵子が珍しく焦れたような表情を見せた。

「お前の話はまどろっこしいんだよ」

寛行が、奥の厨房からでてきて言った。

「だって……」

「ノモちゃんには、話せることは話しておいた方がいいんだって」

困惑げに黙り込んだ美恵子に代わって、今度は寛行が話をしはじめた。弓恵には、過去に結婚歴がある。子供を産んだ経験もある……。

「へえ、お子さんがいたんだ」

寛行の話に、多少の驚きを覚えながら泰史は言った。泰史の勝手な印象だ。が、弓恵は母親という像に似つかわしくない感じがした。

「でも、今、お子さんと一緒に暮らしていないということは、子供は離婚したご主人が引き取って育てているってこと？」

寛行と美恵子が呼吸《いき》を合わせたように小さく首を横に振った。

「お子さん、亡くなったのよ。ご主人とも、どうもそれが原因で離婚ということになったみたい。夫婦ともに、子供を失った痛手を乗り越えられなかったんでしょうね」

弓恵はいまだにその傷を癒《いや》しきれずにいる、と美恵子は語る。人と関わることが怖い、と弓恵自身が美恵子に漏らしたこともあったらしい。愛することも怖い。出逢えば必ず別れの時がくる。生き別れであれ死に別れであれ、もはや別れを味わうことに、自分の神経は堪えられない――。

目を輝かせて器を眺めながら話をする弓恵の様子が思い出された。弓恵が器に関心を抱くのも、器には命がないからかもしれない。自分で壊してしまえば話はべつだが、器なら、突然去られる心配はない。

「だけど、あの人、猫は飼っているよな」

ひとり言のように泰史が呟《つぶや》いた。それに対して、やや重たげな表情をして寛行が頷いた。

「人間、頭ではわかっていても、そうそう思うように心をコントロールすることはできないからね。人と関わることが怖いと言いながら、やっぱり心の奥底の寂しさは拭《ぬぐ》えない。命あるものの温《ぬく》もりがほしい。そういうことなんじゃないかな」

「で、人間じゃなくて猫か」

「だからさ」不意に勢いを得たような口調で美恵子が言った。「はっきり言っちゃうと弓恵さんは、私たち夫婦としても半分自分たちの息子みたいに思っているノモッちゃんに、自信を持ってお薦めできるという人じゃないということなのよ。弓恵さん、うちの店で働いてくれている分にはいい人よ。こっちも助かってるわ。ただし、いろいろあった人だし、やっぱり難しいものを抱えた人だと思う」

「そうなんだ」寛行も言った。「さっき言った子供のことはひとつの例みたいなものでさ、ほかにもいろいろあったと思った方がいい。でなけりゃ、一人でふらりとここに越してきたりしないよ」

ありがとう、と、二度、三度頷く恰好で、泰史は二人に応えた。寛行も美恵子も泰史のことを心配してくれている。だから本来であれば語るべきではない弓恵の過去の一部を語って聞かせてくれた。

「ノモッちゃんが身を固めるのは結構なことだと思うけど、どうせするならしあわせな結婚をしてよね」

ようやく顔に笑みの色を見せて美恵子が言った。

その言葉に改めて頷きながらも、泰史の脳裏には、肉の薄いからだつきをした弓恵の姿が浮かんでいた。客に対して顔に笑みを浮かべて接していても、その表情はどこか微妙に歪《ゆが》んでいて、泣き笑いの顔に見えることがある。死によって子供と分かたれ、そのことによって愛する夫とも分かたれた痛みを、彼女はいまもって背負い続けているのだろうか。だから人と関わるのが怖い。人を愛することも怖い。泰史には、そんな弓恵が痛々しかった。

唐突に、泰史の鼻腔に弓恵の部屋で嗅《か》いだほのかな香の匂《にお》いが甦《よみがえ》った。今だから思う。あれはべつに好んで香を焚《た》いた訳ではなく、死んでいった子供に上げた線香の残り香だったのではなかったか。

弓恵の部屋の様子を思い浮かべる。仏壇らしきものは、とくに見当たらなかった気がした。どこかに花や果物が上げられていたということもなかったと思う。ただ、チェストの上に扉がついた箱型のものが置かれていたような記憶はあった。あれが仏壇代わり……、彼女はあのなかに位牌《いはい》を収め、毎朝水と線香を上げ、掌を合わせているのだろうか。

泰史のなかに生じた弓恵に対する痛々しさが、一ミリずついとおしさに色を変えていく。そんな泰史の心を目の色から見て取ってのことだろうか、横目でちらりと泰史を見やりながら美恵子が言った。

「心配なのよねえ。こう言っちゃ何だけど、弓恵さんも変わっているけれど、ノモッちゃんも変わっているといえば変わっているから」

美恵子のかたわらで、寛行もまじめな顔をして、合点《がてん》するように首を縦に動かした。

「ま、現状にとどめておくことだな」

「そうね。あの人は、やっぱり駄目。ノモッちゃん向きじゃない」

断定的でやや強いものの言いようが、何とはなしに引っかかった。いかにつき合いが旧《ふる》いとはいえ、やはり店主は店主、客は客、言うまでもなく彼らと泰史は他人同士だ。向こうもそれを心得ているから、これまで二人が泰史の私的な領域に介入してきたことはない。その二人が、今回に限っては強硬だ。それも泰史を思ってくれてのことだろうが、彼らの思いとは裏腹に、逆に泰史の意識は弓恵へと向かっていた。

何か重荷を背負った女ではないかという予感はしていた。見た目もそうだが、身から漂う雰囲気自体がはかなげで摑みどころがない。

(死んだ子供にひきずられるように、あの人は、半分あの世の方に足を突っ込んでいるのかもしれない)

思えば弓恵は、現実社会や現代社会からも、多少はぐれたようなところがある。財布に根付けをつけていることが時代遅れだというつもりはないが、彼女の財布に白い根付けがついているのを見た時は、泰史も違和感に近いものを覚えた。ふと目を惹きつけられるような変わった感じの根付けだった。泰史の目が根付けに向けられ気配を感じた次の瞬間、弓恵は反射的に身を守ろうとするかのように、手でその根付けを隠していた。何もかもを、不透明な空気で包み込んでしまおうとするような女。

過去と現在の狭間《はざま》、あの世とこの世の狭間——、弓恵には、その微妙な境目に身を置いているような気配がある。

弓恵の部屋に漂っていた線香の匂いが、再び泰史の鼻腔に甦っていた。

3

たいした揺れではなかった。ただ、瞬間、地から響くような具合で、いきなりぐらっときた。

「あら、地震？」

美恵子が言ったか言わないかという時、一人の客が「ぎゃっ」と鋭い声を上げたかと思うと、血相を変えてテーブルにしがみついた。学校の震災訓練で教えられるのは、ぐらっときたらテーブルの下に潜れということだ。だが、その女の客は揺れを感じた途端にからだが凍りついてしまったようになって、身動きとれない状態になっていた。むろん、その程度の揺れでテーブルの下に潜ろうとする客はほかにいなかった。それどころか、彼女の異様な慌てぶりに苦笑を漏らしている客もいたほどだ。

「宮地《みやぢ》さん平気よ、横揺れだから。それにもうおさまりかけてる。心配ない。大丈夫よ」

美恵子がそばにいって宥《なだ》めるように声をかけた。それでもいったん強張《こわば》ってしまった彼女のからだはすぐに元には戻らなかったし、顔からもしばらくの間、血の気が退いたままだった。宮地秀美《ひでみ》――、それまでは名前も知らなかったが、『琥珀亭』にはわりあいよくきている客だ。泰史も何度か顔を合わせたことがある。

「阪神淡路大震災からもう八年」秀美が帰ってしまってから美恵子が言った。「それでも癒《い》えない傷は癒えないわよね」

聞けば当時中学生だった秀美は、神戸で震災に遭い、一緒に暮らしていた家族は何とか無事だったものの、少し離れたところにいた祖母や何人かの友人を亡くしているのだという。家も半壊状態になったらしい。

「それだけの経験をすればなあ」泰史も言った。「ぐらっときただけでも、どうしたって一瞬にして悪夢が甦るよな。きっともう理屈じゃないんだろうな」

あの震災の時、泰史はすでに本郷で暮らしていたが、東京にいても、未明に地響きのようなものを感じて目を覚ました。朝のテレビで高速道路の橋脚が倒れている図を見た時は、すぐにはそれが現実とは信じられず、悪い冗談かと思ったぐらいだ。

「そう、あの映像には驚いたわね。私もこれは大変なことが起きたと思ったもの」

「街は燃えているし、まったく地獄絵だったよな」寛行も言った。「だけど、俺は未明の地響きまでは覚えがないな。さすがに東京までは響いてこなかったんじゃないか」

「響いてきたよ。だって、現に僕はそれで目を覚ましたんだから。弓恵さんは？　震災の時は東京？　明け方、地響きみたいなのがあったよね？」

会話の流れのなかで、何気なしに弓恵に振った言葉だった。そのどうということのない泰史の言葉に弓恵の瞳が曇り、灰色がかった空気が顔の上を覆った。

「……ええ」

完全に話の間をはずした状態になってから、弓恵が曖昧に頷いた。見ようによっては首を傾げているようにも受け取れる頷き方だった。

「言われてみれば、たしか地響きがしたような」

続けて弓恵が言葉を添えた。けれども、言葉に魂が感じられず、視線は逸れていた。弓恵は三人の方を向いているようでいて、その実、誰の顔も見ていなかった。

何となく気まずい空気が四人の頭にのしかかりつつあった。空気がじんわりとした陰気な湿りけを帯びつつある。

「ほらね」泰史はあえて活気のある声をだして寛行と美恵子に向かって言った。「やっぱり東京だって地響きはしたんだってば」

「そうだったかもな……」

そう言った寛行の声も鈍かったが、顔色もぱっとしなかった。それは美恵子にしても同様だったし、弓恵は弓恵で、自分一人違う世界に身を置いているような顔をしていた。いくら泰史が明るさをとり繕ってみたところで、一度四人の頭の上にかかってしまった雲は容易にとれていかない。

どうして弓恵に振った何ということのないひと言が、ここまで空気を重たく湿気《しけ》させてしまうのか、泰史には逆に不思議だった。

「さて、じゃあ、今日はそろそろ帰るかな」

「あら、もう？」泰史の言葉に、慌てたように美恵子が言った。「食後のデミタスコーヒーは？」

「今日はいいや。締切りが迫っている原稿が一本あるからさ、家でコーヒー落としながら、ぼちぼち原稿を書くことにするよ」

「そう。何だか今晩は悪かったわね」

「何が？」

「いえ、お客さんがパニックになっちゃったから、こっちも何だか調子が狂っちゃって」

「いいって」泰史は財布をだしながら笑った。「いかにママとはいえ、地震までは止められないだろうよ」

「あはは、そりゃそうだ」

ようやく美恵子の顔にいつもの笑みが戻ったところで店をでた。夜の道を、自宅マンションに向かって歩きだす。梅雨真っただなかではあるものの、空気にさほどの蒸し暑さはなく、肌に多少ひんやりと感じられる風が吹いていた。今年の梅雨は冷たい梅雨だ。

「……ええ」と言って頷いた時の弓恵の顔を思い出す。まるで実際は何も知らないのに、話の輪からはずれてしまうこと怖さに「ええ」と頷き、話を合わせたにすぎないような感じの顔だった。あれだけの大震災だ。話がでれば、ふつうは誰もがあの時テレビで目にした映像を想起する。にもかかわらず、寛行や美恵子がそれについて語っている時も、弓恵は自分から口を開くことをしなかったし、心をあえてよそに向けていたようなところがあった。

(どうしてなんだろう)

マンションの建物のなかにはいりながら考えた。

頭のなかで、不意に何かが閃《ひらめ》いたような気がした。

弓恵は阪神淡路大震災を知らないのではないか——。

続けて泰史は、二人で上野を歩いていて、団子屋の前を通りかかった時のことを思い出した。

「やっぱり四つだよな、四つ」

ガラスのショーケースに入れられた団子を見ながら泰史は言った。弓恵はぽかんとしたように泰史の顔を見た。

「団子って、やっぱりひと串四つが本当だよな」

「ふつうはそうじゃない?」

弓恵は、どうしてわざわざそんなことを言うのかというような怪訝《けげん》そうな面持ちを見せた。

「だからさ」泰史は笑みを含んだ声で言った。「だんご三兄弟っていうのは、やっぱりおかしいかな、って話」

「だんご三兄弟……」

「一番めは長男、長男……だんご三兄弟」半分歌うような調子で泰史は言った。「いっとき滅茶苦茶流行《はや》った曲があったじゃない？」

「そうだったっけ」

「うん。あれはもう六、七年前になるのかな」

「六、七年前……、ああ、だんご三兄弟」

やっと思い出したというように、弓恵が小さく頷いた。

「三兄弟じゃさ、ひと串三つってことになって、一個損だよな」

「たしかにね」

同じようにもう一度小さく頷いて弓恵は言ったが、今にして思い返せば、頷くというよりは俯《うつむ》いた、視線を落とした、という方が正しかった気がした。

まだあった。

喫茶店かどこかで、〝オートマティック〟がかかった時だ。どこにいってもそればかりかかっていた時期があっただけに、いまや泰史は食傷気味というか、曲に関してのみならず、彼女の歌声自体に飽きてしまったところがある。〝オートマティック〟を耳にしながら、泰史がそんなことを口にした時も、弓恵はちょっときょとんとした表情を見せてから、すいと目線をはずして適当な相槌《あいづち》を打った。

(あれが流行ったのはいつだ?)

泰史は自分の部屋にはいると、すぐにパソコンを立ち上げて検索をかけてみた。

〝オートマティック〟が爆発的にヒットしたのは一九九九年。〝だんご三兄弟〟も検索してみた。これも一九九九年のヒット曲だった。

(阪神淡路大震災は……)

たしか美恵子は、「阪神淡路大震災からもう八年」と言っていた。となると震災が起きたのは、一九九五年ということになる。

煙草《たばこ》を銜《くわ》えて火をつける。煙を吐きだす泰史の顔が、ひとりでに濁りを帯びていた。むろん勝手な憶測にすぎない。だが、泰史の感触からするならば、弓恵には、ある時代の記憶が欠落している。阪神淡路大震災を知らず、〝オートマティック〟や〝だんご三兄弟〟を知らないとなると、現時点で泰史が推測し得る範囲の期間は五年。現実にはもっと長い期間である可能性もある。

仮に五年としても、決して短い時間ではない。どれも日本にいれば、否応なく共有せざるを得なかった時代の記憶だ。それが欠落しているというのは、いったいどういうことか。

(弓恵さんは日本にいなかったのか)

何らかの事情があって海外にいたのだとすれば、納得いかないことではなかった。そう考えるのが、恐らく一番道理に適《かな》っているだろう。それでいて、何か違うという思いが胸の内から拭いきれない。もちろんこれといった根拠などないのだが、弓恵のなかの時代の記憶の欠落は、それとはべつの事情で生じたような気がしてならなかった。

「ま、現状にとどめておくことだな」

「そうね。あの人は、やっぱり駄目。ノモッちゃん向きじゃない」

いつだったか寛行と美恵子は泰史に向かってそう言った。夫婦同じように、いつになくまじめ腐った面持ちをしていた。

二人の顔が思い浮かんだ途端、泰史の眉根はさらに寄り、顔の上の濁りが濃さをました。いつの間にか指の間で短くなっていた煙草を灰皿に押しつける。

阪神淡路大震災の話題がでた時、彼らを覆った湿りけのある重たい空気。

これといった仕事のあてもなしに本郷に越してきて、もし『琥珀亭』で雇ってもらえなかったらどうするつもりだったのだろう、と泰史が口にした時、「さあねえ」と答えた美恵子の表情と言葉に感じられた曖昧さと歯切れの悪さ。

(何かがおかしい)

泰史は思った。

これまで弓恵にばかり目を注いでいたので、さほど気にもしていなかったが、単に弓恵が不透明で摑みどころがないというだけではなく、彼女が『琥珀亭』にやってきてからというもの、これまであけすけだった店の空気にも、霞がかかったような曇りが生じた。
彼女には、恐らく何か秘密がある。寛行も美恵子も、その秘密の一部を承知している
――、そう考えるのが、最も正しい分析であり判断であるような気がした。
(彼女はいったいどんな秘密を抱えているんだ?)
時計を見た。帰ってきてから一時間近くもそんなことを考え続けていたことに気がつい
て、思わずうんざりしたような息をつく。
(とにかく仕事だ)
気分を切り換えるように顔の表情を引き締めて、改めてパソコンに向き合い、締切り間
近の原稿に向かう。
「ほかにもいろいろあったと思った方がいい。でなけりゃ、一人でふらりとここに越して
きたりしないよ」
「心配なのよねえ。弓恵さんも変わっているけれど、ノモッちゃんも変わっているといえ
ば変わっているから」
………
パソコンに向かいながらも、泰史は頭のなかでまだ、寛行や美恵子の口からでたいくつ
かの言葉を反芻《はんすう》していた。

4

「ああ、お兄ちゃん？　このあいだの『ヴィクター』の記事、読んだわ」

妹の萌子からの電話だった。時折萌子は、こうして自分の携帯から思いついたように電話をかけてくる。十日に一度ぐらいはメールも寄越す。思えば萌子も今年で二十七歳だ。今も市川の実家に身を置いていて、御徒町《おかちまち》にある東光堂《とうこうどう》という貴金属店に勤めにいっている。短大を卒業してからだから、もう七年になる。そろそろベテランの域にはいりつつあるといっていいだろう。

泰史は、一誌、あるいはひとつの版元の仕事を専属でやっている訳ではないが、最近は主として、三十代のビジネスマンをターゲットとした『ヴィクター』という月刊誌の記事を書くことが多い。〝携帯徹底比較〟〝デキる男のモバイル術〟〝副業トップ10〟〝就寝前5分のマジック〟……その号によってさまざまな特集記事を書いているが、泰史自身は、独自のノウハウやビジネス戦略によって起業家として成功をおさめた人間、あるいは独自の哲学を持って活躍している人間にインタビュー取材をして記事にまとめる仕事の方が好きだ。取材対象にはビジネスマンのみならず、スポーツ選手やミュージシャンなども含まれる。彼らもまた、野球界なら野球界、Jポップス界ならJポップス界というビジネスシーンでの勝者なのだ。要するに『ヴィクター』は、まだ自分の未来に望みを持っている若手ビジネスマンたちに、成功と自己実現のヒントを提供する類《たぐい》の雑誌ということになる。ただし、誌面作りに携わっている泰史自身、『ヴィクター』の読者が現実社会で成功者になれるとは考えてはいない。泰史が取材で会った成功者たちは、誰もが先人を超えるオリジナリティを持った人間たちだった。だからこそ、成功者になれたし勝ち組になれた。マニュアルに頼っていては駄目なのだ。これからの時代、本当の意味で勝ち残っていけるのは、恐らく異能の人か天才だろう。

「〝不況時代のヒット商品カタログ〟、あれ、お兄ちゃんの記事でしょ？」萌子が言った。「意外なものが売れているんだなと驚く反面、ヒット商品にはやっぱりある種の共通点があるんだなということがわかる面白い記事だったわ」

「僕の記事だって何でわかった？　署名記事でも何でもない、どうということのない記事だったのに」

「あら、私、お兄ちゃんの書いたものなら読めばすぐにわかるわよ」

自信たっぷりといった調子で萌子が言った。現実に目にしていなくても、ちょっと顎《あご》を上げたような得意気な顔が目に浮かぶ。

萌子が本郷に遊びにきた時、一緒に『琥珀亭』にいったこともある。二、三度連れていっただろうか。まだ弓恵が勤めはじめる以前のことだ。

「あらあ、かわいい妹さんねえ」

はじめて萌子を連れていった時、美恵子は掛け値なしといった表情で泰史に言った。萌子は、目がぱっちりとしていて表情も豊かだ。子供の頃から愛くるしいといわれていたし、元来社交的な性格でもある。今は宝石屋で接客業に等しい仕事をしているから、いっそう人との応対にも慣れて、話す言葉は明瞭《めいりょう》だし愛想もいい。自分の妹ながら、見た目も接した感じも悪くないというのは、客観的な事実だと思う。

「ほんと、ノモッちゃんの妹さんとは思えないぐらいにかわいいわ」

冗談か、さもなくば萌子を持ち上げるつもりで言ったことだろう。だが、美恵子が口にしたその言葉は、まさしく半分当たっていた。腹違いの妹――、まだ美恵子には話していないことだ。今後も話す必要のないことだと考えている。

「ねえ、最近、忙しいの?」

受話器の向こうの萌子が言った。

「うん、そうだな。まあ忙しいな」

「忙しいのか。つまんないな。たまには夕飯、ご馳走《ちそう》してよ」

「ああ、いいよ。ただし、今抱えている仕事が一段落したらな」

「一段落って、それ、いつ頃一段落しそうなのよ?」

「そうだなあ。まだちょっと先が読めない状態だな」

「先が読めない……何だかこのところのお兄ちゃん、ちっとも愛想なしっていう感じ」面白くなさそうな声をだして萌子が言った。「うちの方にも全然顔をだしてくれないし」

「悪い、悪い。とにかく一段落したら電話するよ」

「本当？　本当に電話くれる？」

「本当だって」

「じゃあ、待ってる。必ず電話入れてよ。約束よ」

「ああ」

「絶対だからね」

受話器を戻すと、泰史は濁った息をひとつついた。

原稿を書いている途中、仕事の電話がはいって中断される分には、話が終わるとすぐにまた原稿に戻れるのだが、こうした種類の電話に中断されると、なぜだかその後何十分か調子が狂う。なかでも萌子の電話は苦手だった。実家からの電話も同様だ。

（約束よ、絶対だからね、か。やれやれ、だな）

萌子とは、今は離れて暮らしていることもあって、時には外で待ち合わせをして夕飯を食べたり酒を飲んだりすることもある。言われてみればここしばらく、萌子と顔を合わせていなかった。時間ができても『琥珀亭』にいってしまうか、さもなくば弓恵と食事に出かけたりしている。いつもよりもブランクが長かったから、萌子も焦れてあんな電話を寄越したのだろう。

（八時か）

時計に目をやり、泰史は心で呟いた。

今日は原稿を書くことを中心に据えて、食事は原稿の区切りがついた時に、コンビニで買ってきてあるつまみに近い惣菜《そうざい》や、インスタントラーメンか何かで済ませてしまおうと考えていた。が、いったん集中力が途切れてしまったことを言い訳にするように、泰史はパソコンの前から立ち上がり、洗面所にいって顔を洗った。『琥珀亭《おっくう》』にいこうという気持ちになっていた。夏場は着替えが楽で、その分外にでるのが億劫《おっくう》にならなくていい。

マンションをでて、すでに夜の領域にはいった町を歩きはじめる。

本郷は、樋口一葉《ひぐちいちよう》が『たけくらべ』『にごりえ』などの名作を紡ぎだした町だ。石川啄木《いしかわたく》《ぼく》も一時期本郷に身を置いて、この地で執筆に勤《いそ》しんでいた。二人とも肺結核に斃《たお》れて短い生涯を閉じた明治の文人だ。時の流れとともに、本郷がすっかり現代的な町になってしまったことは否めないが、それでもまだ町のそこここに、明治を感じさせる風情が見出《みいだ》せなくもない。ほのかに残る明治の気配が、この町の魅力のひとつになっているといっていいと泰史は思う。

「こんばんは」

店にはいってみると、いつもは「いらっしゃいませ」と真っ先に迎えてくれる弓恵の姿が見当たらなかった。美恵子も一番奥のテーブル席に腰を下ろして、年配の女性客と話をしていた。日頃とは少し空気が違う『琥珀亭』という感じだった。

「ああ、ノモッちゃん。いらっしゃい」

泰史に気づいて、美恵子が奥のテーブルから声をかけてきた。その声は大きくて活気があったが、顔にはなぜか微妙な翳《かげ》が落ちていた。それが多少狼狽《ろうばい》を感じさせる翳に思えたのは、泰史を見る美恵子の瞳に、かすかな揺らぎがあったせいかもしれない。

美恵子が対している相手は、客とはいえ、テーブルの上にでているのはコーヒーだけで、食事をしている様子はなかった。むろん、コーヒーを飲むためだけに『琥珀亭』に立ち寄る客もいる。だが、この時刻だとやはりお茶だけという客は少ないし、よく見てみると、テーブルの上には飲み物だけの客にもだされるはずの水のグラスも置かれていない。

「お父さん、ノモッちゃん」

慌ててバトンタッチをするように、美恵子が厨房の寛行を呼ぶ。やがて寛行が、奥から水とお絞りをトレイにのせてやってきた。

「ママのお客さん?」

目で奥を指し示しながら、小声で寛行に尋ねる。

「うん?　ああ、まあね」

水のはいったグラスをテーブルに置きながら、寛行が小さく頷いた。

「今日は弓恵さんもいないんだ」

「ああ、うん、まあね」

どちらもほとんど同じ答え。寛行の顔に狼狽の色は見られなかったが、返答はきわめて不明瞭だった。

「今日は何にする?」

「そうだなあ、チキンにしようかな」

「カツレツとスパイシーソースで煮込んだのと、どっちにする?」

「煮込み。スパイシーチキンの方。あと、いつものサラダとライスをもらおうかな」

「了解」

オーダーをとって寛行が厨房に引っ込んでしまうと、泰史は時折盗み見るように、美恵子が坐っているテーブルに視線を走らせた。水のグラスもでていない上に、美恵子が椅子《いす》に腰を下ろしているのだから、相手が店の客としてやってきたのでないことは明らかだ。かといって、美恵子の友人というふうでもなさそうだった。友人同士にしてはテーブルの上の空気が硬く、和《なご》みが感じられない。

女の顔に目を向けて、泰史は眉間《みけん》に薄い翳を落とした。

既視感に近いものを覚えていた。この場面を前に見たことがある。この女に前に会ったことがある——。

これまでデジャヴに近いものを経験したことがないではないが、泰史はそこに特別な意味を見出していない。単なる錯覚、脳の誤作動。

だが、今回は手応えが違った。錯覚でも誤作動でもなく、たしかに知っているという思いが胸のなかで強まっていく。デジャヴではなく、過去、現実に見た映像。

泰史の脳が、懸命に記憶の糸を手繰《たぐ》りはじめる。

あの年配の女性は、たしか前にも『琥珀亭』にやってきている。その時は泰史と入れ違いの状態だったが、店のドアのところまで美恵子が送りにでていたことが思い出された。

加えて、泰史が彼女を見たのはその時一度きりのことではなかった。気分転換に本郷界隈《かいわい》を、散歩がてらほっつき歩いていた時だ。意識のどこかに弓恵のことがあったのか、いつしか泰史の足は、彼女が住んでいるネオ・コーポの方に向いていた。部屋を訪ねるつもりはなかった。弓恵は店にでている時間だ。訪ねたところで意味はない。

彼女を見かけたのは、その時だった。ネオ・コーポの階段を上がっていく年配の女。ゆるめのパーマをかけた髪は短く、中肉中背よりはやや痩せ型。血の気も薄く表情もなく、顔全体に色が感じられなかった。だからといって、とりたてて冷たいという印象も受けなかった。宗教の勧誘員か何かだろうかという思いを持って、ちらりと彼女を眺めた覚えがある。シスター――、彼女の顔には、その種の悟ったような静けさがあった。特徴がないようで特徴がある。だからこそ、ちょっと見かけただけなのに、泰史の脳は彼女を記憶にとどめていたのだろう。

記憶を手繰り寄せられたことで、一度は泰史の表情も緩《ゆる》みかけた。が、再び眉根が寄った。

急速にそれだけではないという気がしはじめていた。はっきりと意識していた訳ではなかったものの、恐らく泰史はもっと多くの回数、彼女の姿を見かけていた。重ねて目にしていたからこそ、脳も彼女を記憶した――。

続けて思い出されたことがあった。彼女がネオ・コーポにはいっていくのを見かけた日のことだ。その足で泰史は『琥珀亭』に立ち寄った。弓恵が休みに当たっている日ではなかったし、シフトからしても、彼女はその時間店にいるはずだった。にもかかわらず、当日、彼女の姿は店になかった。

「あれ、今日はお休みなの？」

泰史が問うと、たしか美恵子は言った。

「弓恵さん？　午後、ちょっとお客さんがあるから、今日は出が遅れてるの。でも、くるわよ」

あの時は、今、奥のテーブルで美恵子と話をしている年配の女性と弓恵の出が遅れるということを、むろん結びつけて考えてみもしなかった。それがここにきて、突然のようにつながって見えた。

あの女性は、美恵子の客というよりも、弓恵の客であり知り合いなのではないか。前にネオ・コーポにはいっていった時も、彼女が訪ねたのは弓恵の部屋であったに違いない。今、店にいていいはずの弓恵がいないのは、あえて席をはずしたからかもしれない。弓恵は、彼女が帰った後に店に戻ってくるか、さもなければ店をでた彼女が弓恵のコーポラスを訪ねる約束になっているか、そのどちらかなのではないか。彼女は以前も、美恵子と弓恵、それぞれと別個に会っている。これは何を意味しているのか。

ふと思った。弓恵が何の仕事のあてもなしに、ふらりと本郷の町にやってきたという前提自体に誤りがあるのではないか。もっといえば虚偽だ。よくよく考えてみるならば、いかにからだがしんどくなったとはいえ、これまで夫婦二人で気兼ねなく店をやってきた寛行と美恵子が、急に人を雇い入れたこと自体がおかしい。もしも人を雇い入れるというような相談が夫婦の間でなされていたとしたならば、事前に泰史の耳にも少しは話がはいっていてよかった。すなわち、寛行と美恵子はあの女性に頼まれて、弓恵を雇い入れることにした――。

（だとすれば、彼女は弓恵さんの母親？……）

そう考えかけて、泰史は首を傾げた。年齢的には母娘であってもおかしくないが、血の縁《えにし》というものがまるで感じられない。単に顔かたちが似ていないだけでなく、二人には母娘という匂いがしない。

血縁でないとするならば、彼女は弓恵の後見人に当たるような人物であり、身元保証人のような人物というのが当たりかもしれなかった。それならば、三人が一緒に顔を揃《そろ》えていないことも頷ける。両者が同席した状態では、互いに本当に言いたいことが口にできない場合がある。だから彼女は、あえて弓恵と美恵子、それぞれと別個に話をするようにしている――。

「はい、スパイシーチキン」

その言葉とともに、突然目の前にチキンの深皿を差しだされて、泰史は逆に現実からはぐれかけた。刹那《せつな》、自らの位置を見失いかける。

「ノモちゃんは、コリアンダーたっぷりだもんな」

「え？　コリアンダー？」

「だからさ、チキンの上のコリアンダーは人の倍。コリアンダー……、パクチーな。それぐらいが好みだよね、って話」

「ああ、そうそう」

はぐれかけた現実に立ち戻って、寛行と言葉を交す。酸味のあるドレッシングが、泰史はあまり好みではない。だからサラダはいつも季節の茹《ゆ》で野菜にニンニクとベーコンと塩胡椒で風味をだしたオリーヴオイルがほんのりかかっているものを頼む。

「うまそうだな」泰史は言った。「今日は、朝あんパンを一個食っただけだったんだ」

目の前でいい匂いと湯気を上げている料理に空腹を思い出させられながらも、泰史の目と意識は、奥のテーブルに向けられたままだった。

三十もなかばを過ぎて、後見人といえる人間を必要とする女。勤めはじめて半年が過ぎても、まだ後見人のような人物が勤め先に訪ねてくる女。

(水内弓恵……彼女はいったい何者なんだ？　過去に何があったんだ？)

弓恵には、結婚歴があり、離婚歴があり、子供を産んだ経験があり、子供を亡くした過去がある……前に寛行が泰史にしてくれた話は、決して嘘《うそ》ではなかったろう。ただ、それ以外に語られていないことがきっとまだある。弓恵の過去の一部を聞かせてくれた時、現に寛行は口にした。

「さっき言った子供のことはひとつの例みたいなものでさ、ほかにもいろいろあったと思った方がいい」

あれは寛行の推測からでた発言ではなく、ほかにも弓恵の過去を承知しているがゆえにでた発言だったのだ。あの時、美恵子も泰史に言った。

「はっきり言っちゃうと弓恵さんは、私たち夫婦としても半分自分たちの息子みたいに思っているノモッちゃんに、自信を持ってお薦めできるという人じゃないということなのよ」

「身を固めるのは結構なことだと思うけど、どうせするならしあわせな結婚をしてよね」

あの時点では、泰史もあまり深く考えなかった。過去に重荷を抱えている年上の女などに興味を持たないで、面倒のない女を選んで安泰な未来を築いていくべきだという忠告程度に受けとめていた。だが、彼ら夫婦のなかには、泰史に対してそれ以上語りたくても語ることのできない何かがあったのではないか。はっきり語り聞かせることができないから、夫婦揃って釘だけは刺した。

〝氷山の一角〟という言葉が、頭に浮かんでいた。泰史のなかで、弓恵の過去には何があったのかという思いが強まっていく。

おぼろで摑みどころのない女。何を尋ねたところで、明らかな返答をすることのない女。三十なかばを過ぎても、町の小さな洋食屋に勤めるのにさえ、後見人の如き人物を必要とする女。

加えて彼女は、事情を知る周囲の人間の口を重たく不明瞭なものにする。

ほかにもあった。

弓恵には、ある時代の記憶が欠落している。

突然のように、泰史の脳裏にひとつの概念が浮上した。

犯罪者——。

まるで頭のなかで勝手にスイッチのはいったパソコンが、大きなデジタル文字を網膜という画面に浮かび上がらせて見せたかのようだった。

(弓恵さんは過去に、何かしらの犯罪を犯したのか?)

思わず胸で呟きを漏らした時は、一応疑問符のついたかたちになっていた。けれども、たちまちのうちにそこから疑問符が取れて、思いは一気に確信へと育っていた。

(彼女は、過去に犯罪を犯した)

その推測が正しいとするならば、すべての辻褄《つじつま》は合う。過去を明確に語れないのも当然だし、何年かの間は身元保証人となる人物だって必要になってくる。彼女にある時代の記憶が欠けていることの説明もつく。日本国内に身を置いていたとしても、そこが刑務所のなかであったとしたらどうだろう。あそこは別世界だ。どうしたって世間や一般社会とは隔絶された生活になる。新聞によってある程度の情報は得られるにしても、そんなものでは否応なく肌にしみ込むほどの時代の記憶にはなり得ない。

(いったい彼女は何をしたんだ?)

ほどよく煮込まれた鶏肉を口に運び、規則的に咀嚼《そしゃく》して嚥下《えんげ》しながらも、泰史は味わうことをすっかり忘れていた。

肉の薄いからだ、細い肩、骨が透けて見えそうな背中、色の感じられない顔、身から漂うはかなげな空気……そんな彼女が、刑務所にはいらねばならないような犯罪を犯したとはとても考えられなかった。それでいて、泰史は肉を嚙《か》んでは飲み込みながら考え続けていた。

(何をしたんだ？　いったい彼女は何をやったんだ？)

泰史は、もはや奥のテーブルを盗み見ることなく、自分の頭のなかに像を結んだ覚束《おぼつか》なげな表情をした弓恵の顔に、ひたすらその目を向けていた。

第二章　赤い月

1

日本は四季に恵まれた国だと、子供の頃から教えられてきた。移ろう季節が〝もののあはれ〟といった日本人の美意識を育《はぐく》んだし、日本の文化の根っこにある——。が、近頃は、五季というのが正しいと言う人もいる。四十日余りもの長きに及ぶ梅雨という時期をひとつの季節と考えての五季。

今年はその五つめの季節である梅雨が例年よりも長く、いつまで経《た》ってもいっこうに明ける気配がない。雨が降れば降ったで鬱陶《うっとう》しいし、晴れても湿度が高くてやたらと蒸す。また、晴れたと思ってもすぐにしとしと降りだすから、洗濯物は常に生乾きで気持ちが悪いし、物は傷みやすく、すぐに黴《か》びるし腐る。

陰鬱な空気に覆われた外の景色を目の端に映しながら、それを無視するようにパソコンに向かう。

現在、泰史がライターとして主として携わっている『ヴィクター』は、毎月十日発売の月刊誌だ。したがって、最終的に原稿を印刷所に入れる校了日が過ぎれば一段落というはずなのだが、校了日の後にはすぐに次号の企画会議があり、泰史にも新たな記事の依頼がくる。場合によっては企画会議から参画することもある。取材申し込み、カメラマンとの打ち合わせ、取材、原稿書き……あっという間に次の締切り日と校了日が近づいてきてしまって、現実にはなかなか一段落という感じにならない。そのサイクルが毎週追い駆けっこのようにやってくる週刊誌よりはマシだろうが、やはり延々とまわり続けるエンドレステープということでは同じだった。

「嘘《うそ》つき。一段落したら電話くれるって言ったくせに、結局電話くれなかったじゃない」

萌子からは、一度不貞腐《ふてくさ》れたような電話があった。

「だから言うのよね。最近のお兄ちゃんは愛想なしだって」

忙しいといっても、毎日定時に出勤しなければならないサラリーマンとは違う。彼らに比べたら現実的な拘束時間は圧倒的に短い。仕事だって、取材が順調に進みさえしたら、あとは自分がさっさと原稿を書けばいいだけだ。取材の合間にも、案外自由な時間はできるものだし、複数の仕事を抱え込んでいない限りは、時間は作ろうと思えば作れるし、サボろうと思えばいくらでもサボれる。ただ、そのツケはどこかで自分がまとめて払わねばならないというだけの話だ。したがって、萌子と夕飯をともにするぐらいの時間なら、いかようにも捻出《ねんしゅつ》できた。ただ、泰史の私的な関心は今、完全によそに向いていた。

水内弓恵。

自分でも、困ったライター根性だと思う。しかし、泰史は、弓恵がいかなる過去を抱えているのかを知りたいという気持ちを抑えられなくなっていた。まがりなりにもライターという肩書があるから、都市生活者の生活実態の記事を書くための取材をしているという名目で、周辺の人間やコーポラスのオーナーに接触することは可能だし、その肩書に偽りはないから、ライターという意識で相手と接すれば、まず疑われたりすることもない。外濠《そとぼり》を埋めていくかたちで質問を重ね、さり気なく弓恵本人のことに接近していくテクニックだって持ち合わせている。人の過去をどうやったらある程度まで探れるかということも、ふつうの人よりは心得ている。それだけに、かえって厄介だった。ぽかっと時間ができると、泰史はつい弓恵のことを調べることに時と労力を費やしてしまう。

予想の範囲のことではあったが、近隣での弓恵の評判は悪くなかった。それは『琥珀亭』での彼女の陰日向のない働きぶりを見ていてもわかる。コーポラスでの暮らしぶりもまた然《しか》りで、必要以上に物音を立てることもなければ、訪ねてくる人間が多くて喧《やかま》しいということもない。反対に、弓恵はいるかいないかわからないぐらいに静かな住人といっていいだろう。ゴミだしやその他のルールも、ほかの居住者以上にきっちり守っている。

そういえば、弓恵は『琥珀亭』でも美恵子にしつこいぐらいにゴミの捨て方を確認していた。

「ママ、ラップは燃えるゴミですか、燃えないゴミですか」
「鶏の骨や卵の殻も燃えるゴミでいいんですね」
「アルミ缶とスチール缶は分けるんでしょうか」

「資源ゴミって、だったらラップの芯も資源ゴミになるんでしょうか？」

……………

きっとある面神経質で、きっちりした性分なのだろう。

コーポラスでは、弓恵も住人と顔を合わせれば挨拶《あいさつ》ぐらいは交すが、それ以上の接触は持とうとしていない。ほかの住人に対して何か苦情めいたことを言ってきたこともなければ、トラブルを起こしたこともない。存在感が薄いということにおいて、弓恵は都市生活者の隣人として、いたって好もしいタイプの人間といっていいだろう。もともとそよりと吹き抜ける風のような人だから、相手の印象にも残りづらいのだと思う。道を歩いている時、すいと自分の額をかすめていった風のことなど、人はいちいち覚えていない。弓恵もそれと似たところがある。だから弓恵に対して、好きも嫌いも生まれない。唯一問題があるとすれば、弓恵が部屋で猫を飼っていることだろう。猫にも存在感で劣る女。

弓恵は、本郷にやってくる前は蔵前《くらまえ》で暮らしていた。といっても、そう長い期間ではなく、一年ちょっとの短い間のことだ。その前は、そこもまた一年余りのことでしかなかったが、文京区の千石《せんごく》にいた。千石なら、本郷からそう遠くない。直線距離にして三キロというところだろう。弓恵が本郷に越してきたのも、ひとつはこの界隈《かいわい》に土地勘に近いものがあったことが関係しているのかもしれない。

蔵前にいた頃は、今住んでいるネオ・コーポと似たようなコーポラスで一人暮らしをしていたが、その前、千石にいた時は、弓恵は斉藤《さいとう》という家に寄宿していた。斉藤家は、わりあい大きな一戸建ての家だ。羨《うらや》ましいことに、都心だというのにそこそこの広さのある庭もある。以前は夫婦二人で暮らしていたらしいが、何年か前に夫の宣昭《のぶあき》が亡くなって以降は、夫人の利枝《としえ》が一人でその家で暮らしている。もともと夫婦に子供はないという。

斉藤利枝は現在六十五歳。中肉中背よりやや痩《や》せ型、ゆるくパーマをかけた短い髪、面長で色白の顔、穏やかというよりは若干ポーカーフェイス気味の落ち着き払った面だち……『琥珀亭』にきていたあの年配の女性だった。ネオ・コーポの弓恵を訪れたと思われる女性でもある。

弓恵は一時期彼女の家に厄介になっていた。彼女が美恵子の知人ではなく、弓恵の知人だという泰史の読みに、やはり狂いはなかったということだ。

亡くなった夫の宣昭は、元は名の知れた建設会社に勤める企業人だったようだ。一方妻の利枝は、かつては高校の教諭をしていた。科目は英語。ごく短い期間だが、教頭職の経験もあるという。退職後は、夫婦揃《そろ》って地域のボランティア活動や福祉活動に力を注いできた。はっきりと確認できていないが、夫婦の奉仕活動は、どうやら信仰心に基づくもののようだった。

「ご主人の方はわからないけど、奥さんはたぶんクリスチャンじゃないかしら」近所の主婦が言っていた。「以前はたしか、牧師さんがお話にみえたりもしていたわね。宗教というといろいろ微妙な問題があるから、あからさまに近所の人を集会に誘うようなことはさらなかったけど」

その主婦の話が事実であるとするならば、泰史が彼女に対して抱いた〝シスター〟という印象も、あながちはずれてはいなかったことになる。

役所で調べた。法務局からの嘱託《しょくたく》で、利枝は四年ほど前から保護司の仕事をするようになっていた。

保護司——。

そこに思いが及んだ時、泰史の額のあたりに暗い翳《かげ》が落ちた。パソコンに向かって原稿のための資料調べをしていたはずが、いつの間にか思いがそちらに逸《そ》れていたことに自分でも気がつく。意識が目の前の作業から完全にはぐれていた。

息をつき、半分無意識のうちに煙草《たばこ》を取り出して火をつける。煙をひと息吐きだしてから、ああ、また煙草を喫っていると気がついて、眉を顰《ひそ》める思いだった。

保護司。犯罪を犯した者の改善と更生を助けることで、新たな犯罪を未然に防ぐことを使命とする無給・非常勤の国家公務員。

国家公務員といっても、無給・非常勤ということからもわかるように、名目上の国家公務員というのが正しい。なかには本物の公務員、いわゆる官吏もいなくはないが、保護司の多くは民間人だ。地域での信望が厚く、自身も使命感と熱意を持っていると認められた人間が民間人のなかから選ばれて、法務大臣の委嘱を受けるかたちで保護司となる。基本的に保護司の任期は二年。ただし、再任となる場合が多く、二期、三期と勤めている人間も少なくない。全国で五万人以上もの保護司が必要とされているのだ。二年ごとに交代が可能なほど、信望が厚くて使命感と熱意があって、自身の生活にも困っていない人格者がそうそう大勢いるはずもない。

保護司が必要とされるのは、日本に保護観察制度というものがあるからにほかならない。

保護観察が必要とされるケースには五つある。

一、少年法24条1項1号に基づき、保護観察処分に付された者を対象とするもの。
二、少年院からの仮退院者を対象とするもの。
三、仮出獄者を対象とするもの。
四、刑の執行猶予により、保護観察処分に付された者を対象とするもの。
五、婦人補導院からの仮退院者を対象とするもの。

斉藤利枝が、事実、保護司として弓恵と接しているのだとすれば、弓恵のケースはこの五つのうちのどれに当たるのか。

弓恵が少年法の対象となるはずはないから、一、二でないことは明白だ。五の婦人補導院云々というのは、売春防止法に関連するものだが、泰史が現在知り得た限りでも、弓恵と利枝の関係が三年近くに及ぶことを考えると、五にしてはやや保護観察期間が長すぎる。そうなると、三か四ということになるが、弓恵にある期間の時代の記憶が欠落していることを考慮に入れるなら、四の執行猶予という線は薄くなる。執行猶予中の身であるならば、その人間は身柄を拘束されておらず娑婆《しゃば》にいる。当然、周囲と時代の記憶を共有し得る。

消去法だ。となると残るは三。仮出獄者ということにならざるを得ない。

仮出獄者に対する保護観察は、有期刑を受けた者が、改悛《かいしゅん》の情が認められる等の理由で満期を待たずに仮釈放が認められた時に行われる。すなわち、未了となっている残刑期間が保護観察期間となる。仮釈放が認められるのは、刑期の三分の二が経過して以降のことで、いかに模範囚であれ、それ未満ということはない。つまり、懲役六年を求刑された人間が四年で仮釈放となった時は、残り二年が保護観察期間となる。六年の求刑であるにもかかわらず、一年で仮釈放となり、残り五年が保護観察期間となることはあり得ない。

弓恵と利枝、二人の関係がおよそ三年続いていることから逆算すると、弓恵が受けた刑期は少なくとも九年。決して軽い刑期ではない。言うまでもなく、それは彼女が犯した罪の重さと比例している。弓恵はそれだけの有期刑を受けるような、いったい何をしでかしたのか。

もちろん、利枝と弓恵は単なる知り合いにすぎず、保護司と仮出獄者という関係ではないという可能性も残ってはいる。ただ、保護司というのは、地域と密着した性質を持つという特徴がある。すなわち、文京区なら文京区、台東区なら台東区と、区域ごとに保護司がいて、受け持ち地域の対象者の保護観察に当たる。斉藤家をでた後、一時期弓恵が暮らしていたのは蔵前だから、区そのものは台東区になるが、文京区とは接していて距離も近い。決して利枝の目の届かない範囲ではない。今回弓恵が本郷に越してきたのも、同じ区内、なるべく利枝の近くにいる必要があったということが、ひとつの理由として考えられた。

泰史は苦い面持ちをして煙草の煙を吐きだした。いい方に考えようと思っても、なかなかそう考えられない。なぜなら、弓恵の周辺の事実がそれとは反対の方向を指しているからだ。当然、『琥珀亭』の寛行と美恵子は、弓恵が抱えている事情を承知の上で、弓恵を雇い入れたのだろう。だからこそ、彼女が店にやってきてから、泰史に対してあけすけだった二人の様子に曇りが生じた。二人は絶対に他言しないという約束で弓恵の身柄を引き受けたのに違いないが、彼女が抱える事情が事情だけに、泰史が弓恵に惹《ひ》かれることを懸念した。それで「あの人はいけない」と、揃って泰史に忠告した。

(やっぱりそうだ)

泰史は心で呟《つぶや》いた。

(彼女は現在仮釈放中の身。彼女は過去に何らかの犯罪を犯した――)

『琥珀亭』でのことを考え合わせるにつけても、泰史はそう判断を下さざるを得なかった。何らかの犯罪……、それが何なのかが問題だった。

その時、プルルーと勢いよく電子音を立てて電話が鳴った。その音にはっと目を覚まされたように、泰史は反射的に背筋をぴんとのばしていた。

電話というのは、何の前触れもなしに鳴るものと決まっている。わかっていても、時にぎくりとさせられる。もの思いに沈み込んでいる時はなおさらだった。

泰史は一度鬱陶しげに顔を曇らせてから、腕をのばして受話器を取った。

「もしもし。ああ、ヤッちゃん？」

受話器から聞こえてきた声を耳にして、泰史の顔にできた濁りは余計に濃くなった。電話は市川の実家の母、園子《そのこ》からだった。

「ごめんね。もしかして今、仕事中？」

「ああ。でも、べつに構わないよ」

口ではそう言ったものの、声がひとりでに愛想のないものになっていた。

「ヤッちゃん、元気にしてるの？　ここのところ、全然音沙汰《おとさた》なしだから」

「ごめん。何だかバタバタしていたものだから。萌子からも時々電話やメールをもらうんだけど、なかなか会っている暇がなくて。この間も電話で厭味《いやみ》を言われたよ」

受話器の向こうから、含み笑いに近い、園子の小さな笑い声が伝わってきた。

「あの子は、ほんとにお兄ちゃん子だからね」

「今日は？　何かあったの？」

「あったというほどじゃないし、たいしたことでもないと思うんだけど……。お父さん、ここのところちょっとお腹の調子が悪くてね、きちんと検査するように言っているんだけど、私の言うことなんかちっとも聞かないのよ。だからヤッちゃんから一度お父さんに、ちゃんと言ってもらおうと思って」

「お腹って、腸？」

「たぶん」

便秘と下痢が交互にきて、腹具合が落ち着かない状態が続いているという。食欲の方も落ちていて、もともと細身のところにもってきて、以前に比べて二キロぐらいは痩せたらしい。

「百六十八センチで五十三キロか」呟くように泰史は言った。「やっぱり男としては痩せすぎだな。わかった。それじゃ僕からも、ちゃんと検査を受けるように親父《おやじ》に言っておくよ」

「ねえ、できれば電話じゃなくて、一度こっちにきて、顔を見て言ってくれないかな。でないとどうせ適当な返事をして、検査になんかいきやしないんだから」

園子の言葉に一瞬沈黙する。

「ねえ、駄目?」

「――わかった。近いうち、そっちにいくようにするよ」

電話を終えて受話器を戻す。自然とひとつ息が漏れた。電話を取る前からできていた泰史の顔の濁りが、いっそう濃さと深さをましていた。

園子の口から聞かされた父、和臣《かずおみ》の不調が気になったからではなかった。腸が弱いのは元からだし、痩せてはいても、ああ見えて和臣は思いの外丈夫にできている。それでも園子からこうして電話がかかってきた以上、一度は市川の実家に顔をださねばなるまい。正直、それが少々面倒臭かった。

園子は、萌子の実の母親ではあるものの、泰史の実の母親ではない。とはいえ、泰史が大きくなってからきた人ではなく、七つの時に和臣の妻となり泰史の母となった人だ。したがって、意識の上ではもはや実の母親とたいして変わりはない。園子が家にはいってくれたお蔭で、泰史も子供時代に寂しい思いをせずに済んだし不自由もしないで済んだ。園子には感謝している。愛情深くてやさしい人だと心から思う。

泰史のなかで『琥珀亭』が夕べの明かりと結びついているとするならば、市川の家での少年時代は朝の光と結びついている。実の母親が亡くなった後にやってきた新しい母、園子。穏やかな光を湛《たた》えた瞳、やわらかな笑顔。朝の澄んだ光が射《さ》し込む台所に立ち、朝食を作る母。家のなかにひろがる朝餉《あさげ》の匂《にお》い。

「ヤッちゃん、お味噌汁は飲まないと。今朝はお豆腐。お豆腐のお味噌汁は好きでしょう?」

「え?　パンの方がいいの?　じゃあ明日はトーストにしてあげる」

「あ、今度の土曜日はお弁当がいるんだったわよね。何がいい?　ヤッちゃんは、やっぱりお魚よりもお肉かな。そうね、それじゃハンバーグにしましょうか」

萌子が生まれてからも、園子の態度に何ら変わりはなかった。園子は少しの分け隔てもなく、泰史をまさにわが子として育ててくれた。

「面白いわねえ。萌ちゃんはヤッちゃんがあやすとすぐに泣き止む。萌ちゃんは本当にお兄ちゃんのことが好きなのね。よかったわねえ、萌ちゃん。いいお兄ちゃんがいて」

「駄目、駄目、萌ちゃん。お兄ちゃんはこれから学校なんだから駄々こねないの。じゃあヤッちゃん、気をつけていってらっしゃいね。ああ、今日体操着を持って帰ってくるの、忘れないようにしてね。もう洗濯しないと」

萌子をだっこしながら、登校していく泰史を朝の玄関口で見送ってくれたエプロン姿の園子の顔が思い浮かぶ。朝の光と笑みで輝いていた顔。

「お兄ちゃん、お兄ちゃん」

三つか四つになると、泰史の後をさかんにくっついてまわるようになった萌子。きめが細かいというよりも、毛穴などまったくないようなすべすべで柔らかな頰《ほお》は、触ってみるとまるでべつの生き物のそれに思えた。

気がつくと、泰史は顰《しか》めっ面を拵《こしら》えて、煙草に火をつけていた。また煙草を喫おうとしていることに気がついて、細く煙を上げはじめたばかりの煙草を灰皿に捩《ね》じ伏せる。長い煙草がぐにゃりと無残に折れ曲《ゆが》がったのが、見ていてなおさら苛立《いらだ》たしかった。

うんざりとしたように顔を歪めて、灰皿の煙草から目を逸らす。再びパソコンの画面に向かっても、内側に苛立ちの余韻が色濃く残っているのを感じていた。それでいて何に苛立ちを覚えているのか、泰史は自分でもよくわからずにいた。

2

「やだなあ。嫌いよ。だから私、ノモッちゃんはいやなのよ」

美恵子は額と眉間《みけん》の両方に皺《しわ》を寄せて、上目遣いに泰史を睨《にら》むような顔つきをして言った。事実、瞳のなかに忌むような翳が落ちていた。ふだんは明るい顔色、目の色をした丸顔の人だけに、半分拗《す》ねたような美恵子の顔は、何だか見ていて逆におかしかった。

たまには外でお茶しようよ――、自分の店でもコーヒーをだしている人間に対して口にするにはおかしな台詞《せりふ》だが、ちょうど店が暇な時間帯を狙《ねら》って出かけていって、泰史は美恵子を外に連れだした。『琥珀亭』と同じ通り沿いに『蓬茶房《よもぎさぼう》』という喫茶店がある。部屋で原稿を書いていることに息苦しさを覚えたりした時、泰史が気分転換に立ち寄る店だ。

「ノモッちゃん、昔から変なところ勘がいいし」依然としてどこか面白くなさそうな顔をして美恵子が言った。「だからまあ、もの書きにもなれたんだろうけど」

「僕はもの書きとは違うよ。ただの書き屋。勘だってべつによくないし」

「書き屋でも何でもいいけどさ。それに、前から言っているみたいに、あなた、まともそうで変わっているから」

泰史は苦笑した。人は誰しも自分はまともだと思っている。その一方で、変わり者だとも思っている。個々、それぞれ似たようでいてみんな違う、それが人間だ。寛行にしても美恵子にしても、むろんまともで真っ当な人間たちだが、少しも変わっていないかといえばそんなことはない。

「実を言うと、弓恵さんを雇う時、迷ったのよね」

「猫のことだろ」

わざと泰史がそう言うと、またそういうことを、というように、美恵子が鼻に小皺を寄せて泰史を睨んだ。

「何だか知らないけど、その時ノモッちゃんの顔が思い浮かんだのよ」

「僕の顔が？」

美恵子が頷《うなず》く。

「あなたには隠しきれないような気がしたというか、嗅《か》ぎつけられるような気がしたというか……」

「嗅ぎつけるって、人を犬みたいに」

「先に猫を持ちだしたのはあなたでしょうよ」

お互い口もとに苦笑を浮かべ合ったことで、四角い小さなテーブルの上の空気にも、若干の和《なご》みが生じた。

「繰り返すようで悪いけど、あなた変わっているから」

「だから、変わっているって？　どういうふうに？」

ここにくるといつも頼むダブルのエスプレッソをちょっぴり口に含んでから泰史は言っ

た。エスプレッソ独特の濃厚な苦みが舌と咽喉《のど》に染み渡るようにひろがっていく。

「うまく言えないんだけど、ノモッちゃん、妙に飄々《ひょうひょう》としているじゃない。学生時代もあなたに熱を上げた娘《こ》がいたけれど、まるで相手にもしなかった。見た目もかわいかったし、性格も明るくていい娘だったのに」

何が言いたいのか、と問うように、泰史は黙って美恵子の顔を見た。

「女は逆にノモッちゃんのそういう飄々としたところに惹かれるんだろうけど、見ていると、どうもノモッちゃん本人は、自分の方から近寄ってくるような女は嫌いなのよね。根が孤独好みってところもあるんでしょうけど」

面接を兼ねて弓恵とはじめて会った時、美恵子は泰史が惹かれる女がいるとすれば、この種のタイプの女ではないかという気がしたという。ぼんやり霞《かす》んでいて摑《つか》みどころがなく、印象そのものは薄いのに、内に深みか澱《よど》みのようなものを感じさせる女。

「それでもふつうはしょうがない」砂糖とミルクをたっぷり入れたスペシャルブレンドをひと口飲んで、美恵子が言った。「人間、好きになる時は好きになる。それでうまくいくもいかないも、あとは当人同士の問題」

頷くように小振りのコーヒーカップに口を運んで、美恵子の次の言葉を待つ。

「もうノモッちゃん、気がついちゃったから言うけれど、弓恵さんの場合は過去に問題ありでしょ？　だから私、何かいやな予感がしたのよ」

泰史が弓恵と時折食事に出かけたりしていることを知った時は、正直いって案の定という思いがしたし、後悔の念に似たものを覚えた。このまま進んでいったら責任が持てない。それで寛行と相談の上、たまに食事をする程度の関係にとどめておくよう泰史に忠告しておくことにした。

「時々食事に出かけるだけの仲。そのことは今も変わりがないんでしょ?」

美恵子の問いに、泰史はこくりと首を縦に振りおろした。

本当に弓恵とは、月に二、三度食事に出かける程度の関係のまま、今日にまで至っている。一度猫を見にいった以外は、彼女の部屋を訪ねたこともない。仮に泰史がそれ以上のことを求めたとしても、弓恵の方が受け入れまい。人と関わることが怖い、愛することも怖い——、以前弓恵は美恵子に漏らしたというが、裏返せば、それは人に求められることが怖い、愛されることが怖いということでもある。たしかに弓恵の表情や目には、ふとした折に脅《おび》えに近い色が窺《うかが》われることがある。泰史の問いかけに対しても、彼女はいまだに明瞭《めいりよう》な答えを返したためしがない。

ある程度の距離を保ったままでいることが弓恵の安心につながると心得て、泰史は彼女の趣味に合わせるように、もっぱら上野の『伊万里』に食事に出かけるだけのつき合いをしている。今もって弓恵が自分に心の扉を開いていないことは、むろん泰史も承知の上だ。

「ならいいけど、頼むからその程度のつき合いにとどめておいてよ。それに、こういう言い方はよくないかもしれないけど、所詮《しよせん》あの人はノモッちゃんにとって路傍の石。だからこれ以上の関心を持つことも無意味。何にせよ首を突っ込まないことだって」

「で、本当のところ、いったい彼女は何をしたの？」

砂糖をひと匙《さじ》半も入れた甘ったるいコーヒーを飲んでいるはずが、思い切り苦いコーヒーを飲みでもしたかのように美恵子が顔を顰めた。

「これだ。たった今、私がこれ以上首を突っ込むなって、言ったばっかりなのに」

「ママ、商売柄、僕は調べようと思ったら調べることもできるんだよ。それぐらいのノウハウは持っているからね。ただ、マスターやママに黙ってこっそり調べるようなことはしたくなかった」

「……」

「前に『琥珀亭』にきていた年配の女性——、あの人は文京区の保護司だよね。となると弓恵さんは仮釈放中の身。僕が答えを弾《はじ》きだすと、残念ながらどうしてもそういう結論にしかならないんだよ」

「……」

顔を厚い鉛色の雲で覆わせて、美恵子はテーブルの上のカップに目を据えたまま、口を噤《つぐ》み続けた。一度は和んだ空気も、当初以上に固く凍りついていた。それをも顧みることなく泰史は続けた。

「弓恵さんはあの女性、保護司の斉藤利枝さんの家に寄宿していたこともある。今から二年から三年前の話だ。ということは、弓恵さんが受けた刑は、決して軽いものじゃなかったということになる。逆算するに最低で九年。でなかったら、今も保護司がくっついているはずがない」

「だから嫌いよ」

美恵子が顔を上げ、『蓬茶房』にはいった時に口にしたのとほぼ同じ言葉を繰り返した。テーブルの上のカップから泰史の顔に移された目が、半分睨むような目つきになっているのも同じだった。ただ、今度美恵子の顔には、怒りの気配が窺われた。

「もの書きだか書き屋だか知らないけど、その種の人間はこれだから嫌い。ふつうの人だったら気がつかないようなことにも気がつくし、余計なことまで知っている」ヒステリーを起こしかけた時のような、ややうわずった声で早口に美恵子が言った。「知らなきゃ調べることだってできる。まったく厄介だったらありゃしない。こっちはかなわないわ。ねえ、それが人を困らせることだってあるのよ。わかってるの? まったく」

「ママ、そんなに怒らないでよ」

ややまくしたてはじめた美恵子を宥《なだ》めるように泰史は言った。

「怒りたくもなるわよ。私は今、本当にノモッちゃんに困らされているんだもの」

「………」

「だってそうじゃないの」いくぶん顎《あご》を持ち上げて美恵子が言う。「保護司がどんな人につくか、何年ついていたらどういうことか……ふつうの人は、そんなことなんか知っちゃいないわ。保護司がどういうものかも知らない。だいたい物事、いちいち結びつけて考えたりしやしないわよ。なのにあんたは――」

「ごめん。だけど知っているものは知っているし、弓恵さんのことに関しても、僕はもうある程度のことを知ってしまったんだよ」

「ねえ、そのまま通り過ぎることはできないの？」

「え？」

　美恵子の言葉に、泰史は心持ち目を見開いて彼女の顔を見た。

「今はある程度という段階でしょ？　べつに半端に知ったままの状態で構わないじゃない。ノモッちゃんには関係ないことだもの。そのまま知らん顔して通り過ぎていくことはできない訳？」

「できないね」静まり返った声で泰史は言った。「自分でも困ったライター根性だと思うよ。でも、僕はママの口から聞くことができなかったら、きっと自分で調べると思う」

　美恵子は一度うなだれるように目線を落とし、絶望的といわんばかりに大きく首を左右に振った。それから再び顔を上げて泰史に言った。

「じゃあ話してあげるわよ。だけど、私が話したら、それでもう終わりにして。こっちだってノモッちゃんを信用して、仕方なしに話すことなんだから。前に言ったはずよ。あの人に関心を持ってもらっては困るって。なのにノモッちゃんときたら――」

　美恵子の感情が昂《たかぶ》りつつあるのを感じながらも、今度はあえてそれを宥めることをせず、泰史は黙したまま次の言葉を待った。頭のなかで、勢いで構わないから美恵子に喋《しゃべ》らせてしまいたいという計算も働いていた。

「あの人が何をしたかって……」

その言葉の後、短い沈黙を挟んでから、意を決したような美恵子の言葉が泰史の耳に届いた。

「ひとごろしよ」

先刻までのいくらか早口で浮足だったような声ではなかった。うって変わったような冷えた声だった。続けて美恵子が言う。

「あの人はね、人を殺したのよ」

ひとごろし。

一瞬、自分が刑の宣告を受けたかのような思いに、泰史は返す言葉を失った。少なく見ても九年の刑期だ。その可能性をまったく考えていなかった訳ではない。とはいえ、やはりまさかと思っていた。あの弓恵が人を殺した――。

「ひとごろし……」呟くように泰史は美恵子の言葉を繰り返した。「人を殺したって、いったい誰を？」

まだ訊くのかというように、美恵子が片目を顰めるようにして泰史を見た。が、諦《あきら》めたようにまた口を開いた。

「ご主人とその愛人」

言ってから、美恵子は挑むような目をして泰史の顔を見据えた。

「どう？　これで納得した？」

今度こそ、泰史は本当に返す言葉を失っていた。

3

以前、結婚をして子供を産んだ。けれどもその子供が死んでしまったことで夫との仲もうまくいかなくなり、結果、離婚ということになった。弓恵は今もその傷を負ったままでいる……では、あの話は嘘だったのか。

「嘘じゃないわ」美恵子は言った。「それもほんと。まさかいきなりノモッちゃんに、あの人には人を殺したという過去があるから近づくな、とは言えないでしょ。口にすることのできる方の過去を話して、釘を刺すよりしょうがないじゃないの」

人を殺した。しかも一人ではない、二人だ。いかなる事情があったにせよ、それだけ重たい過去を背負っていれば、今現在は世間という現実社会のなかに身を置いていても、人目を避けるように視線を俯《うつむ》け、微妙に顔を背けるような素振りになってしまうのも無理はない。目立てば人に過去が知られ、自分が犯した罪が露顕しかねない。そよりと吹く風か空気のように人の意識や注意を惹きつけない程度の存在であった方が、安泰な暮らしを営みやすい。弓恵の口が極端に重いのも、恐らくそのせいだった。何か口にすれば、それは彼女が生きてきた過程、すなわち過去とどこかで結びつく。それが端緒となって、決定的な過去の事実に至りかねない。

「それでか」

自ら合点《がてん》するように、泰史は口のなかで小さく呟いた。

子供が死んだ。そのことで夫との仲がぎくしゃくしはじめ、夫はよそに女を作った。その果ての修羅場――。

「違うわよ」

泰史のなかで出来上がりかけていた道筋を、いともたやすく打ち消すように美恵子が言った。

「違う?」

「そうじゃないのよ。私たちは馬鹿正直な夫婦だもの、嘘は言えないわ。それにさっきも私、あの話は嘘じゃないって、ノモッちゃんに言ったわよね」

「え? だったら――」

「子供を亡くしたことでご主人と離婚したっていうのは事実。本当の話よ。弓恵さんが子供を亡くしたのは、一度目の結婚の時のこと。だから、その時のご主人とは生き別れ。今もその人は生きてるわ」

「それじゃ……」

美恵子がこくりと頷いた。

「事件が起きたのは二度目の結婚でのこと。弓恵さん、二度結婚しているのよ」

二度結婚している――、唇からゆるゆると、肺のなかの空気すべてが勝手に漏れだしていくような気分だった。

「ここまで聞けばもういいでしょ。それだけのことを引き起こすには、いろいろと事情があったと思うし、基本的にあの人は悪い人じゃないとは思う。だからこそ私たちも斉藤さんに頼まれた時、あの人の身柄を引き受けることにした。でも、あの人はあえてノモッちゃんが関わるべき人じゃないの」

言うだけ言うと、美恵子は椅子から腰を上げ、席を立ちかけた。その彼女を引き止めようとするように、泰史は「ママ」と呼び止めた。

「頼むわよ」美恵子があからさまに顔を歪めて言った。「一応こっちも営業中なんだから、いい加減店に帰してちょうだいよ」

「申し訳ない。でも、どうしてそんなことになったのか、ママはその事情もだいたい承知している訳だよね?」

「知っている知っていないは関係ない」撥《は》ねつけるような調子で美恵子が言った。「事実は事実。その事実はわかったんだから、もうそれでいいことでしょ?」

「……」

美恵子の言う通りだった。その通りだとわかっていても、やはり聞きたいし知りたい。ただ、泰史も美恵子の勢いに圧《お》されて、さすがにすぐにその思いを口にすることができなかった。

「ノモッちゃん、恨むわよ」すでに椅子から腰を上げた美恵子が、泰史を少し見下ろすようにして睨んで言った。「わかってる？　あなたは私にも重荷を背負わせた。これは本来、絶対に話しちゃいけないことだった。私は信義にもとる真似《まね》をしたのよ」

ごめん、と泰史が口にするかしないかのうちに、早くも美恵子は店のドアに向けて足を進めはじめていた。怒り、苛立ち、困惑、後悔、自責……美恵子の背中から、彼女の身の内側に渦巻く思いが、滲《にじ》みだしているように見えた。正の思いはひとつとしてなく、すべて負の思いばかりだった。人間は後ろ姿からでも心の内側が見えるものなのだということを、泰史は美恵子の背中によって改めて教えられた気がした。

「ノモッちゃん、恨むわよ」と言って睨んだ美恵子の顔が、泰史の網膜に焼きついていた。年齢の影響もあれば、長年にわたって積み重ねられてきた疲れもあるのだろう。ここ一、二年の美恵子の肌色は、かつてに比べてくすみが目立つようになっていた。だが、泰史にそう言った時の美恵子の顔は、くすみを通り越した澱みを帯び、どす黒いような色をしていた。その美恵子の顔色と自分に向けられた重みのある視線を思い出して、泰史は胸にちくりと痛むものを覚えた。重荷を背負わされた、信義にもとる真似をした……その美恵子の言葉に、少しの誇張もなかったろう。わざわざ『琥珀亭』に頼みにきたのだから、田島夫婦と斉藤利枝は、以前から何らかのつき合いがあったに違いない。かつて利枝に世話になったようなことがあったから、田島夫婦もそれだけの事情を抱えた弓恵を預かる決心をしたのかもしれない。弓恵を託すからには、当然利枝の側も夫婦に事情を包み隠さず話したろうし、それは絶対に他言無用という条件つきの話だったに決まっている。その約束を、美恵子は泰史によって破らされた。美恵子は日頃陽気だし、一見楽天的な女に見える。その一方で、彼女は生真面目《きまじめ》で気が小さい。彼女が今日自分が泰史に話してしまったことを、この先相当気に病むことになるだろうことは想像にかたくなかった。

（ごめん、ママ）

もう一度心のなかで詫《わ》びの言葉を口にしてから、グラスのまわりにすっかり汗を掻《か》いてしまったテーブルの上の水に手をのばし、気を落ち着けようとするように水を飲む。ひやりとした水が咽喉《のど》を伝わって、胃の腑《ふ》に落ちていく感覚があった。

寛行や美恵子と泰史のつき合いは、十三年余りにも及んでいる。単に長いというだけでなく、それなりの深さも持っている。だから、今回のことで一切が無に帰してしまうということはないだろうし、明日でも明後日でもまた泰史が店に出かけていけば、二人はいつもと同じ顔をして迎えてくれるだろう。これまでの日常の図が、ここでふつりと途切れてしまうことはない。かといって、以前と何もかもが変わらないという訳でもない。表面的には何も変わっていないように見えても、その内側で必ず何かは変わっている。泰史は彼らにそれだけのことをした。

（ひとごろし……、しかも二人も）

それでいて、気づくと早くも胸の痛みを忘れたかのように、思いは弓恵のことに戻っている。

（なぜだ？　人を殺すだなんて、何だってそんなことをしなければならなかったんだ？）

泰史の脳裏に浮かんでいる顔もまた、いつの間にか美恵子の顔から弓恵の顔へとすり替わっていた。

4

事件は今を遡《さかのぼ》ること九年、一九九四年の春先に起きた。当時弓恵は二十八歳。松島保《まつしまたもつ》という男の妻だった。弓恵の側は二度目の結婚。夫婦の間に子供はなし。住まいは東京都北区王子《おうじ》。

『北区で、妻が夫と愛人を睡眠薬で昏睡《こんすい》させた上で刺殺』——。

当時の新聞記事を当たっているうち、泰史のなかでもおぼろな記憶が甦《よみがえ》りつつあった。

事件のことは、テレビのニュースで見た覚えがあるし、新聞記事を読みながら、恐ろしい女がいるものだと思った記憶も戻ってきた。週刊誌か何かで、一度は彼女の写真も見たのではなかったか。九年も前のことだし、紙質も悪ければきめも粗い印刷写真だったろうし、記憶自体も曖昧《あいまい》だ。だから、泰史が覚えているのが本当に弓恵の写真だったかどうかもわからない。そもそも写真というのは、実物である本人と印象が異なることが多いし、どの写真が使われたかによっても乖離《かいり》が生じる。とはいえ、本人には違いないのだから、何かしらの特徴を押さえていることもまた事実だ。最初『琥珀亭』で弓恵に会った時、はっきりとした印象ではなかったものの、過去、どこかで彼女に会ったことがあるような気がしたのも、まったくの錯覚ではなかったのかもしれない。自分とは関係のない瑣末《さまつ》な種類の記憶として脳の蔵に入れられてはいたものの、一度写真で目にした弓恵の顔は、完全に脳から消去されてしまっていた訳ではなかったのかもしれない。

夫の松島保が、大学時代の同級生である岡安晴美《おかやすはるみ》と関係を重ねていることに、かねてから妻の弓恵は気づいていた。その問題に関して、夫婦の間ではしばしば話し合いが持たれていたし、当然諍《いさか》いも起きていた。それでもなお不倫の関係を断とうとしない保と晴美の二人に業を煮やし、弓恵は堪忍ならず暴挙にでた。弓恵は、当日保が晴美宅を訪れる約束になっていることを承知で密《ひそ》かに晴美のマンションの部屋に侵入し、あらかじめ酒に相当量の睡眠薬を混入させておいた。深夜、晴美の家に電話を入れて応答がないことによって二人が寝入っていることを確認した上、再び晴美の部屋に侵入。用意していた柳刃包丁で昏睡状態にある両名を殺害した。

どうやって愛人宅に侵入することができたのか。

弓恵は、保が所持していた晴美の部屋のスペアキーを持ちだし、それを元に合鍵を作っていた。二度の侵入の際には、その合鍵を用いた。

両名とも、弓恵が持参した柳刃包丁で腹部を刺された上、頸動脈《けいどうみゃく》を切断されて出血多量によって死亡。

それが過去の事件のあらました。

妻に知られていると承知で愛人との関係を続けてきた夫の背信行為は、責められて然るべきだろう。愛人にしても同様で、正当な夫婦関係を侵害し続けたことについては、彼女にも責められるべき点がある。仮に弓恵が夫と愛人を訴えていたら、婚姻関係を持続したままの状態で、二人から相応額の慰藉料《いしゃりょう》を取ることもできただろう。最初の非は、たしかにあちら側にあった。だからといって、むろん殺すまでのことはなかった。

罪の重さというのは、それが衝動的なものであったり偶発的な要素を含んだものであったりした場合と、計画的なものであった場合とでは変わってくる。弓恵の場合は明らかに後者、計画的な犯行だ。しかも明確な意志を持って両名を死に至らしめた。

切りつけるという行為と刺すという行為でも、その意味合いは異なる。たとえ相手が落命を免れたとしても、切りつけた場合は傷害罪、刺した場合は殺人未遂罪が適用されることが多い。弓恵は前もって合鍵を作った上で、二人を睡眠薬で眠らせるという策を用いている。それだけでも明らかに計画的な犯行である上に、腹部を刺しただけではおさまらず、完全に息の根を止めるべく、両者の頸動脈を切断している。明々白々な殺人というよりほかになかった。

（しかしどうしてそこまで……）

今の弓恵を見ていると、泰史には彼女がそれだけのことをしでかしたとは、どうしても信じられない。はかなげでたおやかで頼りなく、目を放したら湯気か何かのように蒸発してしまいそうな人だ。一度しか見たことはないが、殺風景といっていいぐらいにさっぱりとした部屋の様子からしても、彼女の内に夫と愛人を惨殺するような強い女の情念があるとは想像しがたかった。

泰史は、眉を寄せて煙草に火をつけた。

不可解な点はもうひとつあった。事件が起きたのは九年前。しかし弓恵は、少なくとも三年余り前には出所している。推測し得る範囲でいって、弓恵が獄中にあったのは最長で六年。明確な意志の下に二人の人間を殺害しているのだ。いかに模範囚であったとしても、六年というのは早すぎる。

ライターという商売をしているだけに、泰史は週刊誌の記者や編集者ともつき合いがある。泰史は思い出したように、『週刊ランディ』の中根進《なかねすすむ》という男に電話を入れた。

「え？　九年前の事件？　その記事が載っている号の『ランディ』を探せっていうのかよ」

毎週締切りがやってくる週刊誌の仕事は、目まぐるしいまでに忙しい。受話器の向こう側の中根は、いささか鬱陶しげな声をだして言った。

「お忙しいところ、本当に申し訳ない。できれば何とかお願いできませんかね」

「まあ、コンピュータで検索してみるよ」小さな舌打ちの後、中根が言った。「見つかったら記事のコピーかデータを送る」

「すみません」

面倒臭そうにしていたが、中根からはその日のうちにファクスが届いた。現時点で見つけることができた分の記事を送るという添状がついていた。

『不倫の代償――夫と愛人の頸動脈を断ち切った妻の意地』

事件の概要は、泰史が新聞記事で読んだのとほぼ変わりなかった。ただ『週刊ランディ』の記事には、周囲の印象というものにおいてのことだが、弓恵の人となりに触れている部分があった。

――「細身で瓜実顔《うりざねがお》の、楚々《そそ》とした美人という感じの人です。もともとお喋りな人ではありませんが、大きな声をだすこともなければ大声で笑うこともないし、もの静かで目立たない人でした」。加害者である妻の弓恵に関しては、おとなしげで内気そうな感じがする人だったという話が多く聞かれる。が、その一方で、彼女の違った側面を口にする人もいる。「ふだんはあんまりお化粧をしていないのですが、お化粧をすると、あら、というぐらいに印象が変わるんです。そうすると、目つきや口調まで変わるようなところがあって、ちょっと怖いな、と思ったことがあります」。「一見ふつうの人なんですが、本当はどういう人なんだかわからないようなところはありましたね。こちらが声をかけても気づかないぐらいに一心に前を見据えて歩いている時なんかもあって。そういう時は、もの憑《つ》かれしたようなというか、何か鬼気迫る顔つきをしていました」……。柳刃包丁を手に愛人宅に乗り込んだ時、弓恵は顔に艶《あで》やかな化粧を施していたという。その化粧の下の彼女の素顔が、本当のところいかなるものであるのかはわからない。ただし、彼女が夫と愛人の息の根を止めるという意志を持ってことに及んだことには疑いの余地がなく、内気で物静かなというおおかたの印象とはまたべつに、彼女が凶行に至るだけの激しいものを内に秘めた女性であったことは事実だろう。――

『週刊ランディ』の記事を読み、泰史は音にならない息をひとつ漏らした。

「まさかあの人が」「そんなことをするような人間にはとても見えなかった」……何か事件が起きた時、周囲が決まって口にする言葉だ。一方で、事件を予期させる兆候はあったという話も聞こえてくるのもほぼお定まりだ。だいたい人が人に抱く印象というのは、自分という特定の個人を基準としたものだから、おのおの違っていて不思議はない。加えて、人間というのは一面的な存在ではなく、多面的な存在だ。人に与える印象にも、当然異なるものがある。ただし、写真と同じで、それぞれの話が一面の事実なり真実なりを伝えており、それらを総合的につなぎ合わせることによって、その人間の全体像も見えてくる。

内気でもの静かな反面、思い詰めた時、内側の激しい性格が行動となって表に現れる――、それが『週刊ランディ』の記事から浮かび上がってくる弓恵像といえるだろう。

（そういえば……）

泰史は再び送られてきた記事のコピーに目を落とした。

「ふだんはあんまりお化粧をしていないのですが、お化粧をすると、あら、というぐらいに印象が変わるんです。そうすると、目つきや口調まで変わるようなところがあって、ちょっと怖いな、と思ったことがあります」――。

弓恵を知る近隣住人談として書かれていた部分を読み返す。たしかに、ふだん弓恵はあまり化粧をしていない。薄くファンデーションを塗り、唇に近い色の口紅をつける程度の薄化粧だ。アクセサリーも控えめで、明らかな色がついたものをしていたのを見たことがない。化粧、服装、身につけるもの……どこにも色が感じられず、見た感じぼやけた印象を受けるのは、人目を惹きたくない、空気のようにあたりの空気に紛れてしまいたいという、彼女自身の意図あってのことと解釈してきた。

（でも、違った訳だ）

泰史は心で呟いた。

（元から彼女はそういう女だった。ただし、きっちり化粧をする時もあるにはあった……）

化粧をすると印象が変わる。目つきや口調まで変わってちょっと怖い。愛人宅に二人を殺害するために乗り込んだ時、弓恵は艶やかな化粧をしていた……記事を思い返しながら、泰史はわずかに首を傾《かし》げた。そのことに何か意味があるのだろうか。

考えても、答えはでなかった。化粧は女が自分の難を隠し、自らをよりうつくしく見せるために施すもの——、男だからなおさらかもしれないが、化粧にそれ以上の意味は見出せない。

それにしても、と息をつくような気持ちで改めて思う。どうしてそこまでやったものか。それぐらいに夫を愛していたし、その分夫と愛人に対する怒りや憎しみも大きかったということか。

『琥珀亭』で立ち働く弓恵の姿が脳裏に浮かんだ。『伊万里』での穏やかな笑みの光を瞳に湛えた顔も思い出された。

（あの彼女が……）

　仕事で殺人が絡んだ事件の取材に当たったことはある。だが、本当の殺人者と知らずに直《じか》に接触したのは、泰史もこれがはじめてだった。

　ゴキブリ一匹叩《たた》き潰《つぶ》しても、命の証ともいうべき反発力に驚かされる。いささか大袈裟《おおげさ》にいうならば、鳥一羽、猫一匹殺すにしても、現代人には命懸けの格闘技に等しい。ことを終えた時はへとへとになる。

（それが人間。しかも二人。亭主と愛人）

　ぞわりとするような悪寒に見舞われて、泰史は小さく身震いをした。夫と愛人の頸動脈を断ち切った女が、自分のごく身近にいる。

　タモ――。

　不意に弓恵が飼っている猫の名前が思い出された。

（松島保）

　一瞬、目のなかで光が弾けたようになった。

（タモというのは、亭主の保という名前からきているのか）

　飼い猫に同じ名前をつけるぐらいに、弓恵は今も自分が殺した亭主への思いを持ち続けているということか。

　泰史の鼻腔に、弓恵の部屋で嗅いだ線香の匂いがまた甦った。

子供を亡くした過去があると聞いた時、泰史はそれを、死んだ子供の御霊《みたま》に上げている線香の残り香だと考えた。だが、そういうことだったのだろうか。彼女は自分が殺した亭主に線香を上げていたのではなかったか。

（それじゃ亭主と一緒に殺した岡安晴美という愛人は？　彼女の命を奪ったことに対する悔恨と贖罪《しょくざい》の気持ちはどうなんだ？）

彼女に対しても弓恵は罪を詫びる気持ちで線香を上げ、その掌を合わせているのだろうか。

わからなかった。

弓恵のことをもっと知りたいと思って調べはじめたことだった。けれども、調べれば調べるほど、かえって弓恵の真の姿が、深い霧のなかに紛れていく思いがした。はっきりしたのは、彼女が人を二人殺したということだけだ。

（ひとごろし）

泰史は心で小さく呟いていた。

第三章　半月

1

長くて陰気な梅雨がようやく明けた。

地球そのものが温暖化に向かっているので、日本人の美意識や文化を育《はぐく》んだはずの四季も、近頃はそれぞれの境目と個性が曖昧《あいまい》になってしまったところがある。それでも東京の夏は強烈で容赦なく、季節としての個性を強固に主張するのが常だ。ただし、今年の夏は梅雨の余韻をひきずったような、いたってはっきりとしない夏だった。空が鮮やかな青色をした夏の顔を見せることが少ない。一応梅雨は明けたとはいえ、いまだに長い梅雨のなかに身を置いているような天候が続いていた。気分も冴《さ》えない。

その鬱陶《うっとう》しい気候のなか、泰史は『ヴィクター』の〝新東京図鑑〟という企画の取材と原稿を上げた。

一見ビジネスマンには、あまり関係がなさそうな特集にも思えるが、二度目の再開発の時期に当たっているので、このところの東京の移り変わりにはめざましいものがある。地下鉄を自在に乗りこなし、目的地に着いたらすぐに目指すところに最短距離で向かい、接待ならば、相手の格に応じてどこそこの店を使う……推移が早いだけに、東京で生活しているビジネスマンも、日常の行動半径を少し超えると迷ってしまうことがある。今回の仕事は今現在の新東京名所を示すお助けテキストのようなものだった。したがって、自分の足で歩くことがメインで、仕事としてはあまり面白いものとはいえなかった。気候もうんざりなら仕事もうんざり、すかっと気持ちが晴れる時がない。

電話が鳴った。取ると、「もしもし」という萌子の声が聞こえてきた。萌子の声は晴れていたが、反射的に泰史の顔はひしゃげた。園子から和臣のことで、一度市川の実家に顔をだしてくれるように言われていた。なのに泰史は、まだその約束を果たしていなかった。

「締切り明けでしょ?」

受話器の向こうの萌子が言った。

「ああ、よく知ってるんだな。驚いた」

「ふふ……、私も『ヴィクター』にはずいぶん詳しくなったからね。ねえ、これからそっちにちょっと寄る」

突然の萌子の言葉に少し驚く。

「寄るって、お前、今どこにいるんだよ」

「本郷」

天を仰ぎたいような気分だった。すでに本郷まできているものを、邪魔だと追い返す訳にもいかない。しかも萌子は、今日が締切り明けだということまで承知している。

「今日のお昼なら、絶対家にいると思ったんだ」

締切り日が日曜に当たっていたのが泰史の不幸というよりほかになかった。

十分ほどでいくからと言い、現に萌子は十分経《た》つか経たないかのうちにやってきた。

「久しぶりー」

そう言った萌子の顔には、明るい笑みがあった。泰史も仕方なしに、笑みらしきものを浮かべた顔で応《こた》える。

「あーあ、お兄ちゃんたら、何だかくたびれたような顔しちゃって」萌子が言った。「ま、締切り明けじゃしょうがないか。はい、差し入れ。プリン買ってきたわ。一緒に食べよう」

「プリンか……」

「何よ、その顔。いったん冷蔵庫に入れておいて、その間にコーヒーでも淹《い》れるとしますか。ええと、お兄ちゃんはコーヒーメーカーを使っているんだっけ?」

「コーヒーぐらい俺が淹れてやるよ」

「あら、私が淹れるわよ」

「いいって」

「うふ」萌子が笑った。「じゃあ、そうしてもらおうかな」

キッチンに立ちながら、心の内で疲れた吐息を漏らす。

「ほら、ヤッちゃん、疲れた時は甘いものがいいんだからチョコレート食べなさいよ」

「お茶淹れようか。何が飲みたい？」「もうひと頑張りね。後で夜食を作って持っていってあげるから」……園子は世話焼きな母親だった。しかも明るい世話焼きだ。やはり萌子はその血を引いている。こいと言わなくてもやってくるし、疲れた時は甘いものという発想まで同じ。きっと脳にすでに刷り込まれているのだろう。

「お兄ちゃん、今、こんな仕事もしているの？」

コーヒーを淹れ、トレイにカップをのせて部屋に戻ってみると、萌子が弓恵に関するファイルを手にしていた。

刹那《せつな》、ビリッと全身の皮膚に電気が走り、それを追いかけるように毛穴から汗が噴きだした。

「駄目、駄目。人の資料を勝手に見るなよ」

トレイをデスクの上に置くのもそこそこに、萌子から弓恵のファイルを取り上げる。声もおのずと険しいものになっていた。

「何よ、おっかない顔しちゃって。兄妹だもの、私、お兄ちゃんが何の取材をしているかなんて、人に言ったりしないわよ」

「そういう問題じゃないんだよ」

「変なの。――ま、いいわ。今、プリン持ってくるね」

萌子がプリンを取りに立つと、泰史はうんざりしたような息を漏らした。続けて、冗談じゃない、と心のなかで呟《つぶや》きを漏らす。これだから萌子は苦手だった。園子も同様だ。母子だから、兄妹だから、家族だから……身内としての愛情が濃すぎる。悪い人間でないことは承知しているが、悪気がないだけに逆に始末が悪い。個として独立した人間同士という前提が成り立たない人間を相手にすると、どこまでも介入を許さざるを得ない羽目になる。だから泰史は遠ざかる。子供の頃はたいして意識していなかったが、泰史はある時期からそれが煩《うるさ》く思えてならなくなった。大学にはいると何だかんだと理由をつけて家をでたのも、〝愛情〟という束縛から自由になりたかったからかもしれない。

「知ってる？　この店のプリン、流行《はや》ってるのよ」萌子は泰史に睨《にら》みつけられ、咎《とが》められたことなど、早くも忘れ果てたかのような屈託のない様子で言った。「一個三百二十円。プリンのくせして、値段もそこそこするけどね」

「今日は？」プリンを食べはじめながら萌子が言った。「もうご飯は食べたの？」

「まだ」

愛想のない顔と声で答える。

「まだ？　一食も？」

「起きたのが二時間ぐらい前で、昼をちょっと過ぎてたから」

「だったら早めに一緒にご飯を食べにいこうよ。『琥珀亭』だっけ？　私、久しぶりにあそこにいきたい」

「『琥珀亭』か」

弓恵のファイルを覗《のぞ》き見られた後だけに、内心ぎくりとするものを覚えながらも、平静を装って泰史は言った。

「萌子は久しぶりかもしれないけど、こっちはしょっちゅういってるんだぜ」

「いいじゃない。せっかく本郷まできた人間が、あそこがいい、って言っているんだから」

「べつにお茶の水でも神田でも、どこかよそにでたっていいじゃないか」

「ずっとすっぽかされてきたのよ。たまには私のわがまま、聞いてくれてもいいと思うけどな」

厄介だった。これ以上『琥珀亭』に連れていくことを拒むと、逆に妙に思われかねない。

「それじゃ、ちょっと早めに『琥珀亭』に飯でも食いにいくことにするか」

仕方なしに泰史は言った。萌子は、自分の要求が通ったことに、「やったね」と嬉《うれ》しげな顔を見せていた。その萌子の様子を眺めやりながら、母娘だな、と改めて思う。甘えるという体裁《ていさい》をとったゴリ押し——、これも園子と萌子に共通したものだ。甘えで粉飾した自分のゴリ押しを相手が受け入れてくれた時、彼女たちはそこに相手の自分に対する愛情を見る。彼女たちはそういう種類の人間かもしれない。また、実際に、愛しているから相手の甘えを愛《いと》しいものと感じて譲歩する人間も、この世のなかにはいるだろう。ただし、少なくとも泰史は違った。止むなく義務で受け入れる。相手の要求を受け入れなかったことで、負債でも負ったように、後で自分を責めることになるのも気鬱だから、諦《あきら》めて譲歩する。それだけで、相手に対する愛情とはまったくべつの次元のことだった。

四時過ぎに家をでて、小一時間ほどあたりをぶらぶら散歩した後、萌子とともに『琥珀亭』に向かった。ランチのため、正午から三時まで営業して、夜は五時から店を開けて十一時前に店を閉める。それが『琥珀亭』の営業パターンだ。

「こんにちは」

「あらあ、萌子ちゃん！」

萌子の顔を見て、美恵子はすぐさま親しげな笑みを顔一面に浮かべてみせた。『蓬茶房』の一件以降も、泰史は『琥珀亭』に出入りしている。店では美恵子とも寛行とも、以前とまったく変わりなく接している。あちらにしても同様だ。一見、前と何ら変わりない。仮に内心は違っても、弓恵本人が何も知らずにいるのだから、周囲もそう振る舞うよりほかになかった。

「いらっしゃい。まあ、萌子ちゃん、よくきたわね」

「参ったよ」泰史は言った。「人の締切り明けを狙《ねら》って突然押しかけてきて、どうしても『琥珀亭』にいきたいだなんて言いだすもんだから」

「あら、嬉しいわねえ」そう言ってから、美恵子は弓恵の方を振り返った。「二人は、面識あったかしら。こちら、ノモッちゃんの彼女の萌子さん……なんて、本当はノモッちゃんの実の妹さんなんだけどね」

美恵子の軽い冗談に、萌子が笑い声を立ててみせた。転がるような短くて高い笑い声だった。楽しげな笑い声でもあった。一方泰史は、思わず苦虫を嚙《か》み潰《つぶ》したような表情になるのを意図して制した。心の内で、いやな種類の冗談だと苦々しく思う。

「こちらはうちの店を手伝ってもらっている弓恵さん」

「はじめまして」「どうぞよろしく」——、二人はお決まりの挨拶《あいさつ》を交し合った。が、なぜか泰史には、それがどこかぎこちないものに感じられた。

両者の間のちょっとした間合いの感触だ。妙にお座なりな調子だったし、二人の目と目がしっかり合っていない感じも受けた。萌子は、視線をよそに逸《そ》らすタイプの人間ではない。微妙に視線を逸らした人間がいたとすれば、やはりそれは弓恵だろう。

「私、今朝からここの海老オムレツが食べたかったの。それとペンネのサラダ。両方とも、とってもおいしいんだもの」

「萌子ちゃんたら、本当に嬉しいこと言ってくれるわねえ。兄妹だっていうのにノモッちゃんと違って、愛想がいいから」

「あら、べつにお愛想で言ってるんじゃないのよ。私、本当に食べたかったの」

「ありがとうございます。そう言っていただくと、なおのこと嬉しいわ。で、お飲み物は？　何にする？」

「そうだな……赤のハウスワインにして」泰史が美恵子に答えて言った。「デキャンタでちょうだい。それと、僕は煮込みハンバーグ。先にスモークサーモンとガーリックトーストももらおうかな」

「はーい、かしこまりました」

表面上のことかもしれないが、萌子を連れてきたことで、美恵子の機嫌もいつもに比べて一割ましぐらいよくなったように思えた。萌子も上機嫌で、テーブルにワインとともにあえずの料理が運ばれてくると、手と口を動かしながらも笑顔を絶やすことなく、一人で喋《しゃべ》り続けている。それでね、それでね……萌子の絶え間ないお喋りに、泰史は時折うん、うん、と相槌《あいづち》を打ちながらも、半分ぐらいは聞いていなかった。

「海老オムレツ、お待たせいたしました」

弓恵が皿を運んできた。萌子はちらりと弓恵に視線を走らせて、早口で「ありがとう」と礼を言った。

思わずはっとして萌子を見る。萌子の表情に、これといった動きは見られなかった。いつもと変わらぬ萌子の顔だ。けれども、美恵子や寛行に対して口にするのとは、明らかに声の色と調子が違っていた。冷えた声でさらりと告げたかたちばかりの礼。一方で、萌子は、何事もなかったかのようにはしゃいだ様子で話を続けている。それでね、それでね……。

「そうそう、お父さんのこと」

思い出したように萌子が言った。

「お兄ちゃん、よろしく頼んだわよ。あれでお父さんて、案外怖がりなのよ。だから病院にいかせるにも、誰かがお尻を叩《たた》いてやらなきゃならない。困っちゃうのよね。お母さんや私の言うことなんか、ちっとも聞きやしないんだから」

和臣の件は、園子に頼まれていたのに、泰史が放ったらかしにしていたことだ。多少責められたとしても仕方がない。それでも萌子の語り口はさばさばとしていて、皮肉っぽい調子はまったく窺《うかが》われなかった。とりたてて問題は何もないように思える。にもかかわらず、泰史の肌は勝手に妙な空気を感じていた。

観察するようによくよく見ていると、萌子は時折ちらっと弓恵に視線を向ける。ほんの一瞬のことだ。が、その眼差しには、頭の裏側まで見透かそうとするような冷徹さが感じられた。それは泰史がこれまで見たことがない萌子の顔つきであり目つきだった。

かたや弓恵は、萌子の視線など感じてもいなければ意識もしていないといった素振りで、テーブルとテーブルを往き来して、自分の仕事に勤《いそ》しんでいる。「いらっしゃいませ」「ただいまお絞りとお冷やをお持ちします」「ビーフシチューでございますね。パンかライスをおつけしますか。ライスですとサフランライスもご用意しておりますが」……こちらもまた、いつもの弓恵といえばいつもの弓恵だ。それでいて、どこか空々しい感じもした。あえて何も気づいていない素振り――、それは彼女が得意とするところのものでもある。さり気なく目を逸らす。背を向ける。するりと身をかわすようにして、人と人の意識から逃れる……。

ワインを飲みながら食事をし、萌子とともに二時間余りを『琥珀亭』で過ごしただろうか。食後のコーヒーまでしっかり飲み終えると、泰史は萌子を伴って店をでた。泰史には、長い二時間だった。

「今日はどうもありがとう」戸口の外まで二人を送りにでてきて、美恵子が萌子に向かって言った。「萌子ちゃん、きっとまたいらしてね。待ってるから」

「ええ、ぜひまた」

美恵子の言葉に、萌子も笑顔で応える。夜に漏れだした明かりの下で、自ら輝きを放つような笑顔だった。女同士というのはそういうものなのだろうか。数えるほどしか顔を合わせたことがないというのに、二人の間には親密さに似た和《なご》やかな空気が流れている。

「あら、どっちに向かって歩いているの?」

店をでて歩きはじめると、すぐに萌子が泰史に言った。

「駅。本郷三丁目の駅まで送っていくよ」

「これだ。私のこと、もう追い返そうっていうんだ」

「そういう訳じゃないけど、市川の駅に着いてからのことがあるだろ。深夜の一人歩きは物騒だから、なるべく早く帰った方がいい」

「あー、はい、はい。わかりました」放り投げるような調子で萌子が言った。「おとなしく帰りますよ、だ」

やれやれという思いで、泰史はかたわらの萌子の顔をちらりと見やった。こんな時、萌子はわざと膨れてみせたりするのが常だ。が、案に反して、萌子は不貞腐《ふてくさ》れたような顔も故意に怒ったような顔も作っていなかった。むしろその横顔は真剣で、目の前の闇《やみ》をじっと見据えている感じがした。

「お兄ちゃん」うって変わった真面目《まじめ》な声で萌子が言った。「あの人、変な人ね」

「え？」

「『琥珀亭』に新しくはいった水内弓恵さんて人。何だかお化けか幽霊みたい。私、見ていて、テーブルとテーブルの間を幽霊がふわふわ往き来しているみたいな感じがしたわ」

「そうかな」

「そうよ」決めつけるように言ってから、萌子はさらにぴしゃりとした調子で言葉をつけ加えた。「私、ああいう人は嫌いだな」

本郷三丁目の駅に着き、切符を買ってやると、萌子は「じゃあね」と明るい顔を見せて泰史に言った。ほんの少し前、闇を見据えていた時とは、また別人のような顔だった。いつも通りの萌子の顔。

「またくる」改札口に向かいながら萌子が手を振った。「というより、今度はお兄ちゃんがうちにこないといけないのよね。お母さんも寂しがってるわ。それにさっきお店でも言ったけど、お父さんのからだのこともあるし。まあ、べつにそんなに心配ないとは思うけど」

「わかった、わかった」

「お兄ちゃんは、いつも『わかった、わかった』だ。――じゃあ、またね」

半分皮肉のように言いながらも、萌子の顔から笑みが消えてしまうことはなかった。泰史も笑みを浮かべて萌子に手を振る。今度は作り笑いではなかった。お役御免――、心のどこかに、ようやくこれで解放されたという安堵《あんど》感に近いものがあった。

萌子が改札口のなかに消えていくのを見届けてから、泰史は夜の本郷の町を自分のマンションに向かってゆっくりとした足取りで歩きはじめた。

(変な人ね。何だかお化けか幽霊みたい。私、ああいう人は嫌いだな、か)

歩きながら、知らず知らずのうちに、萌子の言葉を反芻《はんすう》している自分に気がつく。

「『琥珀亭』に新しくはいった水内弓恵さんて人」

泰史の足が一瞬止まった。同時に美恵子の言葉も思い出された。

「こちらはうちの店を手伝ってもらっている弓恵さん」

美恵子は、弓恵の名前を告げただけだ。水内という姓までは口にしていない。なのにどうして萌子は、水内という弓恵の苗字まで承知していたのか。

泰史の部屋で覗き見たファイルと彼女を結びつけてのことだろうか。しかし萌子はそんなに勘がよかったろうか。泰史がコーヒーを淹れている間のことだ。たいして長い時間ではない。ほかのものもそこらにだしっ放しにしてあったことだし、萌子が弓恵の事件に関するファイルだけをじっくり読んでいたとも思えない。ファイルで水内弓恵の名前を見たとしても、美恵子の口から耳にした「ゆみえさん」という音としての名前が、すぐに活字の「水内弓恵」と結びつくものだろうか。もしも結びついていたとしたら、紹介された後、すぐにおかしな顔を見せるのがふつうではないか。まさか、というような顔色、目の色……振り返ってみても、萌子の顔にその種の様子は見当たらなかった。

（どうしてだ？）

泰史は思った。

（なのにどうして水内という姓を知っていたんだ？　そもそも萌子は、何だって今日、突然訪ねてきたりしたんだ？　しかも『琥珀亭』にいきたいと言い張ったりして）

弓恵と萌子の間に感じた奇妙な空気の感覚が、泰史の肌に甦《よみがえ》っていた。よそよそしいようでありながら、どこか肌にチリチリくる微妙に尖《とが》った硬い空気。

（すでに二人は面識がある？……）

そんなことがあるはずがないと、自分に言い聞かせるように胸で「まさか」と呟きながらも、泰史は自分がまたひとつ謎《なぞ》を抱え込んだのを感じていた。弓恵と出逢ってから、そんなことが続いている。

目の前にひろがっているのは、見慣れた本郷の町の夜だ。けれども泰史の目には、本郷の町を覆う夜の闇が、いつもの晩よりいくぶん深く暗いものに感じられていた。

2

「本当に変わっているよ、ノモちゃんは」

寛行にも言われた。

店が閉まる少し前に立ち寄ったので、弓恵はすでに仕事を上がった後だった。店としては、本当ならば九時半ラストオーダー、十時半閉店にしたいのだが、客との兼ね合いで、店を閉めることができるのはどうしても十一時近くになりがちだ。十一時を過ぎることもある。後片づけをして家に帰り着けば十二時。仕込みもあればランチタイムの営業もある。考えてみればなかなかの重労働だった。

「うちの馬鹿が喋っちゃったんだってな」寛行が言った。「話を聞けば、まあ致し方なかったかな、と俺も思わないでもないけど……。なのにノモちゃん、それがわかってもまだ、弓恵さんと飯を食いにいったりしているんだって？」

弓恵とのつき合いは、以前と変わっていない。たまにはべつの店にいくこともあるが、相変わらずだいたい上野の『伊万里』に、月に二、三度、食事に出かけている。

「言われたことはちゃんと守っているよ」泰史は言った。「時々一緒に飯を食いにいくだけ」

「弓恵さんも、ノモちゃんがそれ以上踏み込んでこないから安心している面もあるんだろうけど」

「でも、私はちょっと不思議」脇から言葉を差し挟むように美恵子が言った。「最初見た時、あの人、本当には誰とも打ち解けないし、心を開かないような感じがしたから。それなのにノモッちゃんとは――」

「僕に対してだって、あの人はべつに打ち解けちゃいないし、心を開いてもいないと思うよ」

「でも、一緒にご飯食べにいったりしてる。あの人としては大進歩というか大変化というか、私はそんな感じがするのよね」

「うちに勤めてもらって、もう半年以上あの人のことは見てきた。まじめによくやってくれていると思うよ。でも、人間、本当のところはわからない。だから言う訳だよ。人の過去を云々するようなことはしたくないけど、やっぱりそれだけのことをした人間となると、深入りはするべきじゃないだろうな、って」

泰史もややこしい過去を背負い込んだ人間と、あえて私的なつき合いを持ちたいとは思わない。ただ、弓恵は、最初からおぼろに霞《かす》んだようなところが泰史の興味を惹《ひ》きつけた。抱えているものや過去が明らかになってくれば、月にかかった叢雲《むらくも》のような霞や濁りはとれていくのがふつうだ。ところが、弓恵の場合は、かえって不透明感と謎が深まっていく。正直言って、謎に足を取られたという思いだった。内に不明な沼があると思えば思うだけ、泰史の目と意識はそちらに惹きつけられていく。

「有田、伊万里にも、もちろん色絵もあるし、金を使ったものもあるわ。だけど、それは献上品だったり輸出品だったり……。昔、一般の人たちは、白磁に藍《あい》文様の染付《そめつけ》を使っていたと思うの。だからかしら、私もやっぱり藍の染付が好き」

『伊万里』で器を眺めながら、楽しげに言葉を紡ぐ弓恵の顔が思い出される。本当に彼女は器のこととなると言葉が尽きない。

「備前《びぜん》もいいものはいいと言うけれど、私は色といい質感といい、あまり好きになれなくて。九谷《くたに》は九谷で華美というか、何だかごてごてしすぎていて駄目。お猪口《ちょこ》や香炉ならいいかもしれないけど、料理の器としてはちょっとね」

『伊万里』の主人は稲城楠男《いなぎくすお》という。弓恵が器好きな上に詳しいものだから、近頃は彼も時々表にでてきて彼女と話をするようになった。器について稲城と語り合っている時、弓恵の瞳は輝いている。頰《ほお》にも作りものでない笑みの光が渦巻いて、見ていて泰史が、この人はきれいな人だな、と実感する瞬間でもある。たおやかで穏やかなうつくしさだ。

その一方で、泰史は頭で考えてもいる。この人が、どうして夫と愛人の二人を殺したりしたものか。怒りにわれを忘れてということでもなければ弾みでもない。彼女は確実に殺意をもってことに及んだ。

一緒に歩いていても、ほのかに香《こう》の匂《にお》いを嗅《か》ぐことがある。甘い薫りでないことからしても、やはり線香の移り香だろう。そんな時も、この女は人を殺した女なのだと、肌の内側にざわりと鳥肌が立つような感触を覚える。

何しろ二人の頸動脈《けいどうみゃく》を断ち切ったのだ。余程の決意がなければできないことだし、弓恵は全身に多量の返り血を浴びたに相違ない。彼女は夫と愛人、どちらから刺したのか。どちらの首の大動脈を先に切断したのか。

目にしている実像と過去の事実との間の乖離《かいり》が大きすぎる。だから弓恵といると、時にそのギャップの大きさに、刹那、脳が眩《くら》むような思いに見舞われたりもする。

過去、彼女が犯したという罪と彼女も重ならなければ、実際の彼女の姿も見えてこない。

泰史が目にしている弓恵が本当の彼女なのだろうか。もう少し弓恵と接し、彼女のことを見ていたら、何かが見えてくるのではないか。そんな思いも手伝って、慄然《りつぜん》とせざるを得ない彼女の過去を知った今も、泰史は彼女から目を放せずにいた。

「ノモッちゃんは孤独好みなのよ」美恵子が言った。「だから逆にああいう人に魅《ひ》かれる」

「僕はべつに魅かれてなんか……」

魅かれてなんかいない、と言いかけて、泰史は言葉を呑み込んだ。美恵子の言う通りだった。弓恵に魅かれていなければ、殺人者とわかった今も、彼女とのつき合いを続けていまい。

「急によそよそしくなられても困るけど」今度は寛行が言った。「やっぱりだんだんに距離を置いて離れていくことだな。うちも斉藤さんには昔いろいろと世話になったから、一時的にあの人を引き受けはしたけど、早く正式な職が見つかってお役御免になれたらいいというのが本音なんだよ」

お役御免——、どこかで聞いたような言葉だった。

「あの人が嫌いだとか信用できないとか、そういうことじゃないんだよ。ただ、あの人に関わっていると、こっちも必然的に秘密を持たなくちゃならない。ご承知のように、うちは俺もかあちゃんも、嘘《うそ》や隠しごとは苦手という人間だからさ、何だかそれだけでプレッシャーで」

寛行と美恵子は常識を備えた善良な一般人だ。人のまともさなど比べようもないが、少なくとも泰史に比べたら彼らはまともだし、二人が泰史に言っていることは正しい。

「ごめん。僕が変に首を突っ込んじゃったばっかりに、マスターにもママにも余計な心配や気苦労をかけることになっちゃって」

「ほんとよ」

そう言って美恵子は横目で泰史を睨んだが、作ったような表情だったし、目にも若干の笑みが見てとれた。『蓬茶房』でのことが起きる以前の美恵子の表情に戻った気がした。そのことに、泰史もわずかに安堵を覚える。

「俺も最初、こいつがノモちゃんに話したと聞いた時は、『この馬鹿』と言ったんだけど、こうなってみると、かえってよかったのかもしれないな。そりゃあ、このことは、斉藤さんにも弓恵さん本人にも口が裂けても言えないし、申し訳ないことをしたとは思うけど、ノモちゃんには話せるということで、こっちも多少は気持ちが軽くなった」

「そう言ってもらえると助かるけど」

「ま、よろしく頼むよ」

「うん。わかった」

日本語というのは曖昧だ。「よろしく」「わかった」……何がよろしくで何がわかったのかを、明確にしようとしない。「こんにちは」や「さようなら」の挨拶と同じで、後に続く言葉は自らが察するよりほかにない。

あえて言葉の中身をしかと確認しないまま、泰史は店を後にした。それでいて、泰史はちゃんと承知してもいた。これ以上弓恵に関わらないでくれ、自分たちのためにも、何も気づかないような顔をして静かに通り過ぎてくれ、それが泰史の身のためでもある――、もう一度念を押そうとするように、寛行はそれらの言葉を「よろしく」のひと言に託したのだ。そして泰史は了解した。

『琥珀亭』の田島夫婦とは、ここに至るまでのつき合いと信義がある。だからといって、べつにこれから先、一生つき合っていくということもないだろう。したがって、彼らと弓恵、どちらを選ぶかという選択ではない。ただ、どうあれ弓恵は人を殺した女だ。ふつうの女ではない。誰だって一度や二度は人を殺したいと思ったことはあるかもしれない。しかし、人を殺すというのは、仮に相手に強い殺意を抱いていたとしても、たやすくなし遂げられることではない。また、たとえ相手が虫けらにも等しい人間であったとしても、人間の屑《くず》やダニというに等しい人間であったとしても、絶対にしてはならないことでもある。その約束ごとを覆《くつがえ》したら、社会が社会でなくなってしまうからだ。人間も、人間たる資格を失ってしまう。

（路傍の石）

前に美恵子に言われたことを思い出し、泰史は心のなかでなぞるように呟いた。

（そうさ、路傍の石。わかっちゃいるんだ）

寛行の言うように、弓恵には深入りすることなく、徐々に距離をとっていくことだ。そう考える一方で、今度は萌子の言葉を思い出していた。

「お兄ちゃんは、いつも『わかった、わかった』なんだから」

「わかった」と、簡単に口にするくせに、その実、泰史は少しもわかっていない。意に染まないこと、気が向かないことはしようとしないし、頑として自分を変えようとしない。たしかにそうかもしれなかった。

通りを自分のマンションの方向に折れようとして、何気なく前を見やった時だった。街灯の明かりに照らしだされる恰好《かっこう》で、前方からやってくる女の姿が薄闇に浮かび上がって見えた。女の姿が、白く光るように泰史の目のなかに飛び込んでくる。

（弓恵さん――）

離れていたが、こちらに向かって歩いてきているのは、間違いなく弓恵だった。足を止めて彼女がやってくるのを待ち、声をかけようかと考えた次の瞬間、泰史は異変に近いものを肌に覚えて、なかば身を隠すように通りから脇道に少しからだを引っ込ませていた。

弓恵であることは疑いない。ただ、いつもとは様子と雰囲気が違っていた。

あたりが暗かったせいか、弓恵は泰史に気づいていない様子だった。彼女はどこかせわしげに、やや早足で歩いてくる。方向的には駅に向かっている。寛行と美恵子の話だと、今夜弓恵が仕事を上がったのは、泰史が立ち寄る少し前の十時頃だったという。腕時計に目を落とす。時刻は十一時を少し過ぎている。いったん家に戻った後、何か出かける用事でもできたのだろうか。

わずかな時間にすぎなかった。が、泰史は物陰から、じっと弓恵の様子を窺っていた。

泰史にまったく気づかぬまま、弓恵は泰史の脇を通り過ぎていく。彼女が完全に通り過ぎるのを待ってから、泰史は再び通りに身を置いて、弓恵の後ろ姿を見送った。

弓恵の前方から、酒がはいった学生の一団が、舗道にひろがる恰好で歩いてきた。弓恵は、彼らの間をひらりとすり抜けるように通り過ぎていこうとした。その時、なかの一人の学生と、心持ち肩が触れ合うような恰好になった。瞬間、弓恵はなかば振り返って、自分と肩が触れ合った相手の学生を、きっと鋭く睨みつけた。たしかに、悪いのは相手の学生だ。仲間同士でふざけ合っていたし、酒がはいっているものだから、その足取りにも覚《おぼ》束《つか》ないものがあった。とはいえ、泰史の目からすれば、あえて睨みつけるほどの接触ではないように見えた。けれども、弓恵は夜の暗がりのなかにあってもきらりと光を放つような目をして、相手の学生を睨んだ。刺すような眼差しだった。

異様なものを目にしたような思いに、泰史はいささか茫然《ぼうぜん》となって、しばしその場に立ち尽くした。刹那、夢を見ていたような心地もした。

いつにない急いだ足取り。肩が触れた学生に向けた鋭い視線。のみならず、泰史の脇を通り過ぎていった弓恵は、たしかに顔にしっかりと化粧をしていた。

化粧なら、いつもしていることはしている。ただし、店に勤める人間としてのたしなみ程度のものでしかなく、泰史と上野に食事に出かける時にしても、彼女がそれ以上の化粧をしてきたのを見たことがない。いわゆるエチケットの範囲の薄化粧。しかし、今しがた目にした弓恵は、薄暗がりのなかでもはっきりとわかるほどの化粧を顔に施していた。泰史は男だから、どこにどういう化粧をしていたということまで明確に指摘することはできない。それでも、目もぱっちりとしていれば唇も紅く、弓恵がいつもより明らかに色とメリハリのある顔をしていたことは間違いなかった。闇のなかでも彼女の顔が際立つように浮かび上がって見えたのは、パウダーをはたいていた顔が、闇を圧するほどに白かったせいかもしれない。しかもその視線はきりっと前に据えられていて、少しも脇に向けられることがなかった。

まるで別人のようだった。そう考えてから、あまりにありきたりな表現に、自分でも眉を顰《ひそ》める。遠目にもすぐに弓恵と認識できたのだから、別人のようという表現は当たらない。ただ、いつもの弓恵とは、まったくといっていいほど感じが違った。きちっと化粧をして唇に紅をひいた途端に、ふだんの霞んだ印象の弓恵から、派手でけばけばしい女になっていたというのではない。いってみれば、ロボットのスイッチが、弱から強に入れ替わったというような感じだった。

顔つきや雰囲気の違いに驚いて、着ているものにまで目を向けている余裕はなかったが、全体に白っぽい服装をしていたような記憶がある。したがって、やはり派手や華美という こととは違ったと思う。それでいて人目を惹きつけずにはおかないような存在感。

（何て表現したらいいんだろう）

言葉を探して、泰史は眉間《みけん》に翳《かげ》を落とした。

探しあぐねた果てに、神々《こうごう》しいという言葉を思いついた。遠目にも弓恵の姿が街灯の明かりに照らしだされるように浮かび上がって見えたのは、単に彼女が顔を白く塗っていたせいだけではなかったような気がした。オーラといえば大袈裟《おおげさ》だが、先刻の弓恵には、それに近いものがあった。

神々しい、オーラ……自分で思っておきながら、それも違うというように、泰史はひとり首を捻《ひね》った。

再び通りを歩きだしながら考える。

先刻弓恵が身から発していたものは、正ではなく負ではなかったか。神々しいという言葉に負という冠がふさわしくないから、自分でも納得がいかない気持ちになったのかもしれない。さっきの弓恵が感じさせたのは、いわば負のオーラだ。

「ふだんはあんまりお化粧をしていないのですが、お化粧をすると、あら、というぐらいに印象が変わるんです。そうすると、目つきや口調まで変わるようなところがあって、ちょっと怖いな、と思ったことがあります」

「一見ふつうの人なんですが、本当はどういう人なんだかわからないようなところはありましたね。こちらが声をかけても気づかないぐらいに一心に前を見据えて歩いている時なんかもあって。そういう時は、もの憑《つ》かれしたようなというか、何か鬼気迫る顔つきをしていました」

中根がファクスで送ってくれた『週刊ランディ』の記事の内容が思い出された。

内気で物静かというだけではなかったという弓恵の側面を、さっき自分もこの目で見たと思った。弓恵は駅に向かって急いでいたから泰史に気がつかなかった訳でもなければ、夜の町にひろがる薄闇が彼の姿を見えなくしていた訳でもなかったのかもしれない。彼女を知る周囲の人間が語っていたように、仮にあの時泰史が声をかけていたとしても、弓恵にはその声が耳にはいらず、泰史に顔を振り向けることもなかったのではないか。もの憑かれしたような、鬼気迫る……思い返せばあの時の弓恵の顔には、そういって差し支えないものがあったように思う。酔った学生を睨みつけた時の、弓恵の鋭く尖った刺すような視線。

（二重人格？……）

考えかけて、泰史は首を小さく左右に振った。それもまた違うという気がした。負のオーラ、もの憑かれ、二重人格……どれも大きくかけ離れてはいないものの、ぴたりと弓恵に当てはまらない。きちんと言葉や概念で彼女を捉《とら》えきれないことが、泰史は自分でももどかしかった。

いずれにしても、日頃『琥珀亭』で目にしている弓恵だけが本当の弓恵ではない。それはさっきの弓恵を見てわかった。彼女のなかには、とんでもなく強く激しいものが潜んでいる。でなければ、とても二人も人は殺せまい。

「路傍の石」「よろしく」「わかった」……『琥珀亭』で交されたばかりの会話を早くも忘れ果てたように、いつしか泰史の意識はまた一心に弓恵にと向かっていた。

3

九年前の弓恵の夫と愛人殺しに関連する記事を新たに見つけたと、中根から泰史のところに電話がはいった。

「忙しいのか」受話器の向こうの中根が言った。「どうせなら、たまには会ってちょっと飲みたいと思ってさ」

その中根の言葉に誘われるように、夕刻から泰史は神田にでた。神田で中根と会うとなると、たいがい足を向けるのは駅の近くの『いろは』という一杯飲み屋に近い小料理屋と決まっている。帆立ての紐の和物《あえもの》のお通し、まぐろの山かけ、あん肝、味噌田楽……そこらの居酒屋よりちょっと澄ました顔つきをしてでてはくるものの、品書きに並んでいるのはどこにでもあるような料理で気取りがない。ころっとしたからだつきの和歌子《わかこ》という名の女将もきさくな人柄で肩が凝らないのがいい。

「あら、野本さん、お久しぶりねえ」

その晩も、和歌子は泰史に愛想のいい笑顔を向けた。

カウンター席の端の方に中根と肩を並べて腰を下ろし、酒を酌《く》み交すかたわら、中根が持ってきた記事のコピーに目を通す。

『目には目を。私は殺されかけた。――北区王子の殺人事件。夫と愛人を殺した妻の言い分』

　夫の不貞は、正当な配偶者に対する裏切り行為であり、法的には当然夫側の非となる。正式な夫婦関係を侵害した愛人もまた同様だ。が、弓恵の事件の場合、夫と愛人側の非はほかにもあった。それも重大な非といっていい。

　夫の松島保と岡安晴美は、共謀の上、弓恵の殺害を計画していた。しかも、単に離婚に応じようとしない弓恵に業を煮やしたということではなく、二人は弓恵殺害による生命保険金の詐取を企《たくら》んでいた。弓恵にかけられていた保険金の額は七千万。

「さすがにふつうの主婦に一億っていうんじゃ疑われると腰が退けたのかな。三社に分けて計七千万」中根が言った。「警察が調べてみたところ、事実、弓恵は何度か危ない目に遭っていた」

　自動車による当て逃げ、原因不明の食中毒、上階からの落下物、階段からの転落事故……おまけに保と晴美は、そんな資金などどこにもないというのに、洗足《せんぞく》で喫茶店をはじめる準備をしていた。

「弓恵の供述をもとにいろいろ裏を取ってみたところ、殺された二人の方が先に、殺しの計画を立てていたということがわかった訳だ。まあ、弓恵の申し立てのかなりの部分が、事実として認定された訳だな。したがって、弓恵の殺しは、殺すか殺されるかの末の犯行」そこまで言うと、中根は一度ビールで咽喉《のど》を潤した。「二人に殺されかけていた訳だから、当然そこに情状酌量の余地も生じた。だからといって、べつに殺さなくてもよかったと思うけどね。自分が殺されそうになっていることがわかっていたのなら、ほかに手の打ちようもあったろうに。違うか？」

中根の言葉に、泰史は無言で頷《うなず》いた。

ただし、そこには夫と妻という夫婦間の、あるいは妻と愛人という女同士の、複雑な感情の問題もあったろう。夫と愛人から受け続けた仕打ちに、弓恵がどれだけの思いを抱いていたかということだ。弓恵は夫の保から蔑《ないがし》ろにされ、保と晴美の二人にさんざん心を踏みにじられ、傷つけられた。それも、ただ別れてくれ、自分たちの前から消えてくれ、というのではない。死んでくれ、死んで自分たちがしあわせになる金を残していってくれ、という話だ。自らに迫る危機から無事逃れ、命さえ守れればそれでいいかといえば、そういう問題でもないようにも思える。二人に虚仮《こけ》にされたままでは気持ちもおさまるまい。かといって、泰史も、この場合弓恵が二人を殺したことを止むを得ないと言うつもりはなかった。理由はどうあれ、殺人は殺人だ。中根が言うように、仮に報復するにしても、ほかにやりようがあったろう。

グラスの酒に口をつけながら、再び『週刊ランディ』の記事に目を落とす。

——「洗足の知り合いが店を閉めようとしているから、そこを居抜きで借りて喫茶店をやる」。保氏は、殺害される数ヵ月ほど前から、親しい知人に対して口にするようになっていた。洗足で喫茶店を経営している保氏の知人のA氏も、それを裏づける発言をしている。

「たしかに、店はここ一年のうちに閉める気でいました。ならば自分にやらせてくれ、と彼が言っていたのも本当です。居抜きとはいえ、権利金、改装費用、回転資金……はじめるには相応の金がかかるという話もしました。でも、彼は金策の当てがある様子で、それは何とかなるから大丈夫だ、と言っていました」（A氏談）。保氏の喫茶店経営の意志が次第に現実味を帯びていくのと歩調を合わせるように、弓恵容疑者の身辺には不審な事故が相次ぎ、彼女が「私は殺される」と脅《おび》えた様子で口にする頻度もましていった。夫と愛人による弓恵容疑者に対する殺害計画のさらなる明確な証拠が得られれば、おのずと今後の審判の方向性にも違いが生じてくるだろうし、科せられる量刑にもその影響が及んでくることだろう。――

これでようやくひとつ明らかになった。模範囚として勤め、未了で釈放されたにしても、人を二人殺して五、六年という弓恵の刑期はあまりに短すぎる。けれどもそこに、殺害された側が単に不貞を働いていたばかりでなく、保険金詐取を目的とした殺害を計画していたという事実があったとなれば、事件の背景だけでなく、事件の質そのものが変わってくる。

「しかし、何だってこんな昔の事件なんかに関心があるんだ？」

口のなかの蛸《たこ》を咀嚼《そしやく》しながら中根が言った。蛸を咀嚼しているのは、その口の動かし方を見てわかった。

「今は十二、三のガキどもが、えぐい事件を引き起こす時代だぜ。おかしな言い方かもしれないけど、女房が亭主や愛人を殺すなんて、べつに珍しい話じゃなし」

うん、と泰史は曖昧な返事をして小さく頷いたまま、口を噤《つぐ》んだ。

「もしかして、この事件の関係者がまた事件を引き起こしたとか、よその事件に関わっているとか？」

「いや、べつに事件って訳じゃないんです」少し慌てたように泰史は言った。「僕のごく個人的な興味というか何というか……」

「個人的な興味？」中根は若干眉を顰め、暗めの視線をちらっと泰史の顔に走らせたが、すぐに顔を前に向け直して言った。「ま、いいや。どういう事件でなし、深く追及しないでおくよ」

どうという事件でなし……、中根の言葉が、泰史の頭で勝手に繰り返される。中根の言う通り、亭主が女房を、女房が亭主を、あるいは女房が亭主の愛人を殺害するという事件など、いまどき珍しくないどころか、人類が太古の昔から繰り返してきたことといってい い。事情なり動機なりがはっきりしているというだけでも、現代の事件としてはもはや耳目を集めない。今は、犯行の動機も不明、容疑者や犯人のふだんの生活ぶりや日々何を考えていたかも不明……そんな事件が主流になってきている。泰史にしても、弓恵という女が肉体を持った生身の人間として近くに存在しなかったら、まず間違いなく関心を抱かなかったろう。自分のすぐ身近にいる人間が人を殺した――、それがもたらす感覚には、また特別なものがある。

「で、結婚しないのか」

不意に問われて泰史は現実に戻った。いくぶんきょとんとしたように中根を見る。

「俺の二つ下だから三十四……、もうそんな歳だろ」

ああ、と泰史は苦笑に似た笑みを浮かべた顔を左右に振った。

「結婚ね。しませんよ。全然考えてない」

「最近多いな、そういう奴」

「中根さんのところは、お子さん、二人でしたよね」

「上が小学校四年、下ももう二年生だよ。うちは結婚、早かったからな」

「大学をでて、すぐに結婚したんでしたっけ?」

「二十四の時。それはそれで早すぎた気もするけどな。これまでに、数えきれないぐらい後悔した。まあ、俺よりカミさんの方が、後悔した回数は多いだろうけど」

ははは、と短く声を立てて笑い、泰史はブリの照り焼きに箸《はし》をのばし、酒のグラスを口に運んだ。自然とくつろいだ気分になっていた。不意に肩の荷が軽くなったような緩《ゆる》みを心に覚えたのは、酒がほどよくまわりはじめたからとか、話題が日常レベルのことに移り変わったからというだけでない気がした。

人を殺すというのは、どうあれ認められることではない。それは泰史も重々わかっている。けれども、弓恵が人を殺すに至るには、それなりの事情というものがあったし、司直もそこを考慮し斟酌《しんしゃく》した。むろん、やった行ない自体を正当化することはできないが、全面的に彼女に非があるということでもない。

泰史の心のなかで、自然とほぐれていくものがあった。殺すか殺されるか、そこにはそれに近い状況があった。やはり弓恵は、本来人を殺すような女ではない。

「ひょっとして野本、今、つき合っている相手もいないのか」

中根の問いに、泰史は苦笑しながら頷いた。

「いませんよ。自分の口を糊《のり》するのに精一杯で」

「つまらない男だな。というより、何か不潔っぽいよ」

「不潔っぽい？　不潔っぽいはひどいな」

「そうよ。見た目には、野本さんの方が中根さんよりも清潔そうだし爽《さわ》やかよ」

カウンターの内側から揚げだし豆腐を二人の前にだしながら、女将の和歌子が言った。

「俺の方が不潔っぽい？　それもひどいな」

中根が泰史と同じような口調で言って嘆いてから破顔した。つられたように泰史も笑う。平和だった。

「で、結婚しないのか」「ひょっとして野本、今、つき合っている相手もいないのか」

――、中根に言われた時、なぜか泰史の脳裏には、弓恵の顔が浮かんでいた。やはり魅かれている。だからこそ気になって、あえて過去をほじくるような真似《まね》もしている。

酒がゆるゆるとからだをめぐり、神経を宥《なだ》めながらほぐしていくのを感じながら、泰史は知らず知らずのうちに、また弓恵の顔を思い浮かべていた。

4

夜の七時頃だった。『琥珀亭』に寄ってみたが、弓恵の姿が見えなかった。聞けば、風邪気味だとかで、この三日ほど、続けて店を休んでいるのだという。

「風邪？　夏風邪か……」

呟くように泰史は言った。

「本人、たいしたことないって言っているんだけど、電話の声はやっぱり風邪声っぽくて。ほら、うちは食べ物商売でしょ？　風邪を引いている人に無理してでてこられても……。だから、休みなさい、って言ったのよ」

短かった夏が名残を惜しむように、このところしばらく蒸し暑い日が続いた。夏風邪というよりも、夏バテに近いものなのかもしれない。美恵子が言うように、きっとたいしたことはないのだろう。そう思いつつも、『琥珀亭』からの帰り道、気づくと泰史の足は、弓恵が暮らすコーポラスの方へ向いていた。

相手は女性だ。病気で寝ているところに急にいったりしたら、逆に迷惑するに決まっている――、頭ではわかっているのに、コーポラスの方に向いた足が元に戻らない。

ネオ・コーポ、二〇一――、弓恵の部屋の前に立って、ひとつ意識的に呼吸をしてからチャイムを鳴らす。心臓がどきどきしていた。

静寂。

ややあってから、「はい」という密《ひそ》やかな応答があった。耳にいくらか湿った肌触りが感じられる声だった。

「すみません、野本です。『琥珀亭』にいったら、加減が悪くて休んでいるというので、ちょっと心配になって寄ってみました」閉じられたドアに向かって泰史は言った。「ドアは開けなくて構いません。もし何か必要なものがあれば言ってください。買ってきて、ここに置いておきますから」

すみません、でも大丈夫です。たいしたことはありませんからご心配なく……その種の言葉が返ってくるものと予想していた。いまもって泰史に心の扉を閉ざしているように、弓恵はきっと部屋のドアも開けることがない。

ところが、どんな言葉も前触れもなしに、ガチャリという音とともにドアが開いた。

「野本さん……」

ドアの内側から弓恵が顔を覗かせた。その弓恵の顔を見て、思わず泰史は目を見開いた。

「どうしたんですか」

泣いていた。恐らく長い時間泣き続けていたに違いない。弓恵は泣き腫《は》らしたような顔をしていた。こんな顔を、いつかどこかで見たことがあったように思った。子供の頃だ。いじめられて泣きじゃくっていたクラスの女の子。あの子は、何という名前の女の子だったろうか。

泰史の胸に、いきなり弓恵が縋《すが》りついてきた。さらなる驚きを覚えながらも、弓恵をからだで受けとめる。細い肩……いや、薄い肩、薄いからだという方が当たっている。こんな女がたった一人で、重すぎる過去を背負って都会の片隅で生きている。息を潜めるように暮らしている。胸が痛んだ。

「何かあったんですか」

「……………」

弓恵は言葉では答えず、嗚咽《おえつ》と涙で答える。答えにならない彼女の答え。ただ痛いような哀《かな》しみとせつなさだけが伝わってくる。

「あの、なかにはいっても構いませんか」

ドアの外で、いつまでも泣いている弓恵を胸に抱いて突っ立っている訳にもいかない。人が変に思う。

泰史の言葉に、弓恵が彼の胸に当てた顔をかすかに縦に動かした。嗚咽のせいか、弓恵のからだが肌が波うつような小さな震えを泰史に伝えていた。道端に捨てられていた生まれたての仔犬を拾い上げ、腕のなかに抱きかかえているような心地だった。誰かの庇護《ひご》なくしては生きていけない弱々しい小動物。

部屋のなかにはいってからも、弓恵は何を訴えるでもなく、ただ床の上に坐り込んで、うなだれたままひたすら啜《すす》り泣き続けた。何と声をかけたらいいものか、どう対処したらいいものか……黙って弓恵を見守る。口にすべき言葉が見つけられないままに、泰史は一度弓恵から目をはずして、見るともなく部屋のなかを見まわした。

前に訪ねたのはいつだったろう。なかの様子はその時と少しも変わっておらず、部屋はどこか閑散としていた。つい最近引っ越してきたばかりといった感じの風景だ。何か物や道具がふえた様子もない。生活感がなく、明日にも主《あるじ》が消えていたとしても不思議ないような部屋。ただ、やはり前と同じように、香の匂いが残っていた。心なしか今回の方が強く薫っているようだった。線香の匂い。

「弓恵さん、大丈夫?」

このまま泣かせておく訳にもいかず、泰史は屈《かが》み込むようにして弓恵の背に手を当てて、いたわるような口調で静かに言った。手に当たる彼女の骨ばった背の感触が痛々しかった。

「ねえ、いったい何があったの? もし僕でよければ話を聞くよ」

「ごめんなさい……」

ようやく弓恵が言葉を口にした。完全な涙声だった。言ってから、弓恵は一度洟《はな》を啜り上げた。

「私、何だかとり乱してしまって」

「店を休んでいたのも、風邪というより、それが原因だったの?」

〝それ〟が何かわからないままに泰史は尋ねた。

「私、私……」弓恵がまた啜り泣きはじめながら言った。「本当に馬鹿。どうにもならない馬鹿」

結局、何ひとつ明確に語ろうとしないいつもの弓恵だ。勝手にしろ――、これまでの泰史であれば、きっとそんな思いで相手を突き放していたことだろう。それなのに、なぜか身を震わせて泣く弓恵から目を放すことができない。目に見えるものではない。が、彼女がその身に背負っているものは重たすぎる。自ら背負ったものかもしれないが、彼女の痩《や》せた肩や背中を見ていると、胸に痛むものを覚えないではいられなかった。ついその背をさすってやりたくなる。でないとこの女は、自ら消えてしまうのではあるまいか。

「あ、タモは？」

部屋を見まわして、思わず泰史は口にした。思えばタモの姿がどこにも見当たらなかった。

「う……」

堪《こら》えきれぬといったように、弓恵の口から嗚咽の声が漏れだした。続けて、弓恵が再び泰史に縋りつく。先刻同様、唐突な縋りつき方だった。

「弓恵さん――」

「あの子……あの子までいってしまった」

「いってしまった？　あの子ってタモのこと？」

「あの子まで、遠くへいってしまった……」

「遠くって、もしかしてタモ、死んじゃったのか」

泰史の胸でこくりと頷き、弓恵はいっそう強く泰史の腕を摑《つか》んだ。指に力が籠《こ》もり、縋りつくというより、しがみつくような摑み方になっていた。

「みんな、私の手の届かないところへいってしまう。誰も彼も……みんなみんな……」

タモが死んだことが直接の原因で、弓恵が顔を腫らすほどに泣いている訳ではないというのは、何となくだが泰史にもわかった。何かが起こった。そこにもってきてタモが死んだ。それでこれまで張り詰めていた弓恵の神経の糸が、ぷつりと切れてしまったのだろう。

「置き去りにされる。いつもひとりぼっち。私なんか、それでいいの。だけど――」

人はみんな一人。生まれてくる時も一人なら死んでいく時も一人。誰しも頭ではわかっている。ことに弓恵のような過去を背負った女なら、自分は一人、生涯ひとりぼっちと、常に自らに覚悟を強いるような日々だろう。けれども、時としてその孤独の重さに堪えられなくなる。昨日までさほどとも思っていなかった孤独が、ある日なぜだかいきなり巨大なものに育っていて、自分を呑み込もうとしているように感じる。孤独のあまりにも大きな存在感に押し潰されそうになる。

「うう……う……」

小刻みにからだをうち震わせながら、泰史の胸で弓恵が啜り泣いている。薄べったいからだから、震えとともにひたひたと内側の孤独がさざ波のように伝わってきて、泰史の心まで浸していくようだった。しかも弓恵の孤独は、存在を脅かしかねないほどの絶望を内に孕《はら》んでいる。

弓恵を抱く腕に、つい力が籠もっていた。瞬間、弓恵という女が痛ましく、また、せつないぐらいにいとおしく思えた。

泰史の腕のなかで、弓恵が顔を上げて泰史を見た。化粧っ気のない顔、腫れた瞼《まぶた》、赤みを帯びた鼻……縒う余裕などまったくなく、いじめられっ子のような顔をして、泰史のことを見上げている。無残でありながら子供のようなその顔はあどけなく、いかにも寄る辺《よるべ》なげな感じがした。

気づくと泰史は、弓恵の唇に自分の唇を押し当てていた。涙で少ししょっぱい味のする弓恵の上唇を、下唇を、自分の唇と舌で涙ごと拭《ぬぐ》いとろうとするかのように吸う。

「野本さん、私は、私は――」

一度唇を離した時、弓恵が懸命に言葉を口にしようとした。

「いいんだ、弓恵さん。何も言わなくたっていいんだよ」

本当のところ、弓恵が何を言おうとしたのかはわからない。だが、泰史は、弓恵が自分には大変な過去があるということを匂わせようとしたように思った。それゆえあえて彼女の言葉を遮った。今、これ以上彼女にせつなくつらい思いはさせたくない。

プラスとマイナスの磁石が一気に惹きつけ合うように、泰史と弓恵は固く抱き合っていた。自分に欠けているものを埋め合わせようとするかのように、互いに互いの唇を求め合う。これまで理性で塞《せ》き止めていたものが、一挙に堰《せき》を切って流れだした心地がした。自分でも忘れかけていた感情が、怒濤《どとう》のように押し寄せて、泰史を押し流していく。

線香の残り香がする部屋で、あたかもひとつに融《と》け合おうとするかのように、二人はからだを重ねていた。

5

とうとう一線を踏み越えてしまった——、泰史は、今しがた弓恵の部屋で起きた現実を、逆に夢のように反芻しながら自分のマンションに向かっていた。歩いていても、どこか地に足がついておらず、魂が肉体からはぐれかけている心地がした。

後悔はなかった。表面、きれいなつき合いを続けてきたが、こうなる要素が弓恵との間に内在していたことは、泰史自身が一番よく承知していた。弓恵に魅かれていたことは間違いない。問題は、相手がふつうの女ではないということだった。

二人の人を殺した女。一人は亭主、何度となくからだを合わせてきたはずの男。わかっていながら、泰史は弓恵から目を逸らすことができず、彼女に近づくことをやめられなかった。果てに肉体的な関係まで持った。衝動に近い勢いに押し流されて、一気に垣根を越えてしまったようなものだ。その瞬間、泰史は、彼の身を案じて事情を話してくれた寛行と美恵子の心を無にしたし、彼らのことを裏切った。

（わかっていたのに、結局こういうことになってしまった）

後悔ではないものの、自責の念に近い思いが、棚引く靄《もや》のように泰史の胸にわだかまった。言うことを聞かない自分——、泰史自身が、いつもそんな自分に苦労している。

部屋の前までたどり着き、思わず泰史は目を剝《む》いた。

「萌子」

思いがけず、そこに萌子の姿があった。妹の姿を目にして、いっぺんに泰史は日常という現実に引き戻された思いがした。

「お帰り」

帰ってきた泰史を見て、愛想のない声で萌子が言った。萌子はノースリーブのシャツの上に、青い薄手のジャケットをまとっていた。泰史に向けられた詰《なじ》るような目、挑むような尖った面持ち……目にした途端、胸に黒い雨雲が垂れ込めた思いがした。

「お帰りって、お前、何やってるんだよ？」泰史は言った。「だいたい、今、何時だ？」言ってから、腕の時計に目を落とした。深夜の十二時半をやや過ぎていた。

「こんな遅くに。いったいどうしたんだよ？」

「泊めてよ」

淡々とした口調で萌子が言った。放り投げるようなものの言い方に、自棄《やけ》っぱちな匂いが感じられた。

「ずっと待ってたのよ。なのにお兄ちゃん、なかなか帰ってこなくて。だから、もう電車ないもん」

「泊めてよって、急にそんなことを言われても……。うちは狭いしふとんもないよ。それにこっちは今からまだ仕事だ」

「ソファでもどこでも平気よ。夏場だもの、かけるものが一枚あればそれで充分」

「萌子——」

「そんなにうんざりしたような顔しないでよ。これからまだ仕事って言うけど、だったら今までその大事な仕事を放りだして、いったいどこにいっていたのよ？」

「飯だよ」

一拍挟んでから泰史は言った。

「どこに？」

「どこって……、どこだっていいだろう。萌子の知らない店だ」

「知らなくても、店の名前ぐらい教えてくれてもいいと思うけどな」

萌子は尖った眼差しを泰史の顔にしっかりと据えたまま、少しも動かそうとしない。泰史の顔色がおのずと濁った。弓恵とはじめて関係を持った直後だっただけに、ある種の後ろめたさのようなものも覚えていれば、萌子に対して鬱陶しさも感じていた。これではまるで勘が鋭く嫉妬《しっと》深い妻に、女との浮気帰りを待ち伏せされた亭主の図だ。どうして突然訪ねてきた妹に、あたかも妻か恋人であるかの如く、詰問されねばならないのか——、萌子に対する腹立たしさが、次第に泰史のなかで募っていく。

「案外嘘つきなんだなあ、お兄ちゃんは」超然とした顔つきと口調で萌子が言った。「本当は『琥珀亭』で夕ご飯を食べたくせに。店をでたのは、たしか八時ちょっと過ぎだったって、ママは言ってたけどね。それから四時間以上、いったいどこにいっていたの？」

萌子はここにくる前に『琥珀亭』に寄っていた。そのことを知って、なおのこと泰史は苦々しい思いになった。

「おかしいよ」うんざりしきった面持ちをして泰史は言った。「約束していたというのなら話はべつだけど、何でお前に俺がどこで何をしていたか、問い質《ただ》されなけりゃならないんだ？　それにいちいち答える義務はないと思うけどな」

「あの人のところだ」なかば泰史を睨みつけるようにして萌子が言った。「水内弓恵――、あの人のところにいっていたんでしょ？　お兄ちゃん、今まであの人と一緒だったんでしょ？」

泰史は、言葉を口にする代わりに溜息《ためいき》をついた。答える気にもなれなかった。

「言っとくけど、おかしいのはお兄ちゃんの方よ。あんな人とつき合うなんて。あの人、ひとごろしじゃない。正真正銘の犯罪者。それなのに――」

萌子の口から唐突に飛びだした「ひとごろし」「犯罪者」という言葉に、反射的に目を見開く。

「萌子、そういうことを軽々に言ってはいけない」

泰史は小さく首を横に振りながら、たしなめるように萌子に言った。おのずと真剣な面持ちになっていた。

「でも、事実じゃない」

「事実と言ったって、本当のことなんか誰にもわからない。仮にそれが一般に事実と言われていることだとしても、罪を償った人間を差別するような発言はしない方がいい」

どうして萌子はそれを知っているのか、やはりこの前ファイルを見て、両者を結びつけて考えたのか……、萌子に向かって言葉を口にしながらも、泰史は頭で考えていた。思い返せば、萌子は弓恵の苗字も承知していた。もともとからして何かおかしかった。

「詐欺だとか暴行だとか、ほかの犯罪のことは知らない」萌子がややそっぽを向いて言い放った。「でも、ひとごろしは罪を償えばそれで済むって問題でもないんじゃないの？　いかに科せられた刑期を勤めたとしても、相手の命を元の生きていた状態に戻すことはできない訳だから。取り返しがつかない。そうでしょ？」

確信に満ちた顔で弓恵を「ひとごろし」と言う萌子の顔が、泰史の目にはこれまで見てきた萌子のそれとはいささか違って映った。どこか大人びた強い顔つきをしている。瞳にも燃えるような光が窺える。

「萌子、もうその話はやめよう。人を傷つけることになるし、その人の生活を侵害することにもなりかねない。俺たちに、そういう権利はないんだよ」

「お兄ちゃんは、あの人がどんな人だか知らないのよ。だからそんな悠長なことを言っていられる。あの人は、お兄ちゃんには最もふさわしくない人よ。悪いけど、あれは根っからのひとごろしよ。あんな女とつき合っていたら、いつかお兄ちゃんも殺されるわ」

「萌子」

声とものの言い方が、自然と頰を張るような勢いを帯びていた。

「じゃあ、彼女がそれより昔、うんと若い頃に結婚していたことは知っている？」

萌子が心持ち上目遣いに泰史に問うた。

「知ってるよ」

いくらか不機嫌な声で応じる。

「ふうん。それじゃ、彼女に赤ちゃんがいたことも？　その赤ちゃんが死んだっていうことも？」

「知ってる」

「そう。だけど、その赤ちゃんもあの人が殺したということまでは知らないでしょう？」

その言葉に、泰史は片目を顰めるようにして、萌子の顔を見た。

「自分のお腹を痛めて産んだ子供。あの人は、実の子でさえ殺してしまうようなとんでもない人なのよ」

「何だってお前、そんなことを……」

泰史の部屋にあったファイルには、弓恵の一度目の結婚と不幸に関する内容は記されていなかった。やはり萌子は、泰史のファイルによって弓恵の過去を知った訳ではない。

萌子を伴って、一緒に『琥珀亭』を訪れた時のことが思い出された。萌子の弓恵に対する冷ややかな態度。二人の間に流れた微妙な空気。

萌子には事前に弓恵に関する知識があったし、二人はまったくの初対面ということではなかったのではないか。だからあの日、萌子はあえて『琥珀亭』にいきたいと言い張った

――。

「調べようと思えば何でも調べられる。それは職業柄、お兄ちゃんが一番よく心得ていることじゃないの？　だけど調べてびっくりよ。あの人、あんまりひどすぎる。人間じゃない」

「どうしてわざわざ彼女のことを……」

「お兄ちゃんがあの人と接触しているのを知ったから。お兄ちゃんにはふさわしくない人だという勘が働いたのよ。だから調べた。調べてみたら案の定――、ううん、それ以上ね。あの人、最低」

そこまで言うと、萌子は急に「帰るわ」と、ぷいと泰史に背中を向けた。

「帰るって、お前」

「タクシー」半分振り返って萌子が言った。「どうせここには泊めてもらえないんでしょ？　だったら車で帰る」

市川まで車で帰るとなると、タクシー代も相当かかる。泰史はズボンのポケットの札入れに手をのばしかけた。

「いい。勝手にきたんだし、私だって働いているんだからお金ぐらい持ってるわ」

「しかし――」

「なら、泊めてくれる？」

「……」

「いやなんでしょ？　それに私も、今日はお兄ちゃんのそばにいたくない」

そこまで言ってから、萌子は泰史の顔に目を据え直した。依然として勢いのある強い眼差しをしていた。

「それに臭い」

果てにひと言、萌子が言い放った。

「臭い？」

「今のお兄ちゃん、抹香《まっこう》臭いし墓場臭い。まさにあの人の匂いよ」

その言葉を捨て台詞《ぜりふ》に、萌子は再び泰史に背を向けて、そのままエレベータに向かってすたすたと歩きはじめた。一度は萌子の背中に声をかけ、呼びとめようとしかけたものの、呼びとめてどうするという思いが、泰史の口とからだの動きを封じた。

息をついてから、泰史は部屋のドアの鍵を開けてなかにはいった。部屋のなかに、闇とともに澱《よど》んだ空気が滞留しているような気がした。

「その赤ちゃんもあの人が殺したということまでは知らないでしょう？」

「自分のお腹を痛めて産んだ子供。あの人は、実の子でさえ殺してしまうようなとんでもない人なのよ」

今しがた萌子が口にしたばかりの言葉が、泰史の頭のなかを乱舞する。一度目の結婚で弓恵が子供をなくしたことは、寛行と美恵子から聞いていた。だが、萌子が言ったように、本当にその子も弓恵が殺したのか。

（まさか）

「お兄ちゃんがあの人と接触しているのを知ったから。お兄ちゃんにはふさわしくない人だという勘が働いたのよ。だから調べた。調べてみたら案の定――、ううん、それ以上ね。あの人、最低」

続けて萌子の言葉が耳に甦る。そこから派生するように、どうして萌子が泰史と弓恵の接触を承知していたのかという疑問が生じる。

（何でだ？）

明かりをつけた部屋のなか、パソコンの前に腰を下ろしながらも泰史は考え続けていた。

（何だって萌子は俺と彼女のつき合いを知っているんだ？　どうしてそこまで彼女のことを調べたんだ？　しかも子供も彼女が殺しただなんて……）

燃えるような萌子の瞳が甦る。

墓場臭い――、萌子が残した言葉が、泰史の胸に小さな棘《とげ》のように突き刺さっていた。

＊

私、やっぱりノモッちゃんに弓恵さんのこと、話しておいてよかったと思って。ノモッちゃんだから話すけど、この前、斉藤さんがまたうちにみえたのよ。覚えているでしょ、弓恵さんの保護司の先生。弓恵さん、一度元のご主人のところにいったらしいのよ。ああ、元のご主人て、若い頃に結婚した最初のご主人ね。今はべつのかたと結婚して、奥さんとお子さんと、ご自分のお母さんとの四人で暮らしているそうなんだけど。弓恵さん、どこでどうやって調べたのか、夜中に突然その家に乗り込んでいったっていうのよ。その後も、どうも家の近辺をうろついていたことがあったみたい。後にあれだけの事件を引き起こした人でしょう？　向こうのお宅もパニックになっちゃって、結果として斉藤さんのところに話がまわってきたって訳。どうしてそんなことをしたのかと、斉藤さんもずいぶん問い質したみたいなんだけど、弓恵さん、「あの時、私はどうかしていて……」というようなことを口にするばっかりで、全然はっきりしなかったって。もう二度と訪ねたりしないってことは、しっかり約束したみたいなんだけどね。

私、それってあの時じゃないかと思うのよ。あの晩は……、ノモッちゃんもうちにきた日だったかしら。そうだわ。たぶんノモッちゃんが最後のお客さんで、帰った直後ぐらいのことだったと思う。店仕舞いをするかたわら、私、通りのコンビニまでちょっと買い物にでたのよ。その時、駅に向かっていく弓恵さんを見かけたのよね。あの時の弓恵さん、何だか目が据わっていて、怖い顔していたなあ。一瞬見間違いかと思ったもの。珍しくきれいにお化粧していてね、何だか妙な迫力があった。ああ、これ、悪口じゃないのよ。あの人がすでに償った過去を云々するつもりはないの。ただ、やっぱりあの人には、何かふつうとは違うものがあるような気がして。

ノモッちゃん、歌神楽女《かがらめ》って知ってる？　いえね、これは斉藤先生からちらっと聞いた話なんだけど、弓恵さんて、近江《おうみ》だか京都だかの歌神楽女の家系の人だとか。斉藤先生も、これまでそのことは全然気にしていなかったらしいんだけど……。だから先生も私も詳しくは知らないんだけど、歌神楽女って、結局イタコみたいなものでしょう？　違う？　家系だの何だのを問題にする時代でもなければするべきことでもないとは思うんだけど、あの人がお化粧をして歩いていた時の様子を思い出すとね、何だか妙に納得いく思いにもなったりして。何か人とは違うって感じがしたから。イタコだとかシャーマンだとかって、やっぱり特別な人がなるものでしょう？

それにね、これは根拠のない話だから、本当は口にすべきじゃないのかもしれないけど……根付け。あの人、お守りみたいに白っぽい変わった根付けをお財布につけているんだけど、ノモッちゃん、見たことある？　私、あれ、骨じゃないかと思って。しかも最近、前とは違う根付けをつけているのよ。前は気がつかなかったんだけど、新しいのになってみて、あれ、これはもしかして骨じゃないのかな、って思ったの。見ているとどうもそんな気がしてならないのよ。え？　何のって……、それは私にもわからないけど、猫かしら、とも思うんだけど、違う？　ほら、あの人のところの猫、この間死んだでしょ。それからしばらくしてのことだから……。そんなの私の考えすぎ？　そうよね。いくら何でも、それはまさかよね。

でも、いずれにしても、弓恵さんはやっぱりふつうの人とは少し違っている。あの人、とてもきちんとしているようだけど、一度あの人が開けたバッグのなかを、偶然見たことがあってね。正直いって驚いた。ぎょっとするぐらいにぐちゃぐちゃだったのよ。あれもこれも滅茶苦茶に詰め込んできたって感じで。私も、べつにいつもそうだとは思ってないのよ。ただ、どこか考えにまとまりを欠く時っていうのが、弓恵さんにはあるんじゃないかと思って。そういう時、バッグのなかもぐちゃぐちゃになっているんじゃないのかしら。

ごめんね、いやな話を聞かせて。だけど、やっぱり正解だったな、と思ったものだから。弓恵さんのことでノモッちゃんに釘を刺しておいたことよ。だって、万が一ややこしいことになったら、私たち責任がとれなかったもの。お父さんとも話しているのよ。弓恵さんにはなるべく早く正式な職を見つけてもらって、落ち着いてもらおうって。そのことは、斉藤さんにも話したの。いったん引き受けた以上、一年かそこらは預かるわよ。だけど、それは正式な職を見つけるまでという前提でのこと。でないと、こっちも何だか落ち着かなくて。

ま、とにかくよかったわ。ノモッちゃんが弓恵さんに深入りしなかったことよ。十年来のお客さんなんて、そうそういるもんじゃない。迷惑かもしれないけど、私たちはノモッちゃんのこと、本当に半分身内みたいに思っているんだからさ。

え？　何？　萌子ちゃん？　ううん、ノモッちゃんと一緒にきてくださってからは、一度もみえてないわよ。その前？　萌子ちゃんがお一人で？　ううん、いらしたことない。本当だって。いやね、ノモッちゃん、疑わしそうな顔して。本当だってば。

第四章　蜜《みつ》の月

1

泰史のからだに細い身を寄せながら、弓恵が顔を上げた。その表情はせつなげで、心の震えを伝えるように、黒目が左右に小さく揺れていた。

「絶対にいけないってわかってる」

泰史を見上げたまま、いくらかくぐもった声で弓恵が言った。

弓恵の額《ひたい》には漢数字の八の字のような小さな薄い翳《かげ》がある。からだの関係を持つようになってから、泰史ははじめてそのことに気がついた。泰史にはそれが、今日に至る来《こ》し方の苦渋が、弓恵に残した翳のように思えた。

「わかってはいるの。でも、私、このままだと……、本当に好きになってしまいそうで怖い」

本当に好きになっても構わない――、泰史は口にはできなかった。ただ、弓恵のからだを抱き締めた。

「駄目、やっぱりいけない。私みたいな女は。だから、野本さん、お願い。駄目って言って」泰史の腕のなかで弓恵は言った。「そうしたら私、何としてもあなたのことを諦《あきら》めるし、忘れるようにするから」

その弓恵の言葉に対しても、泰史は言葉をもって応《こた》えることができず、彼女を抱いた腕の力を緩《ゆる》めることもできなかった。

正直なところ、泰史はこれから先、弓恵とどうしていこうという明確な意志も考えも何も持っていなかった。いったいどうするつもりだ、と自らに問いかけながらも、結局歯止めが利かないままに、彼女との関係を続けている。

前に美恵子は、はじめて弓恵と会った時、泰史が惹《ひ》かれる女がいるとすればこの種のタイプの女ではないかという予感がしたと泰史に語った。摑《つか》みどころがなくて印象そのものは薄いのに、内に澱《よど》みのようなものを感じさせる女。美恵子が言った通り、好みや相性の問題なのかもしれない。だから泰史も彼女の過去を知りながら、弓恵と関わることをやめられずにいる。

弓恵は、月を思わせるところがある。泰史はべつにロマンティストではないが、昔から月が好きだった。満ちもすれば欠けもして、さっきまででていたはずの月が、次見た時は雲に隠れて掻《か》き消えたように姿を消していたりする。大気に滲《にじ》んだようなおぼろ月にも、神秘的なうつくしさがある。月は決して煩《うるさ》くないのに無視しがたい。日の光や大気に霞《かす》んでしまって目に映らないことも多い一方で、時に闇空《やみぞら》にはっとするほど大きく浮かび上がり、黄色味を帯びた光を放ちながらこちらを見つめていたりする。いつもそばにありながら、本当には手の届くことがないもの――。

弓恵もまた、泰史との関係が深まっていくことに多少の怯《おび》えを含んだ戸惑いを見せながらも、閉ざした扉を徐々に開きつつあった。心とからだ、両方の扉だ。弓恵は泰史と身を重ね合わせる時、てらいやはじらい、あるいはためらいの色を窺《うかが》わせながらも、結果的には泰史を深く受け入れる。受け入れた時、彼女の身の奥底に押し込められている不安や孤独がいっときすべて解き放たれたようになって、泰史を求めてきているのをからだで感じる。泰史は弓恵との肉体の交わりのなかで、彼女のからだが語る多くの言葉を耳にしたように思った。寂しい、つらい、縋《すが》りたい。愛していると言いたい、でも、言えない。言うのが怖い。愛するのが怖い……弓恵の肉体が語る思いは、泰史の胸にせつなさを募らせる。声にならない思いをからだで聞けば聞くほど、弓恵の深い哀《かな》しみが胸に響いて、彼女がいとおしく思えてならなくなる。

「もう野本さんに隠しておくことなんかできない」

弓恵は、自分の過去についてもおおかたのことを泰史に語った。自分には、どうあってもなかったものにすることのできない恐ろしくも忌まわしい過去がある。人を殺した。そのために、六年近く服役していた――。

「私は、それだけのことをしてしまった人間なの。だから、こんなふうに人と関わることなんか、本当は絶対にいけないことなのよ。そんな資格のない人間……、ただ命が尽きるまで、その日を待つようにして一人でどこかに身を潜めて、ひっそりと生き続けなくてはならない人間なの」

泰史はほぼ言葉を挟むことなく、弓恵の告白を聞いていた。

「驚かないの？」

泰史が顔色を変えないことに、むしろ弓恵の方が驚きを見せた。たしかに、いきなり聞かされれば、当然人が顔色を変えずにはいられないほどに重たい過去だ。

「野本さんそんな過去を持った人間が怖くないの？」弓恵は言った。「だって、私は、人を殺した人間なのよ」

知っていた、とは言えなかった。言えば弓恵を傷つけるだけでなく、寛行や美恵子を害することになる。

「だけど、君は罪を償った」

泰史は言った。

「でも、相手は物じゃない。人間よ。たとえ償っても償いきれる罪ではないわ」

「それでも六年近くの時をかけて償ってきたからこそ、君は今、ここにいる。社会のなかにある。そうだよね」

弓恵自身が言うように、法で定められた通りに償っても、償いきれない罪があると泰史も思う。そうはいっても、「そうだ、君はとり返しのつかない過ちを犯し罪を犯した」などと、どうして彼女に言えるだろう。

「そんな人間なのに、野本さんは私のことを、ふつうの人間として見てくれるの？　ふつ

う の女として見てくれるの?」

瞳を小さく左右に揺らしながら泰史を見つめ、こわごわと言葉を口にした弓恵に対して、泰史は返すべき言葉を持ち合わせていなかった。ふつうの人間として見ている訳でもなければふつうの女として見ている訳でもない。そういうこととはべつに、目を惹きつけられてしまうこともあれば近づいてしまうこともある。深い関わりを持ってしまうことだってある。

自分の心の内の思いを言葉で表すことができず、泰史は黙って弓恵を抱き締めた。

「野本さん……」

泰史の腕のなかで、弓恵のからだが小さく震えていた。恐らく弓恵は、言葉で肯定する代わりに、泰史が自分を抱き締めたと受け取ったことだろう。からだと動作での肯定。それが弓恵のまったくの誤解や勘違いだというつもりはない。けれども、やはりそこには、男のずるさがあえて招いた誤解があった。明確に言葉にすることを故意に避けた曖昧《あいまい》さ。

萌子は、弓恵はわが子さえ手にかけた女だと泰史に言った。しかし、恐らくそれは萌子の中傷だろう。でなければ、後の事件の量刑にも、必ずそのことが響いていたはずだし、いかに模範囚であろうとも、未了で早々に社会に戻ってこられたはずもない。ただ、彼女自身が語ったように、弓恵が過去に二人の人間を殺していることは間違いない。それに泰史は、ただの一度だが、別人のような面持ちをして町をいく弓恵の姿を目にしてもいる。ふだんはおぼろ月のような弓恵が、あの時はあたかも闇に大きく浮かび上がる満月のようだった。

わからないことはまだ多い。実のところ深く関わるべき相手でないこともよくわかっている。それでも泰史は、放っておけば尻込みをして、じきに風に吹かれてどこかに消えてしまいそうな弓恵の薄いからだを、求めずにはいられなかった。彼女と深く交わって、彼女のからだが語る声を肌で感じ、肌で聞きとりたいと思ってしまう。不明感に満ちた月のような女だからこそ、泰史は弓恵から目が放せずにいる。もっと彼女を知りたいと思う。

(惚《ほ》れたのか)

泰史は自分自身に問いかけた。

(亭主と愛人を殺した女に惚れたのか)

頷《うなず》くことはできなかった。惚れたというのとも少し違うような気がした。それでいて、弓恵を思い、弓恵と会うと、せつなさが泰史の心を揺さぶって、彼女に対するいとおしさを膨らませる。

自分の気持ちということにおいても、泰史は迷路のなかにいた。ただし、それは泰史にとって、べつに不愉快な迷路ではなかった。どこか神経が甘く眩《くら》むような心地よさを持った迷い道だった。

2

見上げると、頭上の空の色に秋の気配が感じられた。思えばここ数日で、朝晩の空気にもひんやりとした冷たさが生じていた。

季節が完全に秋に移行してしまう前にと急ぐような気持ちで、泰史は市川の実家に帰った。和臣のことがある。夏休みの宿題と同じだ。約束を果たさないままに、季節を跨《また》いでしまうのがいやだった。

家は泰史が中学二年の時に一度建て替えたが、市川の家に帰ると、ある種の懐かしさを覚えて、自然とほっと息をつく思いになる。受験勉強に明け暮れていた夏休み、窓からぼんやりと眺めた夕暮れの時の庭、夕陽の朱染まった木々や地面、蝉の声、吐息のように流れ込んでくる夕刻の風……。

日頃は利便性を重視して、狭い箱のなかに閉じ籠《こ》もって仕事をするような生活をしているが、地面があって木があって、庭に向かって大きく窓が開かれた家には、開放感とくつろぎがある。リビングの椅子《いす》に腰を下ろして庭の緑を眺めているうちに、泰史は人心地ついたような思いになった。恐らくは、これがまっとうな人間の暮らし方というものなのだろう。かといって、ひと晩でもここで過ごせば、今度は違った意味で息が詰まる。

和臣と顔を合わせるのも、四、五ヵ月ぶりのことだった。たしかに一時期よりも痩せた感はあるが、頭で想像していたよりも元気そうだったことに安堵《あんど》する。もともとが痩せた人なので、多少痩せてもあまり目立たないということもあるのかもしれない。

「検査なんて、病院にいきさえしたら、もう終わったようなものだよ」泰史は和臣に言った。「臆病風《おくびょうかぜ》に吹かれていつまでもぐずぐずしている方がよっぽど精神的によくないって」

「べつに臆病風に吹かれている訳じゃないよ」

ちょっと面白くなさそうな顔をして和臣が言う。やつれは窺われないものの、そう言った和臣の顔色は、心なしかやはり黒ずんでいるようにも見受けられた。

「だったらすぐにでも病院に電話で予約を入れて、さっさと検査を受けにいくことだって。ポリープなんか、今は取るのも簡単だよ。日帰りで済んじゃうケースもあるぐらいなんだから」

「わかったよ。週明けにでも電話をして、検査を受けにいってくるよ」

「本当に?」

「ああ」

「約束だよ」

渋々といった体《てい》ではあったものの、和臣は検査にいくことを約束した。心のなかで息をつく。これで役目は果たしたというところだった。

後から、園子がしてやったりというような笑みを瞳に湛《たた》えて、泰史の腕を肘《ひじ》で突《つつ》いてきた。

「やっぱりヤッちゃんはうまいわ」園子が笑みを含んだ小声で囁《ささや》く。「あの〝臆病風〟が効いたわね」

こういう時の園子は若い。いたずらっ子のように瞳が輝いていて、萌子と紛れもない母娘だと感じさせる顔をしている。

萌子がどうして弓恵の苗字を知っていたのか、『琥珀亭』に連れていった時、なにゆえ弓恵との間に微妙な空気が流れたのか——、その疑問は、家に帰ってくる前の時点ですでに氷解していた。

弓恵から聞いた。思った通り、弓恵と萌子はあの時が初対面ではなかった。その前に一度、萌子は一人で『琥珀亭』にやってきたことがあったのだという。

「ママ、お願い。私がきたことは、お兄ちゃんには内緒にしておいて。マスターもよ」

その時、萌子は美恵子や寛行に頼んだらしい。

だから萌子は弓恵とすでに面識があったし、その際弓恵は萌子に対して「水内です」と、自ら名乗るかたちで一度挨拶《あいさつ》も交したという。

「そういうことだったのか」

案の定という思いで、泰史は苦虫を嚙《か》み潰《つぶ》したような顔をして呟《つぶや》いた。

「その時、どうして野本さんに内緒にしないといけないのかしら、とは思ったんだけど」

弓恵は言った。「萌子さん、『お兄ちゃんは自分の生活圏を侵害されることには神経質だから』というようなことをおっしゃって」

美恵子も寛行も、萌子の「お願い」に負けて、泰史に対してはとぼけてみせたということだ。萌子らしいやり方だ。泰史には、田島夫婦に「お願い」と言って取り入った時の萌子の顔が目に浮かぶようだった。邪気のないいかにも愛らしげな笑み。手を合わせ、片目を瞑《つぶ》って拝むような仕種《しぐさ》。よくいえば甘え上手。ただし、泰史には、それが少しもかわいいとは思えない。そもそも泰史が嫌う類《たぐい》のことを知っているのなら、その種のことはしなければいい。萌子に腹立たしさを覚えるとともに、泰史のなかには田島夫婦に対する不満も生じていた。十三年余り『琥珀亭』に通い続けてきたのは泰史であって萌子ではない。いかに萌子に頼まれたとはいえ、泰史に隠しごとをする類のことを受け入れたりするものではない。萌子と二人で『琥珀亭』にいった時に感じた美恵子と萌子の親密さは、いわば共犯の女同士の間に生まれたシンパシーだったという訳だ。

ただし、これですべての疑問が解けたということではなかった。萌子が、なぜ泰史と弓恵が私的な接触を持っていることを知っていたのか、という疑問がまだ残っている。萌子が一人で『琥珀亭』にやってきた時、店でそんな話はでなかったという。弓恵本人はもちろん、寛行も美恵子も、時折弓恵と泰史が外で食事をしたりしていることは、萌子に対して一切口にしなかった。にもかかわらず、萌子はそのことを知っていて、おまけに弓恵の過去まで勝手に調べ上げた。

(何だってそんなことを……。あいつはいったい何を考えているんだ?)

萌子が前に部屋の前で待ち伏せをしていた晩にも感じたことだが、泰史には最近の萌子が、ふと今まで見知っていた妹とは違ったものに見えることがある。泰史には計り知れないものを内に抱えた女――。

「ヤッちゃん。ヤッちゃんに、ひとつ言っておきたいことがあるの」

いくぶん真面目《まじめ》な面持ちをして、不意に園子が泰史に言った。その言葉に、いっときのもの思いが中断される。

「言っておきたいこと？」泰史はいくぶんぽかんとしたような面持ちをして園子の顔を見た。「言っておきたいことって、何だろう？」

「あのね、これまで私は、あなたが誰とつき合おうが結婚しようが、嘴《くちばし》を差し挟むつもりは毛頭なかった。だけど、ひとつだけお願い。これだけは聞いてちょうだい。頼むから、ややこしい人はやめておいて。それはべつに私たちのためじゃなく、ヤッちゃん自身のために」

園子の言葉を耳にした途端、泰史の顔は鈍く曇った。萌子のやつ……、心のなかで呪詛《じゅそ》に似た呟きが漏れる。

「ややこしい人と関わって、面倒な思いをするのはもったいないと思うのよ。昔は苦労は買ってでもしろ、なんて言ったけど、背負わなくても済む荷物なら、わざわざ背負う必要はないと私は思うの。ね、違う？」

「ご忠告、真摯《しんし》に受けとめます」

泰史のものの言いように、今度は園子の顔が曇った。

「真摯に受けとめますって、何だか木で鼻を括《くく》ったような返事ねえ」

心持ち首を傾《かし》げて泰史を見る園子の目に、疑わしげな翳が落ちていた。

「そんなことはないよ」

なかば仕方なしに、顔と声の調子を緩めて言う。

「じゃあ、わかってくれた訳ね。それならいいんだけど」

「わかりましたって」

泰史は二、三度、小さく首を縦に動かした。

「本当かなあ、何しろお兄ちゃんの『わかった』は危ないからね」

見ると背後に萌子が立っていた。いつの間にか二階からおりてきて、二人の会話に耳を傾けていたらしい。

「いつだって『わかった、わかった』……」続けて萌子が言う。「それでいて、全然わかっちゃいないんだもの」

「お前なあ」

「睨《にら》んだって駄目。事実なんだからしょうがない」

しれっとした顔で言ってから、萌子は花咲くような笑みを一気に顔にひろげてみせた。これだ、と思う。圧倒的な明るさで相手を黙らせ、懐柔してしまおうという笑み。この照り輝くような笑みに誑《たぶら》かされてしまう人間も多いだろう。ただ、泰史は子供の頃から何度も見てきている。虚心に笑っているようで作為に満ちたその笑みが、泰史には厭《いと》わしい。

「ま、とにかく頼んだわよ」園子が言った。「お願いね」

（やっぱり似た者母娘だ）

泰史のなかでうんざりしたような呟きが漏れる。こっちが『わかった、わかった』なら、あっちは母娘で『お願い、お願い』――。

園子も萌子も、自分が女という性に生まれついたことを、意識のなかに強く持っている人間たちだと思う。それを道具や武器として使うことを、少しも卑怯《ひきょう》だとは思っていないし、すでにそれがほとんど本能のように身についている。拗《す》ねたり、甘えたり、おもねったり、頼んだり、持ち上げたり、笑みに紛らわせたり……男の扱いが上手な種類の女たちといっていいのかもしれないが、泰史はそれが鼻につく。ヤッちゃん、ヤッちゃん、お兄ちゃん、お兄ちゃん……思えばこの女たちが煩《わずら》わしくて、泰史は家をでたようなものだった。過度に愛情深い母親、愛情深い妹。

「お母さん、今日は何を作るの？」

「今日はヤッちゃんがくるから、魚徳《うおとく》さんにお刺し身を頼んでおいたのよ。それと、フライを作ろうかと思って。海老フライとササミのフライ。ササミのなかにチーズとか大葉とかを入れて。どう？　梅肉もいいかもね」

「いいね。それじゃ私も何か手伝う」

「そう？　なら、萌ちゃんには、サラダを作ってもらおうかな」

「ＯＫ」

キッチンで、母娘が肩を並べて料理をはじめる。

（つきまとい）

萌子の背中や横顔に時折目を走らせながら、泰史は心のなかで呟いた。

子供の頃から、萌子は泰史のあとをくっついてまわるようなところがあった。歳も違えば男の子と女の子、遊びも何も違うのだからと言い聞かせても、泰史たちの仲間に加わりたがった。いまだにその癖が抜けない。萌子は、時には泰史のあとを尾《つ》けまわすような真《ま》似《ね》もして、本郷での暮らしぶりを覗《のぞ》き見していたのではあるまいか。だから弓恵とのことも承知していた。『琥珀亭』に一人でいったのも、それを承知の上でのことだったかもしれない。

泰史は絶望的と言わんばかりに無言で小さく首を横に振った。もはや十五、六の兄妹ではない。いったい何歳と何歳の兄妹かと思う。

「お兄ちゃん。サラダは何のサラダがいい？　サーモンのサラダ？　それとも茹《ゆ》で野菜のサラダ？　茹で玉子とか生ハムとか並べて……。お兄ちゃん、酸っぱいものはあんまり得意じゃないから、ドレッシングはかけない方がいいわよね。――ねえ、お兄ちゃん。お兄ちゃんてば」

「何でもいい。萌子に任せるよ」

平坦な口調で言いながらも、胸の内では毒づいていた。

（お兄ちゃん、お兄ちゃん……実際お前は煩いんだよ）

できることなら夕食を摂《と》らずに帰りたい――、やってきた時に感じたはずの人心地つくような思いは掻き消えて、早くも泰史は心身ともに落ち着かない気分になっていた。

（愛情の押し売り）

二人の背中に向かって心で呟く。

（いい加減、勘弁してもらいたい）

この女たちに挟まれて、当たり前に日常を送っていられる和臣が、泰史には不思議ですらあった。すでに慣れてしまったのか、それとも諦めたのか。

「絶対にいけないっていってわかってる」

不意に弓恵の言葉が思い出された。

「わかってはいるの。でも、私、このままだと……、本当に好きになってしまいそうで怖い」

夫と愛人、二人の人間を殺した女かもしれない。けれども、弓恵は、愛情を押しつけることもなければせがむこともない。私なんか……と、自ら消え入ってしまいそうな女だ。泰史には、弓恵が園子や萌子とは対極に位置する女のように思えていた。

3

取材を終えてから出先で打ち合わせをかねた食事を摂り、家に帰り着いた時は深夜の十二時を過ぎていた。

部屋にはいって電気をつけると、ふう、とひとつ息をつき、一日分の力を使い果したかのように、泰史はソファにすとんと腰を下ろした。

『ヴィクター』の〝ベンチャーの旗手たち〟という連載企画で、このところ、その種の起業家にインタビュー取材のために会っている。仕事自体は面白いのだが、この不況の時代に躍りでた人間たちだけに、なかには無闇にと言いたくなるほどに、圧倒的なエネルギーを感じさせる人間もいる。その種の人間と接することで、エネルギーをもらう人間もいるだろう。だが、泰史は逆だった。相手があまりにエネルギーに満ち満ちていると消耗する。真夏の太陽と同じだ。燦々《さんさん》と降り注がれる日の光の下に身を置き続けていると、やがて肌は焼けるし、からだは汗を掻いて水分を失い、体力そのものが消耗していく。今日会った赤城《あかぎ》正寿《まさとし》という男がまさにそれだった。一時間半ほど接していただけだが、まるで丸一日、真夏の海にヨットででていたような疲労感が残った。

はあ、ともうひとつ疲労が滲んだ息を漏らしてから、ポケットの煙草《たばこ》に手をかけた時だった。泰史はその手を止めて、わずかに首を傾げた。

何がどうというのではない。けれども、何かが違っているような気がした。眉《まゆ》を寄せ、部屋を見まわす。自分でもよくわからないままに立ち上がると、部屋のなかを歩きまわり、キッチンからバスルームから、隅から隅までを点検するように見て歩いた。

とりたてて、変わったところはないように思えた。いつもの通りの自分の部屋だ。物の位置が変わっていたりズレていたりということもない。なのに違和感に近い気配を感じる。以前、泰史の留守中に真上の部屋で水漏れがあって、管理会社の人間がマスターキーで鍵を開けて、部屋のなかにはいったことがあった。当日泰史と連絡がとれなかったため、翌日になって点検のため止むなく入室したと電話があった。したがって、当日の晩泰史は何も知らずに過ごしていた訳だが、それでも違和感に近いものを感じて妙に落ち着かなかったことを覚えている。その時の感じとよく似ていた。留守中、誰かが部屋に立ち入った気配——。

どこがどう違っていると明確に指摘することはできなくても、人がはいったことは間違いないと確信できた。理屈ではなく、肌や本能の感覚が、泰史にそれを告げている。

念のため、銀行の通帳やパスポート、それに現金を置いている場所を確かめてみた。何も変わりはないし、すべて揃《そろ》ってもいる。誰かが触れた形跡もない。そのことにいったん小さな安堵を得たものの、すぐにまた泰史の顔は曇った。

いずれにしても気持ちが悪い。それに誰がどうやって、また何のために侵入したのかという疑問も残る。

泰史が住んでいるのは、建物の入口に管理人室があるようなマンションではないから、誰かが管理人に肉親だとか事故だとか偽りを申し立てて部屋の鍵を開けさせることはできない。裏返せば、出入りする人物をチェックする人間もいない。金目の物が盗まれていないのだから、空き巣ということはないだろう。だとすれば、また何かの事情が生じて、管理会社の人間でも立ち入ったのだろうか。

（萌子……、まさかな）

実家にも、この部屋のスペアキーは預けていない。したがって、萌子がスペアキーを使って勝手に部屋にはいるということも、本来あり得ないことだった。とはいえ、萌子はこれまで何度かここを訪ねてきている。絶対にスペアキーを作る隙《すき》はなかったとは言いきれない。

（隙を狙《ねら》ってスペアキー？……）

どこかで聞いたような話だと思った。どこで見聞きした話か思い出した途端、泰史の顔に細かな汗が噴きだした。

隙を見て夫が所持していた愛人宅のスペアキーを持ちだし、それを元にスペアキーを作り、愛人宅に侵入――。

「馬鹿な」

泰史は自分に向かって呟いた。自分でも、くだらない連想だと思った。

気持ちをいったん切り換えて、自分はこの部屋のどこに違和感を覚えたのかをもう少し突き詰めて考えてみようと試みた時だった。部屋の電話がけたたましい電子音を立てて鳴り響いた。その音に、どきりとしてから受話器を取る。

「はい、野本です」

疲れてもいた。ものの言い方が、自然とぶっきらぼうな調子になっていた。

「あ……、ごめんなさい、水内です」

泰史の愛想のない声に触れたせいか、受話器から聞こえてきた弓恵の声はか細くて、尻込みしてそのまま消えていってしまいそうな感じがした。

「ああ、ごめん。弓恵さんか」

「夜分遅くにすみません」

「いや、べつに構わないよ。でも、どうかしたの? 何かあった?」

まさに今、弓恵のことを悪い方向で思い浮かべたところだっただけに、泰史の口調も、どこかとってつけたようになっていた。

「ううん、何でもないの。ただ、さっき一度お電話したら、まだ帰っていらっしゃらなかったから。それにここ二、三日電話がなかったし、お店にもみえなかったから、どうしているのかしらなんて気になって……。今夜は? 今までお仕事だったの?」

「うん。今さっき帰ってきたところ。このところ、取材だ何だでバタバタしていてね。今日も取材の後、新橋で打ち合わせかたがた飯を食っていたらこの時刻。ついでに酒も飲んだからだけど。昨日も同じような感じの一日だったたな」

「そう。今、ちょうど忙しいところなのね」

「まあそうだね」

「明日は?」

「え?」

「明日も今日と同じような感じ？　一日外にでているの？」

「いや、明日は部屋に籠もって原稿書きだな。途中、区切りがついたら『琥珀亭』に飯でも食いに顔をだすよ」

「わかった。それじゃ明日はお店で会えるかもしれないわね」

言った後、微妙な間と沈黙があった。電話を切るに切れない雰囲気を感じ取って、黙って弓恵の次の言葉を待つ。

「あの……、野本さんの携帯には、私からはなるべく電話しないようにする。外で取材中だったり打ち合わせ中だったりするといけないから」

「うん」

「だから、もし時間ができた時は電話ちょうだい。深夜でも構わないから」

「ああ、わかった。そうする」

互いに「おやすみ」を言い合って電話を切る。受話器を戻した途端、泰史は眉を寄せて、わずかに顔を曇らせていた。

からだの関係を持つようになってからひと月余りが過ぎた。最初の二、三週間は、関係そのものがまだ落ち着かない状態だったので、泰史も恐らく一日に一度は弓恵に電話を入れていたと思う。以前と変わらず、週に何度か『琥珀亭』にも顔をだしていた。が、ここ一、二週間は仕事が立て込んでいたこともあって、電話の回数も少なくなっていたし、『琥珀亭』にいく回数も減っていた。毎日のように電話を入れなくなった理由のひとつには、弓恵の様子に落ち着きが見られるようになったということもある。弓恵は今、泰史との関係に特別不安を覚えていない。それで泰史自身の気持ちにも余裕ができてきた。よくいえば余裕、悪くいえば緩み——。

男女の関係など、おしなべてそんなものではないか。当初は相手が自分の人生の何よりも大切なものに思えても、じきに仕事や生活といった自分がまさに身を置いている生の現実の方が勝るようになる。恋というのは、錯覚に基づく一時的な妄想状態のようなものだ。その、いっとき正常の域からはみだしかかっていた感覚が再び元の状態に落ち着くだけのことで、それは愛情の多寡とは直接関係がない。恋のもたらす眩むような感覚は嫌いではない。ただし泰史は、恋に血道を上げる人間ではない。恋はいっときのもの。だからいい。

だが、今の弓恵の電話は何だったろう……、額のあたりを翳らせたまま泰史は思った。二、三日電話もなければ顔も見えないので気になった。自分からは電話しない。だから、時間ができたら電話をして——。

言葉の上では泰史がどうしているかと心配だからという体裁《ていさい》を繕っているし、邪魔はしたくないという奥ゆかしさも窺わせる。しかし、本当のところ弓恵は、泰史が毎日連絡を寄越すことを求めてきている。泰史の気持ちに生じた緩みを敏感に感じ取っての穏やかな抗議。

意外だった。弓恵がそんなことを求めてこようとは、泰史は予想だにしていなかった。自分が女に追いかけまわされるような男だと、自負するつもりは毛頭ない。とはいえ、泰史も一度や二度はそんな経験をしたことがある。そもそも、それ以前に園子と萌子のことがある。女というのは煩くてややこしいものだという前提が自分の内にしっかりと出来上がっているから、泰史は女性に対して慎重だ。三年前に、当時つき合っていた相手と別れてから、面倒だという思いの方が先に立って、以来泰史はあえて自分からつき合う相手を求めずにきた。前につき合っていた彼女にしても、面倒なことにならなそうな相手を意識的に選んだようなところがある。だから別れに際してもさして揉《も》めることなく済んだ。

思えば、泰史は弓恵に対して無防備であり無警戒だった。もともと弓恵はそういう種類の女ではないと思い込んでいたし、無意識のうちに泰史のなかで、向こうには引け目があるから滅多なことはしてこまいという計算も働いていた。人を殺したという過去を持つ女が、煩く愛情を求めてきたりするはずがない。

「絶対にいけないってわかってる。駄目、やっぱりいけない。私みたいな女は……」

現に、当初弓恵自身が言っていた。

泰史はデスクに歩み寄ってパソコンをチェックし、抽斗《ひきだし》やロッカー、それに書棚のなかを確認した。この部屋に金銭目的ではない侵入者があったとすれば、いじったのはこのあたりだろうという勘が働いた。

どこにもいじられたという明らかな形跡は見当たらなかった。しかし、何者かが残していった気配が、余韻のように付近に漂っているように思えた。

額のあたりの翳が、顔全体にひろがっていく。

本来泰史は、人を簡単に自分の部屋に招く種類の人間ではない。ただ、家が近いということもあれば、田島夫婦の目を避けるということもあって、弓恵とはあっという間に互いの部屋を往き来するような関係になってしまった。もちろん、弓恵にスペアキーなど預けていないが、彼女がこの部屋に出入りしていることは事実だ。むろん部屋の場所も知っていれば、どこにパソコンが置かれていて書棚があって資料があって……そういう部屋のなかのことも心得ている。

(でも、鍵を持ちだすようなチャンスがあっただろうか)

弓恵を一人この部屋に置いて外にでたことはなかった。いかに彼女に夫のキーホルダーを持ちだして合鍵を作った過去があるとはいえ、恐らくそれは生活を共にしている夫婦だからこそできたことだろう。弓恵とつき合いはじめてまだ一ヵ月ちょっと。泰史は弓恵にそんな隙を与えていないはずだった。そこまでべったりの関係ではない。

(だとしたら誰が?)

やはり萌子か、という思いが再び頭をもたげる。弓恵と萌子、どちらに合鍵を作るチャンスがあったかといえば、萌子ということになる。

(でも、萌子がそんなことまでするだろうか。だいたい何のために?)

そこまで考えて、泰史は疲れたようにソファに腰を下ろした。馬鹿げていた。間違いなく人が侵入したと言い切れるだけの証拠や根拠がある訳でもない。にもかかわらず、侵入者を割りだし、特定しようとしている自分自身が愚かしく思えた。

（ただの錯覚）

もう考えることにもくたびれて、泰史は胸で呟いた。自分にそう思い込ませようとしながらも、泰史の顔の濁りは晴れなかった。いくら胸で繰り返し呟いたところで、一度肌に感じた違和感は、拭《ぬぐ》いきれないままだった。

4

ドアを開けた弓恵の顔には、いつものように化粧気はほとんど窺われなかった。が、彼女は顔に華やかな笑みを花開かせて泰史を迎えた。瞳がきらきらとした輝きを放っている。

「今日は締切り前で一日原稿書きだっておっしゃっていたから、会えないかと思ってた」

泰史を部屋に迎え入れながら弓恵は言った。「だから、お電話いただいた時は嬉《うれ》しかったわ」

弓恵は今日、店が休みの日に当たっていた。泰史は、あらかじめ今日は仕事で会えないだろうことをあえて匂《にお》わせておきながら、急に弓恵に電話を入れた。「今からちょっと顔を見にいこうかな。原稿書いているのも、何だか煮詰まってきちゃったから」——。

「とにかく上がって」

奥の部屋にはいる。ローテーブル、チェスト、ベッド……小物にしろ雑貨にしろ、余計なものは何ひとつとしてといっていいぐらい表にでていない。すっきりとしているというより閑散としたといった方がいいようなふだん通りの弓恵の部屋の風景だ。

「コーヒーでも淹《い》れましょうか」

諦めていた逢瀬《おうせ》を得たことに、いくぶんいそいそとした素振りを見せながら弓恵が言った。

「うん……、コーヒーか」気乗りがしない声で泰史は言った。「何だか咽喉《のど》が渇いちゃって」

「ああ、そうよね。野本さんは、本当はアルコールの方がよかったのよね。ビール、買っておけばよかったわ」

「そうか。弓恵さんは家ではまったく飲まないんだったね。僕もうっかりしていたよ」

「私、買ってくる」

見開いた目を輝かせて弓恵が言った。

「いいよ。なら僕がいく」

「ううん、そこのコンビニまでだから、いって帰ってきて十分とかからない。ほかにも私、買ってきたいものがあるし。だから本当に平気」

「そう？　じゃあ、ついでと言っては何だけど、もうひとつ頼んじゃおうかな」泰史はポケットから財布をだして言った。「煙草、買ってきそびれちゃって。そこのコンビニ、煙草も売っていたっけ？」

「煙草は……」ちょっと首を傾げてから、弓恵は顔に笑みを浮かべ直して言った。「でも、たしかコンビニの並びに販売機があったと思う。そこで買ってくるわ」

「ごめん。今度くる時は、途中で何か買ってくるようにするよ。今日は何だか頭が全然働かなくて」

「一日部屋で原稿を書いていたんだもの、そりゃあくたびれるわよ。一歩も外にでずに、ずっと原稿を書いていたんでしょ？」

「ああ」

「お疲れさま。それじゃ、私、ちょっといってくるわね」

「じゃあ、その間僕はキッチンの方で、テレビでも見ていようかな」

弓恵の部屋は、ＤＫの方に小さなテーブルのセットがあり、テレビもそちらに置かれている。

「うん。そうして」

「ああ、これ」

泰史は財布から五千円札を一枚抜いて弓恵に差しだした。

「いいわよ」

少し顔を曇らせて弓恵が首を横に振る。

「よくない。僕が飲みたくて頼むんだから。もちろん、君が飲みたいものや食べたいものも買ってきて」

「でも……」

「お駄賃だよ」

冗談混じりに言うと、子供のような顔をして弓恵も笑い、こくんとひとつ頷いた。

弓恵が部屋をでて、コーポラスの階段を下りていく。その気配を耳と肌、両方のアンテナで確かめてから、泰史はやにわに立ち上がった。コンビニは近い。たいした買い物ではないし、煙草を買うのに多少足をのばしたとしても、せいぜい二十分というところだろう。あまり時間はない。

奥の部屋にいき、白く塗装された物入れの引き戸を開けた。

見た途端、汗が噴きでた。

ふとん、服、バッグ、アイロン、本、雑貨、いくつもの箱……あれこれの物が雑然というよりもほぼ滅茶苦茶に積み上げられるように押し込められていた。脱ぎ捨てられたまま放り込まれたと思《おぼ》しき茶色のストッキング、薄汚れた犬のぬいぐるみ、どこかのデパートの包装紙、手提げ袋、トイレットペーパー……。

どこのうちも押入れのなかなど似たようなものかもしれない。とはいえあまりにも統制がなさすぎて、泰史は表現する言葉を見失う心地がした。何が突っ込まれているのかわからない膨れた紙袋やビニール袋もあれば、適当に丸めたスーパーのレジ袋まで突っ込まれている。息を呑んだまま、泰史は音を立てずに引き戸をゆっくりと閉めた。

（滅茶苦茶だ……）

今度はチェストに向かう。見たいのはその上の四角い木箱の中身だった。扉が観音開きになっている。息を殺しながら、泰史はしずしずとその扉を開けた。

次の瞬間、頭蓋骨の内側で脳がくらりと揺らいだ。

もともと仏壇として作られたものではないのかもしれないが、やはり弓恵はそれを仏壇として用いていた。なかには、こんな小さな位牌《いはい》があるのかと驚くような小振りの位牌が二つ……それに香炉や飯台が置かれていた。

ほかにはいくつかのガラス瓶。瓶のなかには、若干の黄ばみを帯びた白いかけらが収められている。かけらのかたちはそれぞれまちまちだが、どれも小指をひとまわり小さくしたほどの大きさであり、それに近い長さをしている。

「あれ、これはもしかして骨じゃないのかな、って思ったの」

美恵子の言葉が思い出された。

「そんなの私の考えすぎ？　そうよね。いくら何でも、それはまさかよね」

泰史は生唾《なまつば》を飲み込んでから、静かに扉を閉めた。扉を閉める手が、心なしか震えていた。

（あの瓶の中身は骨なのか。いくつもの瓶があるのはこれまでに死んだ猫……、それとも人間？）

もっとよくなかを見るべきだし、ガラス瓶も手に取って、じっくりと中身を見きわめるべきだとわかっていた。だが、怖気《おぞけ》が勝ってできなかった。これ以上見ていると、手ばかりでなくからだにまで震えが走りそうだったし、弓恵が戻ってきた時に、皮膚が凍《い》てついたままの顔で「お帰り」と迎えなければならなくなりそうだった。それでは弓恵が不審を抱く。

怖気の残るからだでDKに移り、椅子に腰を下ろしてテレビをつける。

今夜は何とか口実を作って、弓恵をちょっとの時間でも外にだし、彼女が見えないところに仕舞い込んでいるものを、この目で確かめるつもりできた。だからこそわざと急に電話をして訪ねてきた。時間的な余裕はまだ多少ある。とはいえ、見たものが悪すぎた。ゴミ箱のように雑然とした物入れ、ガラス瓶のなかの骨——、心臓がコトコトと駆けていて、泰史自身にその余裕がない。黙ってテレビに目を向ける。見ていても、画面に何が映っているのかも、そこに映っている人間が何を言っているのかも、まるで頭にはいってこなかった。

先刻目にした乱雑きわまりない物入れの中身と勝手に対比されるかのように、いつかの晩に偶然目にした、顔にしっかりと化粧を施した弓恵の白い顔が思い浮かんだ。ふたつの画像が頭のなかでばらばらのカードのように食い違って結びつかない。その混乱のなかから不意に浮上するように、歌神楽女《かがらめ》という言葉が思い出された。斉藤利枝から耳にしたという美恵子の話にでてきた言葉。

歌神楽女——、泰史はそれがどういうものか、正確に知らない。ただ、神楽女に関してならば多少の知識はある。祭祀《さいし》において舞い踊ることによって神を招き、神を降ろす巫女《みこ》。美恵子が言っていたように、憑依《ひょうい》的性格を持つ女。

「ただいま」

弓恵が帰ってきた。でていく時と同じくすぐったげな笑みをとどめたままの顔だった。

「お帰り」

弓恵を迎える。心臓はまだ小さな歩幅で駆けていたが、泰史はそれをとり繕った笑みで覆い隠した。

女のバッグのなかや部屋のなかは、その女の内面を映すと聞いたことがあった。いわば具現化された内部世界の図だ。だから女とつき合う時は、相手の部屋を知っておいた方がいい。その方が、相手のことを理解しやすい——。

「今、グラスとお皿をだすわね。ちょっと待ってて」

(さっき見た物入れのなかの様子が、あんたの内部世界なのか。あの仏壇のなかの有様が、あんたの心のありようなのか)

手を洗う弓恵の後ろ姿に目をやりながら、泰史は弓恵に心で語りかけた。あの物入れの散らかりようは、ふだんの弓恵からはとうてい想像がつかない。泰史は、まだ信じられないという思いを抱きながら、先刻目にしたさまを頭に思い浮かべていた。

＊

珍しいのね、お兄ちゃんから電話をくれるなんて。え？　最近本郷へ？　いってないわよ。どうせまたいやな顔をされるのが関の山だもの。お兄ちゃんこそ、何だってそんなことを訊《き》くのよ?

まさか、あの人とまだつき合っているんじゃないでしょうね。お兄ちゃん、お母さんともややこしい人とは関わらないって約束したはずでしょ? 約束したんだから、それはしっかり守ってよね。

あの人のこと? そうよ、調べたわ。最初は偶然だった。お兄ちゃんをちょっと驚かせてやろうと思って本郷へいった時、たまたまお兄ちゃんがあの人と歩いているのを見かけたのよ。それがはじまり。

ええ、『琥珀亭』にもいったわよ。あの人が間違いなく『琥珀亭』に勤めている人だと確かめたかったし、名前や何かも知りたかったから。

過去のことをどうやって調べたのかって……、私は調査のプロじゃないもの、限界があるわ。だから、人を頼んだのよ。そんなに怒らないでよ。勝手なことをしたことは謝るわ。でも、結果的にはよかったじゃない。あの人がどういう人かはっきりしたんだから。私、最初にあの人を見た時から、いやな感じがしてたのよね。

お兄ちゃんの部屋にいってあの人のファイルを見た時、実は私、ちょっと安心したのよ。過去の事件はお兄ちゃんもすでに承知しているってわかったから。それならあの人と深い関わりなんか持つはずがないって。

あの事件……、ご主人と愛人が共謀してあの人のことを殺そうとしたというのは本当でしょうよ。そういう事情があったから、あの人もふつうより早く出所できた。でも、事実はそれほど単純なことでもなさそうなんだな。彼女って、よくいえば愛情が濃いってことになるのかもしれないけど、半端でないやきもち焼きなのよ。あの人、ご主人のことを何から何まで知っていないと我慢ならない人だった。できればご主人の影法師になって、始終そばにくっついて見ていたいというぐらいにね。愛人の晴美という人は、ご主人の大学の時の同級生だったそうだけど、べつに大学時代から二人はつき合っていた訳ではないようよ。ご主人が間違った結婚に苦しんだ果てに、救いを求めるように彼女のもとに逃げ込んだ——、それが本当のところみたい。いってみれば、ご主人に愛人を作らせたのはあの人の異常な嫉妬《しっと》心よ。嘘《うそ》じゃないわ。私、それに関する報告書だって持っているもの。何なら送ってあげましょうか。

子供？　ああ、最初の結婚の時のことね。あれは事件になっていないわ。ＳＩＤＳ、乳幼児突然死症候群ということで落着したから。だけど、ＳＩＤＳには窒息死だって含まれてる。ケースバイケースで、本当の死因はよくわからないのが現実でしょ。証拠のないことだから、彼女が子供を殺したとまでいうのは、たしかに言いすぎかもしれない。でもね、最初のご主人とは、そのことが原因で離婚しているのよ。ご主人はあの人が子供を殺したんじゃないかという疑いを、どうしても否定できなかったようね。どうして子供を殺したのか……、ご主人の愛情を独り占めしたかったのかしらね。おかしいのよ、あの人。自分が愛する人を追い詰める。

そうそう。あの人って、一人になると猫を飼うのよね。本郷でも、猫を飼っているんじゃない？ 最初のご主人と別れた後も猫を飼ってた。名前はヒロ。ご主人の名前の弘俊のヒロでしょうね。ところが、ヒロは何匹もいたらしいのよね。どういうことかって……、あそこの猫は、どういう訳だか、みんな長生きしないのよ。文字通りの猫可愛《かわい》がりをしていたはずが、気がつくといなくなっている。死んでいる。

変だと思わない？ 猫なんてそうそう簡単に死ぬもの？ それも続けざまに。私も、あの人が殺したとまでは言わないわ。見た訳じゃないもの。だけど、しょっちゅう猫が死ぬから、あの人の部屋、いつも線香臭かったって聞いたわ。猫が死ぬとめそめそして、まるで人間が死んだみたいにお線香上げて供養をするの。そのくせまた飼って、また死なせて……。

ねえ、もしかしてあの人のことで何かあったの？ だから私に電話してきて、あの人のことを尋ねているんじゃないの？

本当？ 本当に何でもないの？ ならいいけど……。いやよ。絶対にあの人と関わっちゃ。他人の過去をどうこう言うべきではないかもしれないけど、あの人の場合、いやな話が多すぎる。それも死にまつわる話がね。不吉よ。

やだ。何だか心配になってきた。ねえ、本当に何かあった訳じゃないのね？ 大丈夫なのね？

近いうち、一応報告書を送ろうか。お兄ちゃんも見ておいた方がいい。え？ 直接もらった方がいい？　わかった。じゃあ、時間ができたら電話ちょうだい。その時持っていくようにする。いつでもいいわよ。私の方は、都合をつけるようにするから。

＊

野本さん？　弓恵です。今、どなたかと電話中だった？　お仕事の電話？　何度かかけたけど、結構長い時間お話し中だったたから。ううん、べつに用事はないの。帰ってらっしゃるのなら、ちょっと声が聞きたいな、と思っただけで。なのにつながらないとなったら、どうしても声だけ聞かないと、って気分になっちゃって……。本当にごめんなさい、こんな時刻に。今日はわりあい早く帰ってこられたの？　そう、九時頃……。あ、もう切るわね。お疲れのところすみません。声が聞けたから、私も何だか落ち着いた。じゃあ、おやすみなさい。また……。

第五章　叢雲《むらくも》

1

狭い部屋のなかに一人あって、弓恵は落ち着かなげに立ったり坐ったりを繰り返していた。時に思い詰めたように眉《まゆ》を寄せて爪を噛《か》み、絶望的な吐息を漏らす。顔つきも顔色も、内側の苦渋を伝えるように薄暗く濁っていた。

そうしていても、足の裏からぞわぞわ不安がこみ上げてくる。放っておくと胸の上あたりまで不安の波に浸されて、終《しま》いにはからだごと呑み込まれてしまいそうな気さえした。

相手を目の前にしている時はいい。無条件に安心できる。この人のからだは間違いなくここにある――。

自分のすぐ手の届くところに肉体があれば、必ず心もそこにあるという訳ではなく、きっと心だけどこかよそにいってしまっているということもあるだろう。わかっているのだが、相手の肉体も時間も自分が今、占有しているというだけで、やはり気持ちが落ち着く。相手の心も自分が占有しているという錯覚を抱くことができるし、その錯覚を現実のように信じることもできるのだ。

（あの人は、どうしてここにいないの？）

心の内で、無為な呟《つぶや》きを漏らす。

（あの人のからだはどうしてここにないの？）

そばに相手の肉体があるだけでなく、その肉体と交わっている時が、弓恵は一番安心できた。相手が確実に自分を求めてきていることが肌で実感できるのだ。たとえそれが単に欲望に基づくものであったとしても、肌をぴたりと合わせてつながっている時、少なくとも相手はよそに目を向けていない。心もよそにいってはいない。すべては今ここにあるし、自分に対して向かってきている。相手の全存在を占有していると感じられる。無理と承知はしていても、できれば相手と二十四時間、常につながっていたいと思う。それならば弓恵は不安を覚えることがないし、不安の波に呑み込まれてしまうこともない。

「抱いて」

顔を見ると、ついその言葉を口にしそうになる自分を抑えるのに苦労する。最初のうちなら、相手も悪い気はしないかもしれない。けれども、じきに始終「抱いて」とせがむような女を男が疎《うと》ましく思いはじめることは目に見えている。そんな経験は、すでにこれまで何度かしてきた。色狂い、色情狂、淫婦……終いには、まるで穢《けが》らわしいものでも見るような眼差しさえ向けてくる。

「抱いて、抱いてって、お前はそれしか考えていないのか」

いつも抱かれていたいと思うのは、肉体的な渇望や欲望、あるいはセックスが好きということとはまたべつだった。たしかに今、自分はこの人を捕らえているし、捕らえられている。その紛れもない事実と現実が、心を安堵《あんど》で満たしてくれるのだ。本当にほしいのは、相手の肉体そのものや自身の肉の悦びではなく、安堵に満たされた状態だった。とはいえ、からだとからだでつながっていなければ、安堵で満たされた心も得られないのだから、やはり相手のからだがほしいと思う。抱かれたいし、つながっていたい。

いったん坐ったはずが、いつの間にかまた立ち上がって、弓恵は部屋のなかを歩きまわっていた。窓辺に歩み寄り、レースのカーテン越しに外を眺めて爪を嚙む。

（だからいや）

半べそを搔《か》いてでもいるほどに顔をひしゃげさせ、呪《のろ》うように心のなかで呟いた。

（だから人を好きになるのはいや）

二人でいる時のしあわせと喜びは、自分でも抑制がきかないほどに神経をうわずらせ、脳を眩《くら》ませとろかせる。ところが、「じゃあね」と別れたらすぐに地獄だ。しあわせと喜びの余韻に浸っていられるのは、ほんの一、二分のことでしかなく、自分の前にすでに相手の姿はなく肉体もないという現実に、たちまち埋めようのない空虚感を覚えはじめる。ドアを閉めた途端、心に茫漠《ぼうばく》とした砂漠ができ、あっという間に自身の存在が砂のなかに埋もれかける。

　でも、さっき会ったばかりだもの。さっきあの人に会って、抱かれたばかりだもの。あの人の目も心も、間違いなく私の方を向いていたもの……いくら心で思ってみたところで、相手がこの瞬間、自分の前に存在しないという現実を打ち消すことはできない。そのうちに考えだす。あの人と私は、本当にさっき会っていたのだろうか。本当に私はあの人に抱かれ、あの人に貫かれて、あの人とつながっていたのだろうか――。

　現実に会っていたし抱かれていたのだと信じたい。しかし、もはや過ぎてしまった過去を証明することはできない。確実な証拠はどこにも残っていない。やはり確かだと実感できるのは、相手が目の前にいる時だけだし、相手のからだと触れ合っている時だけだ。

　そこからさらに考えずにはいられない。もし現実に会っていたのだとしたら、それはいったい何分前のことだったのだろうか。

　十五分前かもしれない。いや、本当は一時間前だったかもしれない。それもまた、実に曖昧《あいまい》だった。ことによると昨日か一昨日の出来事だったという可能性だってあるし、ことによると三ヵ月前のことだったかもしれない。過去は過去、そこに滑り込んでしまえばみな同じだ。過去になってしまえば、それが実際に起きたことかどうかを証明することはできない。会ってからどれだけの時間が経《た》ったかは、実のところ関係がなく、問題なのは、現に今、相手が自分の前にはいないということだ。今、いくら手をのばしてみたところで、相手の肉体に触れることはできないし、相手の目や心がどこに向いているかを、推測してみることすらできないということだ。

　肉体がそばにないということ、離れているということに、弓恵のなかで次第に不安が募ってくる。あの人の目は、今、どこに向けられているのだろうか。心はどこにいっているのだろうか——。それが気になりだすと、居ても立ってもいられなくなる。何としても相手の今現在の存在と心のありようを、この目で確かめたくなる。

顔と目を窓の外に向けたまま、弓恵は小さくうなだれた。

どうしてそうなってしまうのか、自分でもよくわからない。ただ、誰かを好きになり、その相手に心が向かいはじめると、妙に勘が聡《さと》くなり、誰に教えられなくても相手のさまざまなことが感じられるようになってくる。だから、逆につらい。知らないなら知らないで済んでしまうことも、半端に知ってしまえばもっと正確なことが知りたくなる。すべて知っていなければ安心できない。弓恵がほしいのは一部ではない。全部だ。

ほかに女がいる。べつの女に目を向けている。執拗《しつよう》に言い寄ってきている女がいる。この人は嘘《うそ》をついている……アンテナに自分にとって好ましくないことが触れてくると、頭のなかが揺らぎだす。じきに視界も一緒に揺らぎだし、神経がちりちりと焼け焦げてくる。自分が感じたことなど、妄想だと思いたい。だが、いったんその思いが頭にこびりついたが最後、どうしても妄想だとは思えなくなる。もし妄想にすぎないのであれば、自らそれを証明せずにはいられない。

自分でも、何に衝《つ》き動かされているのかわからなくなる時がある。それでも妄想が妄想であることを確かめるために、動かないではいられない。いや、妄想が妄想でないことを確かめるために動きまわっているというのが本当だろう。見なくてもいい暗黒の箱を、自ら覗《のぞ》き込まずにいられない不幸。確かめて、結局いつも自分が傷つき、やはりという思いに唇を嚙む。

ひとつの思いに囚《とら》われて動きまわっている時、弓恵は現実世界と自分との間に距離とズレを感じる。二十四時間という時間を持った一日の、営々とまわっている日常のなかに身を置いているとは、どうしても感じられなくなってくるのだ。自分の目に映っている世界の有様が絵空ごとのように感じられ、本当のところ、どこかべつの時空に身を置きながら、この世の営みを眺めているような心地になる。自分の思いだけが勝って世界が遠い。頭のなかの歯車がひとつ狂った感じ……、自分で認識していても、自らを生の現実に引き戻すことができない。

「かわいそうだけど、あんたは人を好きになっちゃいけない」

おばあちゃん……、実子《じっこ》の言葉が思い出された。

「今の世のなかじゃ、もう関係ないようなことだけど、背負った役割っていうのか、因縁や宿命みたいなものは、やっぱり消すことができないものなんだねえ」

生まれながらにして、人を好きになったり愛したりしてはいけない因縁や宿命などというものがあるものだろうか。抗《あらが》うようにそう思い続け、一人の女としてのしあわせを追い求めてきた。たいそうなことなどひとつも望んではいない。ただ、人を愛したい。その人から愛されたい。ずっとその相手とともにありたい。そんな当たり前のことさえ、自分には許されないのだろうか。

（そんなのってある？）

弓恵は自分に向かって胸で囁《ささや》いた。

（かわいそうな弓恵……）

思った途端、からだのなかを流れる血が油に変わり、その油にぽっと火がついた。燃え上がった炎が揺らぐように、頭のなかがぐらりと揺れる。

ひとりの女の顔が、脳裏に浮かんでいた。若い女だ。黒目がちの大きな目、輝くような笑み、動きのある愛くるしい表情……自分が人から愛されかわいがられることを当然と考えているのが、その顔つきから窺《うかが》われる。

（あの女がそばにいる）

気づくと、固く拳《こぶし》を握りしめていた。一緒に奥歯も嚙みしめていたらしく、こめかみのあたりがきりきりと痛んだ。

疑いなく、彼女は彼を愛している。だからこそ、排除するような目をして弓恵を見た。まるでこの世から消え去れと言わんばかりの冷やかな目をしていた。

彼女が、何としても弓恵から彼を引き離そうと、懸命にその腕を引っ張っている。

弓恵は、さらに強く奥歯を嚙みしめた。

知っている。永遠はない。ロマンティックは一瞬だ。人の気持ちというのは容易に移ろい、愛していたはずのものを、いつしか逆に憎んだりする。人ばかりではない。この世のものは、何もかも無情に移り変わっていく。写真で一瞬のしあわせを切り取って保存しようとするように、移ろうものをとどめておく方法はひとつしかない。一切を、そこで終わりにしてしまうこと。

思い詰めるように考えて、弓恵は小さく首を横に振った。鬱々《うつうつ》としたもの思いにきりをつけようとするかのように額にこぼれた前髪を掻き上げて、弓恵は窓辺を離れ、洗面所に向かった。

顔を一度洗ってから、化粧水をつけ、ファンデーションを塗る。眉を描き、アイシャドーをつけ、頬紅《ほおべに》を叩《たた》き、口紅を塗る。自分自身の存在を確かめるように、弓恵は厳粛な面持ちをして、時間をかけて顔に入念な化粧を施していった。

2

泰史と彼女が肩を並べて歩く姿を偶然目にして以来、ずっといやな感じがしてならなかった。泰史は、人との関係が濃くなることを好まない。爽《さわ》やかな感じがする外見的な印象や表面的な人当たりのよさとは裏腹に、人に対して冷淡だ。にもかかわらず、彼女と歩く泰史の肩や背中には、彼女へのいたわりを表すような丸さがあり、柔らかな空気が感じられた。それはこれまで萌子が目にしたことのない空気だった。

彼女へのいたわり……、そうだろうかと、二人の後ろ姿を見送りながら萌子は小首を傾《かし》げた。泰史のあの姿勢と身から滲《にじ》みだしていた空気は、いたわりではなく彼女への興味から生まれたものではなかったか。興味、関心、恋情、愛――。

（いやだ）

思った途端、萌子の顔は曇った。

見た目には、微塵《みじん》も強烈なところのない女だった。泰史と歩いていたからこそ目をとめたが、ただ道で行き合っていたら、すれ違ったまま意識にすら残らなかったことだろう。穏やかでおとなしげで、どことなくはかなげな風情。女らしい女といっていいと思う。ただし、しとやかではなくてしんねりだ。彼女はしとっと湿っている。萌子はその湿気《しけ》た手触りを感じたし、それを生理的に不快に思った。

（あの種の女が一番性質《たち》が悪い）

人との関わりを鬱陶《うっとう》しく思い、寄ってくる女にもまず目を向けない。それが泰史の通常のあり方だ。一見誰かと親しそうにつき合っているように見えても、実際のところはそうでもない。つき合う相手はいつだって自分の領域に踏み込んでくることのない人間に限られていて、そこに本当の親しさはない。『琥珀亭』にしても同様だ。泰史は学生の頃から、長年『琥珀亭』に通っているし、オーナー夫婦ともまるで身内のように親しくつき合っているように見える。それでいて両者の関係は当初からまったく変わっていない。すなわち、店という箱のなかだけの関係で、そこを少しもはみでることがない。泰史は、人との関係に深入りしない。人に関心も薄ければ愛情も薄い。周囲の人間や女という他人に対してのみならず、家族に関しても泰史はそうだ。それゆえ萌子も寂しい思いをしてきたし、今もしている。ただしそれは、泰史が丸ごとどこかの誰かに持っていかれてしまうことはないという安心感にもつながっていた。誰のものでもない、いつまでも私のお兄ちゃん――。

そんな泰史が弓恵に引き込まれたとすれば、それは彼女に何かふつうでないものがあるからに違いなかった。いわばつい覗いてしまう落とし穴のようなもので、下手をすれば頭から真っ逆様に奈落《ならく》に落ちる。女の勘だ。萌子は、弓恵にはその匂《にお》いを嗅《か》ぎとった。

（駄目よ。あの人は絶対に駄目）

知れば泰史が冷えた目の色と顔色をして、怒りをあらわにするだろうことはわかっていた。それでも萌子は、彼女がどこの何者なのかを追跡せずにはいられなかったし、彼女のことを調べずにはいられなかった。

二人の人間を殺し、六年近くもの間服役していた女。

知った時、予想していた以上の彼女の過去に、萌子も正直、顔色を失う思いだった。同時に、ほら、ごらんなさいよ、というような誇らしさに似た気持ちも覚えた。やっぱりとんでもない女だったじゃないの――。

弓恵が犯した殺人には、たしかに夫の保と愛人の晴美の二人が先に、保険金目的での弓恵の殺害を計画していたという背景があった。だからこそ、二人の人間を殺したにもかかわらず、彼女の量刑は通常よりも軽いものになった。だが、その現実の後ろには、もうひとつの背景があったといっていい。弓恵の保への尋常でない執着。

保は、スーパーチェーン〝エブリー〟の東京本部に勤務するサラリーマンだった。ある時期まで、彼の仕事ぶりにも生活ぶりにも何の問題も窺われなかった。亀裂のような変化が見えはじめたのは、弓恵と結婚して以降のことだ。

弓恵は、保の一日二十四時間の行動を把握していないと気が済まない。あらかじめ一日の予定を教えておくと、今度は彼が本当にその通りに行動しているのかを確認しないと落ち着かなくなる。だから、保の職場に電話がはいる。携帯電話にもしょっちゅう電話がかかる。家に置いてある保のものは、彼が仕事にでかけている間に何もかも調べ上げられている……。そのうち保は、職場の周辺で弓恵の姿を見かけるようになった。むろん、あからさまに姿を見せる訳ではなかったが、自分の目の端にちらつく影が、保には妻の弓恵だとわかった。じきに職場の周辺のみならず、よく立ち寄る喫茶店、ランチをとる店、駅のホーム……保はそこここに、弓恵の姿を見るようになっていった。彼の影となって従うように、会社の旅行先にも、彼女は密《ひそ》かについてきたことさえあった。

「結局のところ、あいつは二十四時間、べったり一緒にいてやらないと気が済まない。一緒にいたらいたで今度はセックス、それればっかりだ。まったくどうかしている」

「なぜかあいつは、俺の子供の頃のことまで承知している。小学校の頃の綽名《あだな》、友だちの名前、林間学校での出来事……俺が忘れていたことまで知っている。気持ちが悪い」

「会社の人間も、弓恵のことに気がつきはじめている。女房に追いまわされている男——。こんなことが続いたら、恥ずかしくて会社にもいられない」

「間違った。まさかあんな女だとは思わなかった」

……

男友だちに相談できる問題ではなかった。このままでは気が狂う、殺される――、保は救いを求めるように、大学時代からの友人の岡安晴美に逃れ、彼女に縋《すが》った。それが保と晴美の男と女としての関係のはじまりだった。

結果、被害は晴美にも及ぶようになった。晴美の職場にも頻繁に電話がはいるようになった。晴美本人ではなく周囲にかけてくるような、いやがらせとしか思えない電話もあった。噂《うわさ》は尾ひれがついて社内にひろがる。職場に居づらくなったのは、晴美も同じことだった。

二人は常軌を逸した弓恵と弓恵の行動を恐れた。しかし、弓恵と離婚すること自体が困難だし、仮に離婚できたとしても、それで本当に弓恵と縁が切れるという保証はない。二人して、生涯彼女につきまとわれないとも限らなかった。

当時の彼らにとっては、弓恵を殺すことが、彼女との縁を断ち切る唯一の方法に思えたのだ。彼らにしてみれば、保険金は、当然彼女から受け取っていい慰藉料《いしやりょう》だった。二人とも、生活の基盤を滅茶苦茶にされかけた。その基盤を立て直し、二人で新たな生活をはじめなくてはならない。そのためには金が要る。

(馬鹿よ)

目に強い光を湛《たた》えて萌子は思った。

(あの人は、お兄ちゃんには最もふさわしくない人よ。なのに、関心を持つなんて)

角が歪《ゆが》んだカブトムシ、白い色をしたアマガエル……どうしてだか泰史は、昔からおかしなもの、不完全なものの方に惹《ひ》きつけられる傾向があった。実際悪い趣味だと忌ま忌ましげに眉を顰《ひそ》める一方で、萌子は何とかしなければ、と考えていた。彼女と関われば、必ず泰史は不幸になる。しかも、きっと彼女はいったん手にしたとなったら、何としても泰史を手放そうとはしないだろう。それは泰史が野本の家から奪われるということを意味している。お兄ちゃんが、私だけのお兄ちゃんがお兄ちゃんでなくなる——。泰史の不幸は、萌子の不幸に直結していた。

「結局、萌子はブラザーコンプレックスなのよ」

学生の頃、萌子は友だちからよく言われた。

「違うのよ」萌子は彼女らに答えて言った。「べつにブラザーコンプレックスって訳じゃないのよ」

泰史のことはもちろん好きだ。だが、それと同じぐらいに和臣のことも好きだし、園子のことも好きだった。萌子は、野本の家族が好きなのだ。

萌子は、野本という家の娘、第二子としてこの世に生まれてきた。その家族が大好きだというのに、どうしてわざわざよその人間に目を向ける必要があるだろう。人が他人を愛して、そこに新たな家庭を作ろうとすることの方が、萌子には理解できない。少なくとも萌子は、結婚してあえて新しい家族や係累を背負いたいとは思わないし、血のつながらない人間を、本当の肉親のようには愛せない。ならば父や母、それに兄を愛して、今の家庭と家族を守っていきたい。どうしてそれがいけないことなのだろうか。

ただ、友人たちが言うように、泰史に対する萌子の思いに、微妙なものが混じっていることもまた事実だった。ひとつには、血が半分しかつながっていないということがある。泰史と園子に血のつながりはない。したがって、萌子から見れば二人は実の母であり実の兄であっても、血ということにおいて母と兄は他人の関係だ。萌子にとって、何よりも愛する掛けがえのない家族。けれども、残念ながら四人は完全には血の絆で結ばれておらず、その内側にはひび割れにも似た危うい影がある。危うさを内包しているからこそ、余計に萌子にはこの家族がいとおしく、大切なものに思える。加えて、泰史の性分という問題がある。泰史は、他人との関係ばかりでなく家族の間の絆さえ、鬱陶しくて邪魔っけなものと感じる性質だ。だから、なおのこと萌子は懸命に泰史を追いかけて、何とかつなぎとめようとしてしまう。誰が欠けても駄目。それでは四人家族でなくなってしまう。今の家族が守れない。

（人間なんて、いつかは死んでしまうものだもの）

萌子は思う。

（人の一生なんて、本当に短い。なのにどうして自分が生まれてきた家や家族を離れて、わざわざ別の家族を持たなければならないの？）

他人は要らない。萌子は、今の家族の絆さえ、しっかり結べたらそれでよかった。

（邪魔なのよ。あの人は邪魔なのよ）

何としても彼女を排除しなければ――、萌子は弓恵の顔を思い浮かべながら、決意するように思っていた。

3

独特の、静かで穏やかな口調だった。やや曇りがちな声質自体に落ち着きがあって、耳にうるさくない。その斉藤利枝の声が、まるでメロディーのない音楽のように弓恵の耳に聞こえていた。ただ、目を合わせるのは鬱陶しかった。だから弓恵はやや顔を俯《うつむ》けたまま、利枝の言葉に黙って耳を傾けていた。

「何度も言うようだけど、もう氏木《うじき》さんのところへはいっていないというあなたの言葉を信じていない訳ではないのですよ。ただ、あなたが以前、氏木さんのお宅を訪ねたのは事実だし、そのことであちらが神経質になっているということは理解してください。だから、言い方はよくないかもしれないけれど、ご自分にも多少の責任はあることだと受けとめていただきたいの」

氏木弘俊——、弓恵の最初の夫だ。結婚した時、弘俊の父親はすでになかったが、仲子《のぶこ》という名前の母がいた。姑の仲子の顔が思い浮かぶ。棘《とげ》のある表情、冷えた目の色。弓恵は氏木の家にはいる恰好《かっこう》で、四年近くの間、彼女と同居していた。自分が彼女に好かれていないことはわかっていた。ただし、それは弓恵の側にしても同じことだった。

「ただ会いにいったことが、なぜそれほど問題にされるのか、あなたには納得いかない部分もあるかもしれないけれど、今はストーカーという問題もあって、相手が近づかないでくれということを申し立てれば、それが認められる世のなかになっているの。ああ、べつにあなたがストーカーだと言っている訳ではないので、その点は誤解しないでくださいね。私が申し上げたいのは、今回氏木さんの方から、その申し立てがあったということ。だから、今後あなたが氏木さんのお宅を訪ねたり、氏木さんに接触するようなことがあると、条例に触れる可能性があるということを、しっかり理解しておいていただきたいの。せっかくこうしてふつうの生活を営めるようになったんですもの。私だってつまらないことでそれを台無しにしてほしくないわ。どう？　わかっていただけるかしら」

どうしてこの人はそんな遠い昔の話をしているのだろうか――、念を押すような利枝の言葉に頷《うなず》くことも忘れて、弓恵はぼんやりと考えていた。氏木の家を突き止めて、出かけていったことを否定するつもりはない。弘俊が再婚して子供をもうけたと知った時、頭のなかにぽっと炎《ほむら》が立ったようになって、じっとしてはいられなくなってしまったのだ。あの時、しばし弓恵の感覚は、昔のそれに戻ってしまっていた。氏木弘俊を愛し、彼の妻であった頃の自分。なのに弘俊は新しい家庭を営んでいて、そこに弓恵の知らない家族がいて、日々の暮らしが営まれているという。それが何としても信じられず、自分の目で確かめないことには納得がいかなかった。確かめてもまだ納得がいかず、消化しきれない苛立《いらだ》ちと哀《かな》しみが胸に積もった。どうして人は、みんな弓恵のことを打ち捨てて、元からいなかったもののように扱うのか。忘れてしまえるのか。そんな時に限って、タモまでもが弓恵にソッポを向いた。こんな可愛《かわい》がっているのに、愛しているのに……あの時は、孤独と憤りに心が壊れてしまいそうだった。

だが、今はそれも遠い昔のことだった。もはや弓恵にとっては、弘俊と結婚していた頃と同じぐらいに遠い過去の出来事でしかない。

「弓恵さん、大丈夫ね？　前に私に約束してくださった通り、もう氏木さんのお宅を訪ねたりお宅の周辺をうろついたりしないわね？　しつこいようだけど、あちらのお宅から申し立てがあった以上、ここはあなたのためにも、きちっと確認しておかなければならないの」

うるさいな……、心で思いながら、弓恵は顔を上げて利枝を見た。それから利枝を真似《まね》たような静かな口調で言った。

「もう昔のことです」

「え？」

「それは昔のことで、今の私には関係のないことです」

「昔……」利枝は目もとにかすかな翳《かげ》を落とし、弓恵の言葉の意味を摑《つか》もうとするように口のなかで繰り返した。「昔のこと」

「はい」

しっかりとした口調で弓恵は応《こた》えた。

「たしかにあなたが氏木さんと結婚していたのはもう十五年近くも前のことですから、昔のことです。でも、あなたは今年になってから氏木さんを訪ねていますよね。それは二ヵ月ばかり前の話でしかない訳で——」

「ですから」弓恵はやや苛立たしげに眉を顰め、利枝の言葉を遮るように言った。「私にとっては、それもまた昔のことなんです」

「……」

「前にも申し上げましたけれど、あの時、私はどうかしていたんです」

そこまで言うと、弓恵は顔に薄く笑みを滲ませた。ひとりでに滲んだ笑みだったが、それを目にして、逆に利枝の顔の翳りは濃くなった。

「今となっては、どうして出かけていったりしたのか、自分でも信じられません」笑みの気配を残したままの顔で弓恵は言った。「だから、先生に言われるまでもなく、私は二度と氏木さんのところにはいきません。そんな気持ち、今の私にはまったくありませんから」

本人がここまではっきりと請《う》け合っているのだ。弓恵の表情にも澱《よど》みは窺われない。ならば利枝も、もっと安心できていいはずだった。それでいて、利枝の顔からも瞳からも、一度落ちた翳りが容易に消えていかない。胸に落ちた翳も同様だった。

昔のこと、今の私、今となっては……利枝の頭のなかでは、弓恵が口にした言葉が繰り返されていた。利枝は、氏木伸子にも一度会った。伸子は、半分脅《おび》えたような顔をして利枝に訴えた。

「あの人を、絶対うちに近づけないでください。今度そういうことがあったら、すぐに警察に連絡させてもらいます。だいたい十五年も経って何でわざわざ……。あの人だって、一度はべつのかたと結婚した訳でしょう？　うちの息子も今は再婚して、妻もいれば子供もいるんです。もうあの人とは関わりのない家の人間なんです。その家庭に、まるで自分が正妻であるかのように乗り込んできて……。乗り込んできたのがあの人だとわかった時、私は心臓が破裂しそうになりましたよ。顔を見て、なおさら恐ろしくなりました。あの人、まるで役者か何かみたいに顔を白く塗って紅を引いて。あの人が、ああいう化粧をする時は、昔からろくなことがないんです。ふだんは陰気なぐらいにおとなしい人ですけど、昔からあの人はどこかおかしかった。現にその後大変な事件を起こしているじゃないですか。だから怖いんです。ふつうの人じゃないと知っているからいやなんです」

利枝は、今自分の目の前にいる弓恵の顔を、なかば盗み見るように眺めた。ほとんど化粧をしていない、いつもの弓恵だ。表情に乏しいというのも彼女の特徴だが、今日はこんな話をしているというのに、顔に薄い笑みが見え、瞳にも若干の輝きが窺える。

「これは確証が得られなかったことです」続けて伸子は利枝に言った。「でも、私は真由が死んだのも、あの人に原因があることだと思っているんです」

真由というのは、かつて弘俊と弓恵の間にできた女の子のことだった。

「乳幼児突然死症候群ということで落着してしまいましたけど、私はあの人を疑っています。息子があの人と離婚したのも、息子も私と同じように、その疑惑を捨てきれなかったからです」

「弓恵さんを疑っている?……」

真剣な面持ちをして、伸子はこくりと頷いた。

「あの人が真由を手にかけた――」

「ですけど、どうして?」利枝は控えめに伸子に問うた。「だって真由ちゃんは、弓恵さんがお腹を痛めて産んだご自分のお子さんですよね。そのお子さんをどうして?」

「わかりません。でも、たぶん弘俊の目や気持ちが、いっぺんに真由に向かってしまったからではないかと思います」伸子は言った。「嫉妬《しっと》ですよ。あの人は自分が産んだ赤ん坊に嫉妬したんです」

「まさか」

「女同士だからわかるんです。あの人は、見た目よりもずっと嫉妬深くて、おまけにどこかいびつなんです。それにもともとあの人は、真由を疎んじているようなところがありましたし」そこまで言うと顔を上げ、伸子は切羽詰まったような目をして利枝を見据えた。「きっといくらお話ししても、本当にはご理解いただけないことだと思います。べつにご理解いただけなくてもいいんです。とにかくあの人をうちに近づけないでください。私がお願いしたいのはそれだけなんですから」

「先生」という弓恵の声で、利枝は自分が身を置いている現実に立ち返った。見ると、弓恵がまっすぐに利枝を見つめていた。

「お話はよくわかりました。でも、本当にもうまったくご心配いただくことのないことですから」

「そうね……」胸にわだかまるものを覚えながらも、利枝は小さく頷いた。「あなたがそこまではっきりおっしゃるんだから、もう私が心配することはありませんね」

利枝の言葉に、弓恵は頬や目もとのあたりにまた薄い笑みを滲ませて、かすかに頷いた。弓恵は、たしかに利枝の方を向いて頬笑んでいる。それでいて、利枝は弓恵の視点がどこかよそに逸《そ》れていて、自分の目を見ていないような感覚を拭《ぬぐ》いきれずにいた。弓恵の目の向かう先が、自分でもなければ氏木弘俊でもないことは、何となくだが利枝にもわかった。すでによそを見ているから、氏木家に関する話をしても、弓恵は淡々としていて動じるところがない。

この人の目はどこに向けられているのだろう――、おぼろな笑みを浮かべた弓恵の顔を眺めながら、利枝は小さな不安を覚えた。

これまで利枝は、弓恵のことを、おとなしくて日頃自己抑制力が強くきいているだけに、その分思いが内向して、ものごとをとことん思い詰めてしまう人間だと理解してきた。けれども、それだけではない。べつの何かを持ち合わせた人間だということに、ここにきて気がつかされた思いがしていた。

「水内弓恵の家は、もともとは近江朽木《くつき》の化粧池というところの歌神楽女《かがらめ》の家系だとか」

弓恵の身を預かることになった時、所轄の人間が利枝に口にした言葉がまた思い出された。

「近江朽木、ご存じですか。八瀬童子《やせどうじ》の八瀬の近くの。水内弓恵本人は、東京生まれですが」

その時は、ああ、そうですか、と聞き流し、何ということなく通り過ぎてしまった。ただ、ここにきて、ふと何かにひっかかるように、時折その言葉を思い出すようになっていた。

白けたような弓恵の顔を眺めるうち、利枝はやはりその言葉に、彼女の内面を知る鍵があるような気がしはじめていた。

水内弓恵は目の前にいる。それでいて遠い。今の利枝には、少し前まで見えていたはずの弓恵が、捉《とら》えられなくなりかけていた。

＊

へえ……、それではお嬢さんは、歌神楽女のことを調べにわざわざこの化粧池までいらしたんですか。それはご苦労さまなことです。化粧池――、どうでしょう、変わった地名でしょうかね。でも、関東でも鎌倉あたりにはそんな地名があるんじゃありませんか。東西、それぞれ字は違っても、きっと化粧という地名の謂われには、似たようなものがあるんじゃないでしょうかね。

八瀬はご存じですか。八瀬童子で有名な八瀬です。後醍醐《ごだいご》天皇が京都から比叡山《ひえいざん》に逃れる時、天皇の輿《みこし》を担いだのが八瀬の人たちです。もともと延暦寺《えんりゃくじ》の荘園に暮らす人たちだったのですが、その功労によって、長年にわたって課役免除の特権が認められていたんですよ。明治の頃まで免除されていたのですから、大変なことです。後に八瀬の人たち、つまり八瀬童子は、天皇家の葬儀の際に柩《ひつぎ》を担ぐようになりました。時代の流れ、世の移り変わりにつれて葬儀に携わる人間の数は少なくなりましたが、それでも昭和天皇の時には六人、香淳《こうじゅん》皇后の時にも四人、大葬の礼と斂葬《れんそう》の儀に立ち会っておりますよ。果たしてこれから先は、どうなることかわかりませんけれどね。

前置きが長くなりました。ここは八瀬とは高野《たかの》川でつながっていまして、八瀬・大原《おおはら》のあたりから若狭《わかさ》に抜ける若狭街道沿いの集落でもあります。そのような具合で、京都と水陸ともに道が通じているものですから、ここは文化的、伝統的に、やはり京都や八瀬に通じるものがあります。ただし、八瀬と違って、信仰ということにおいては、ここらあたりは昔からの信仰が主流で、延暦寺さんとの関係自体は薄いですが。日本古来の信仰……、そうですね、どちらかというと神社、神道に近い信仰ですね。化粧池という地名もそこらからきています。

化粧池というからには、池があるのはもちろんですが、その池周辺がいってみれば聖地なんです。といいますか、化粧池という地名が被《かぶ》せられている地域全体が聖地といえば聖地なんですよ。つまり、神事がとりおこなわれた場所ですね。それがここ、化粧池です。

歌神楽女というのは、職能の名称です。いつの頃からかははっきりしませんが、主としてある一軒の家が歌神楽女をだすようになりました。ですから、一子相伝の世襲制といえばそういえるのでしょうね。歌神楽女の家は加牟奈岐《かむなぎ》の家――、つまりは巫女《みこ》の血筋、家筋ですよ。この化粧池の歌神楽女は、神招《お》ぎに羯鼓《かっこ》を打ち鳴らして舞うだけでなく、足拍子も加えて舞うことに特徴がありました。そう、スペインのフラメンコみたいにね。日本ではたたらとか、たたらを踏むとかいいますが。大地を踏み鳴らすことによって神の魂を揺さぶり、神降ろしをするんですよ。そうやって招いた精霊の憑依《ひょうい》を受けて託宣をするのが歌神楽女です。つまり、舞踊りによって人と神との橋渡しをする巫女さんですね。

　化粧は、今は女性のかたなら皆さんふつうになさっているでしょう。でも、昔は違いました。ほら、今でも祭の時に、お稚児さんや男衆が顔を白塗りにしたりするでしょう？当初、化粧というのはそういうものだったのですよ。つまり、化粧はハレの日、神に相対するに当たっての身だしなみであり、ケの日の自分との区別を明確にするためのものとでもいいましょうか。いってみれば、特別な存在になるための変身の手段ですかね、はは。

――いえ、笑いごとではなく、精霊なり何なりが憑依した歌神楽女は、驚くぐらいにがらりと人が変わるといいますのでね。まあ、ふだんのそれとは別人といえば別人です。だから、本当に変身といえば変身に当たるのかもしれません。そういえば、祭の時に面をつけたりする地方がありますよね。神楽の際に面をつけたりするところも多い。あれも一種の化粧であり、変身の手段なのかもしれません。

歌神楽女の家系ですか？　残念ながらといいますか、時代の移り変わりのなかで消えてしまいました。今は土地の者や神社の巫女さんが、伝統芸能を伝えるという目的で歌神楽をやってはおりますが、本来のものとは性質が違います。今の歌神楽には、憑依や託宣といった、神やこの世ならざるものとの仲介という役割はまったくありませんから、単にかたちだけを伝えているにすぎません。もちろん、それでも一見の価値はあると思いますし、保存していくべき伝統だとは思いますが。

歌神楽女の家系が消えた理由ですか？　歌神楽女というのは、やはり特殊ですからね。この土地で歌神楽女をだす家系であり続けるとなると、なかなかふつう一般の暮らしは営めません。一族、一家はともかく、歌神楽女を世襲する立場に置かれた女性はね。

もともと歌神楽女の家系は、女の子を多く輩出する家系だったのですが、その世代の女の子のうちの一人が歌神楽女となります。その女性が、次の世代の歌神楽女が育つまで、ずっと歌神楽女を勤める訳です。何せ神と人の橋渡しをする役割の人ですから、穢《けが》れはご法度です。つまり、男性との接触は一切禁止。歌神楽女は生涯処女であり続けなければなりません。尼僧と似たようなもので、仕えるのは神。したがって、恋も結婚も出産も、全部なしです。

三姉妹なり四姉妹なりがいたら、そのうちのどの女の子が歌神楽女に選ばれると思いますか？　ふつうは長女と思いますよね。ところが、それがまた不思議でしてね、決めるのは人ではなくて神様なんですよ。

神様が決めるといってもどうやって、とお思いになるでしょう？　それがですね、歌神楽女は、生まれた時から歌神楽女と決まっているんです。これも八瀬との関わりがあるのかどうか……、その子には、額《ひたい》にごく薄く、漢字の八の字の小さな徴《しるし》があるんです。ここらあたりの土地では、八というのは聖なる数字で、神からの選定を意味する数字なんですよ。ですから今でも祭の時には、あえて額に墨で八の字を書いたりするぐらいです。しかし、その徴を持って生まれてきてしまった子は、ある意味では不幸です。だって、生まれながらにして否応なく、神によってふつうの女として生きる道を封じられてしまっている訳ですからねえ。

でも、いかに歌神楽女といえども生身の人間です。歌神楽女として生まれながらも、なかには男に心を動かして、禁を破ってしまった歌神楽女もいたようです。しかし、その結果は決まってよろしくない。禁を破った歌神楽女は、何十代にもわたる歌神楽女たちの封じられた恋情や色情をいっぺんに吐きだすかのように、気でも触れたみたいに恋に血道を上げて、果てに刃傷《にんじょう》沙汰に及んだり自死したり……みんなろくなことにはならなかったようです。

終戦後間もなくでしたかね、この化粧池で代々歌神楽女を勤めていた家も、土地を離れてしまいました。たしか、実子さんという人の代になってのことでした。もうそういう時代ではなくなったということもあったでしょうし、これまで積み重ねられてきた血の因縁というのか宿命というのか……、そういうものから自由になりたかったということもあったのかもしれません。ここにいてはそれから解放されることはありませんからね、ある時一族で掻き消えるようにいなくなったと聞いています。

歌神楽女の家系の姓ですか？　御池《みいけ》です。実子さんの代までは御池と名乗っていましたが、女系で女の子がほとんどでしたから、跡を継ぐ養子でももらっていなければ、今は御池の姓を名乗っている人がいるかどうか。

御池の人たちですか？　見たところは、まったくふつうの人たちですよ。目立ったところはありません。彼女らにとって、神事以外の日はケであり陰の日ですからね、身を潜め、息を殺すが如くに静かな暮らしぶりでしたよ。歌神楽女が化粧をするのもハレの日だけ、つまりは神事の際だけです。歌神楽女にとっての化粧は古来の意味通りのものですから、軽々に化粧をしてはならないのですよ。化粧は、憑坐《よりまし》として憑依の準備が整っている証といいますか、その状態といいますか。ふつうの日に下手に化粧をしていたら、どういうものに乗っ取られるかわかったものではありません。精霊といっても、いい精霊もいれば悪い精霊もいます。歌神楽女は、いわばシャーマンです。口寄せ巫女とは異なりますが、もともと巫女になる人には、そういう性質が備わっているのでしょう。歌神楽女が世襲制のようになり、歌神楽女をだす家系がある一軒というか一族に決まってしまったのにも、そういうことが影響しているのだと思いますよ。巫女体質、あるいは憑依体質というんですかね、そういう傾向が強い人間を輩出する家が、自然と歌神楽女を勧める人間をだす家になったのだと思います。もうおわかりでしょうが、化粧池の歌神楽女の場合は、化粧が憑依の準備の合図という訳です。だから地名にも化粧という語が残っている訳で。

御池一族が今どこでどうしているのかは、私たちにもわかりません。今の世代の歌神楽女に当たる人も、きっとどこかで生きてはいるのでしょうね。ただ、ちょっとね……。

あ、いえ、これは私の杞憂《きゆう》かもしれません。ただ、今の歌神楽女に当たる人がどの地で暮らしていようが、この現代社会でしあわせな毎日を送っているとは私には思いがたくて。なぜって、いわば歌神楽女は、何十代にもわたって男性を愛することを禁じられてきた血筋でしょう？　それが今の社会のありように従って、自由に恋愛や結婚をするようになったとしても……。血に降り積もるものがありますからね。私には、その女性が抱えているのは、その女性一人の思いや感情ではないように思うのです。だからこそ、過去にも禁を犯して事件を起こした歌神楽女がいた訳で。本人だけの責任ではなく、誰かを好きになったり深い関わりを持ったりすると、きっと血から何かが溢《あふ》れだすように、その人のなかで何かが狂ってしまうのではないかと思うのですよ。まあ、これはまったくの想像で、根拠のない話です。何せ私は今の歌神楽女に当たる人を存じませんから。

でも、こう聞いてみると、化粧というのはなかなか面白いというか、案外奥の深いものでしょう？　歌舞伎などでもそうですよね。その化粧や隈取《くまど》りを見ただけで、観客にはその登場人物の性格や役柄がわかる。大昔は化粧や隈取りでその人物の性格や役柄を観客に伝えるというだけでなく、そういう化粧をすることで、実際自分にその面魂に見合った魂を呼び込むという意味合いもあったのかもしれません。役者というのも、舞台の上ではふだんの自分とはまったく違う人間になる訳ですから、ある種の憑依といえばそういえますからね。今だって、派手な化粧をして着飾って表にでると、化粧もせずに家でふだん着でいる時とは別人のように社交的で積極的な性格になる女性がいますでしょう？　器が魂を規定するというのでしょうか。いや、人間というのは、実に不思議なものです。

第六章　月の顔

1

マンションの自分の部屋に帰り着く。これまでならマンションの入口を潜《くぐ》った時点でひとりでに緊張が緩《ゆる》み、顔も表情らしい表情を失って、自然と愛想のないものになっていた。いわば自分一人でいる時の本来の顔だ。しかし、泰史は自分の部屋の鍵を開けるといくぶん緊張した面持ちをして、まるで他人の部屋に侵入しようとしているかのように息を詰めて足を進めていった。物音も風も立てまいとするような密《ひそ》やかな足取り。

半分息を殺したまま、仕掛けをしてでかけた部屋のあちこちを点検してまわる。ドアや抽斗《ひきだし》……要所要所に髪の毛や細い繊維を挟んでおくという、昔ながらのやり方だ。誰かが侵入し、そこを通ったり手を触れたりすれば、髪の毛が切れたりなくなっていたりしているのでそれとわかる。

泰史は、赤い化学繊維を使った。ストッキングの織糸ほどの細い繊維だ。

泰史の唇から、それまで詰めていた息が漏れだした。ただし、表情はいっそう深刻さをまし、顔には暗い澱《よど》みができていた。

やはり、誰かが部屋にはいっている。

泰史が部屋に自分以外の人間の気配を感じたのは、あの時一度だけではなかった。管理会社に確認したが、最近、緊急の点検やメンテナンスのため、無断で部屋に立ち入ったことはないという。

「水漏れ、ボヤ……その種の緊急事態が発生した時はべつですが、それ以外に、事前に居住者のかたの了解を得ず、わたくしどもが部屋に立ち入ることはありません」

それはそうだろう。好き勝手に立ち入られていた日には、部屋が部屋でなくなる。住まいが安住の場でなくなってしまう。

管理会社の人間は立ち入っていない。にもかかわらず、誰かの気配が残っている。

泰史は顔を曇らせたまま、床の上に落ちている赤い繊維を指でつまんで拾い上げた。抽斗に挟んでおいたものだった。すなわち、留守中誰かが泰史のデスクの抽斗を開けた。

たいした財産などないが、万が一のため貸金庫を借り、持ちだされては困るものはそちらに移した。とはいえ、仕事上で必要な資料のファイルやノートの類《たぐい》までどこかに持ちだしていたら、ここでの仕事が捗《はかど》らない。部屋を借りている意味がない。

(彼女なのか……)

まさかと思うし、弓恵がそうするだけの理由も見つけられなかった。ただ、弓恵の部屋の物入れと仏壇まがいの箱のなかを見て以来、美恵子が言うように、彼女にはたしかにふつうでないものがあるという気持ちが、泰史のなかで強まっていた。

小さな二つの位牌《いはい》、あれは恐らく弓恵が手にかけた夫と愛人の位牌だろう。自分が殺した相手だ。堂々と祀《まつ》る訳にもいかないだろうし、正式な位牌はそれぞれの家族のもとにあるに違いない。だから密かに二人の御霊《みたま》に手を合わせるという弓恵のやり方を、泰史も非難するつもりはない。相手に謝罪の気持ちを持ち続け、供養することも悪いことではない。だが、ならば位牌がひとつ足りないではないか。彼女は子供を亡くしている。死者は三人。本来、位牌は三つあっていい。なのに二つ。それに、あのガラス瓶。あのなかに収められていたものは何なのか。美恵子が言っていたように、やはりあれは死んだ猫の骨なのか。弓恵はそれを自分で細工して、根付けにして財布につけているのか。だとすれば、それはもう正常の域とは言いがたかった。絶対に猫の骨だという保証もない。子供の骨、夫の骨――。

一方で、泰史は萌子に対する疑惑も捨てられずにいた。萌子は、子供の頃から泰史の部屋に立ち入って、泰史のものを勝手に見るようなところがあった。それが原因で喧嘩《けんか》になったこともある。しかし萌子は、いつもいけしゃあしゃあとした顔をしていた。家族なんだから、あなたのためを思ってなんだから……園子にしろ萌子にしろ、何を言ったところで通じる相手ではない。

「私、新しい家族なんか全然ほしくない。お父さんとお母さんがいてお兄ちゃんがいて……ずっと今の家族のままがいいな。みんな歳をとらずに、永遠にこのままならいいのに」

それまで累積していた思いはあったが、泰史が家をでる決心をしたのは、そんな萌子の言葉がきっかけだったように思う。ずっと今のままの家族、永遠にこのまま……そのおぞましさ。萌子も、まるで男に興味がない訳ではないだろうし、兄の泰史に特別な関心と好意を抱いているということでもないだろう。ただ、萌子に今の家族という輪をでる意志は毛ほどもない。萌子は、奇妙なほどに今の家族に固執しているし、できれば泰史が市川の家に戻って、昔のように四人家族として暮らすことを望んでいる。萌子に結婚願望や意志がないのはもちろんのこと、萌子は泰史にも結婚して家庭を持ってもらいたいとも考えていない。

「お兄ちゃんがべつの家族になるなんて絶対いや」

いつだったか、萌子が顔色を濁らせながら泰史に言ったことがあった。

「そんなの、考えただけで私はいや」

加えて母親である園子までもが、一生嫁ぐ気のない娘を是として容認している。死ぬまで自分の娘としてそばにいてくれるならば、かえってその方がいい――。

萌子も園子もどこかおかしい。

和臣はといえば、何を考えているのか、わが父親ながらもはや泰史には摑《つか》みきれなかった。園子や萌子の口数が多く存在感も強いせいかもしれないが、和臣は家にいても寡黙で表情にも乏しく、心の内が表に少しも見えてこない。思えばこれまで父子の間で腹を割った話もしたことがなかった気がする。和臣はどんな思いであの家のなかに身を置いているのか。もしも二人の女に一片の鬱陶《うっとう》しさも異常さも感じることなく過ごしているのだとすれば、それはそれでやはり異常という気がした。

泰史は眉間《みけん》のあたりを曇らせたまま、首を横に振った。

その萌子に、電話を入れなければならないことを思い出した。今抱えている仕事も一両日中には一段落する。そうしたら萌子に会って、弓恵に関する報告書を見せてもらうつもりでいた。現実にそういうものが存在し、それに基づいてものを言っているのだとすれば、萌子の話もあながち根拠のないものとは言い切れなくなる。それを確かめねばならなかった。

以前泰史がつき合っていたのは、石橋律子《いしばしりつこ》という女性だった。当時泰史は、あえて萌子に彼女を引き合わせた。泰史につき合っている相手がいるということを萌子に対してはっきりさせておいた方が、かえっていいような気がしたのだ。

「あの人、情が薄いね」

律子に会った後、萌子は白けたような顔つきをして泰史に言った。

「あのての人は、とにかく自分が一番という人よね。いざとなれば何よりも自分。自分の仕事、自分の生活……そういうタイプ。私には、あの人がお兄ちゃんのことを大事にしてくれるとは思えないな。そもそも彼女、一流企業の総合職なんでしょ？　何があったって、そのキャリアを手放そうとはしないわよ。奥さん向きの人じゃない」

泰史は好んでそういう女を選んだのだ。あなたが私の人生のすべて、あなたの喜びが私のしあわせ、というような女は煩《うるさ》くてかなわない。萌子とは違った意味で、泰史は結婚というものをまったく考えていない。萌子にしても、律子のことを「奥さん向きの人じゃない」と腐《くさ》したが、もしも泰史が妻向きの女性を選んでいたら、もっと苛烈《かれつ》に難点をあげつらったに違いない。

結局のところ、萌子は相手が誰であろうが駄目なのだ。どうあれ難癖をつける。相手が弓恵のような複雑にして重大な過去を抱えた女であれば、中傷に等しい非難をしてでも、泰史の身辺から排除しようとすることだってやりかねない。

送ってもらうことをせず、直接萌子に会って報告書を受け取ることにしたのは、この部屋に立ち入っているのが弓恵だという可能性を否定できなかったからだ。もし侵入者が弓恵だとしたら、ここに報告書を置いておくのは危険だし、泰史の留守中、それがポストに届いているというのはもっと危険だ。泰史は、部屋の鍵もつけ換えることにした。でないと、部屋に戻ってもくつろげない。落ち着いて原稿を書くこともできない。

携帯を取り出して、萌子に電話をかけてみた。コール音はしている。電波がつながらないところや電源を切っているということはなさそうだった。それなのに、いくら呼んでも電話にでない。一度切ってかけ直してみたが、やはり同じだった。

（肝心な時にはつながらない）

うんざりした思いで電話を切って、デスクの上に置いた時だった。家の電話の方が鳴った。携帯にかかってきた電話をとり損ねた萌子が、自宅の電話の方にかけてきたのかと思って、急いで受話器を取る。が、電話は萌子からではなかった。

弓恵。

「お帰りなさい」

弓恵の言葉に、胸に暗雲がもたれる。たしかに泰史は今しがた帰ってきたばかりだ。部屋に身を置いてから十分経《た》つか経たないかというところだろう。「お帰りなさい」という言葉はまさしく状況に見合っていたが、逆にタイミングがよすぎていやな感じがした。「ただいま」多少鈍い声で泰史は言った。「本当に今帰ってきたところなんだ。よくわかったね」

「私、案外そういうところ、勘がいいの」

本当か、と疑うような思いに眉《まゆ》が寄る。駅、マンションの近く……ひょっとして弓恵は、どこかで泰史を張っていたのではないか。泰史が家に帰ったのを見届けてから電話をかけてきたのではないか。

「今日は、来月号の企画と打ち合わせ?」

弓恵が言った。

「驚いた。その通りだよ。それもまたよく知っているんだな」

「月刊誌の仕事って、たいがい同じサイクルでまわっているじゃない」

「言われてみれば、まあそうだけど」

「いずれにしても、今日も一日、お仕事お疲れさまでした。それじゃゆっくり休んでね」

「わざわざそれを言うために、電話をくれたの？」

「ええ。今ならまだ寝る前だと思ったから。おやすみなさいも言いたかったし」

「ありがとう。この時期、夏場の疲れがでやすいし、季節の変わり目で風邪をひく人も案外多いから、君もゆっくり休むようにして」

「ええ、ありがとう」

そう言った後、微妙な間があった。言葉で語っていないのに語っている。弓恵独特の間だ。またそのまま電話を切れない気持ちになって次の言葉を待つ。

「会いたいな」息をつくような調子で弓恵が言った。「ああ、今夜ということではないのよ。時間ができたらっていう意味」

「――そうだね。仕事が一段落して、時間ができたら電話する。また『伊万里』に飯でも食いにいこう」

「うん」

「来週には、今の仕事も一段落すると思うから」

その泰史の言葉でようやく落ち着いたかのように、弓恵は「おやすみなさい」と電話を切った。

受話器を置いてから、泰史は弓恵が口にしたいくつかの言葉を反芻《はんすう》した。たしかに月刊誌の仕事というのは毎月締切り日がほぼ同じだし、校了日も同じだから、決まったパターンになりやすい。かといって、まったく同じという訳でもない。なのに弓恵はどうして今日が企画・打ち合わせの日だと知っていたのか。しかも、泰史がちょうど帰宅したところで、まだ床に就いていないと、何を根拠に確信したのか。場合によってはもっと早く帰宅することだってあるし、打ち合わせの後飲みにいってしまえば、もはや深夜ともいえない時刻の帰宅になることもある。

胸にもたれた暗雲が、徐々に泰史のからだ全体を浸していく。

もう一度携帯を手に取り、萌子に電話をかけてみた。コール音はしている。が、やはり萌子はでない。

いい加減うんざりなった時、また電話がなった。携帯ではなく家の電話だ。

「はい、野本です」

「ああ、ヤッちゃん?」

今度は園子だった。もう勘弁してくれというように、思わず下瞼《したまぶた》のあたりをひきつらせる。

「ごめんね。こんな夜遅くに。さっき電話したんだけど、ヤッちゃん、まだ帰っていなかったから」

園子が言った。

「何かあったの?」

「萌ちゃんなんだけど、あなたのところに何か連絡ない?」

「萌子から? ないよ。僕もちょっと連絡をとりたいことがあって携帯に電話したんだけど、通じなかった。一応呼んではいるんだけどね」

「やっぱり」

「やっぱりって、萌子、どうかしたの？」

「仕事の都合で夏休みがとれなかったから、代わりに今週お休みをとって、会社のお友だちと旅行にいったの。友田小絵《ともださえ》さんというお友だちなんだけど。それが萌ちゃん、途中から友田さんと別れてどこかに一人でいっちゃったみたいなのよ。それでも、昨日には帰ってくる予定だったんだけど」

「帰ってこないし連絡もないの？」

「そうなのよ」

「どこかで羽をのばしているのかな」

「ならいいんだけど、萌ちゃんはきちんと連絡してくる子だけに、どうしたのかな、と心配になって」

「旅行ってどこへ？」

「お友だちといったのは伊豆。旅行といっても、二泊三日の温泉旅行よ。それに東京までは、友田さんと一緒に帰ってきたらしいのよね」

「え？　なら、萌子は東京に着いてから消えた訳？」

「ええ。東京駅で別れたとかって。友田さんには、お休みもまだ残っているし、どこかほかにいくところがあるようなことを言ってたみたい」

「ふうん……」

「それじゃ、ヤッちゃんのところにも萌ちゃんから何の連絡もなしってことね」

「ああ。もし連絡があったら、すぐに家に電話するように萌子に言うよ。僕も時々携帯に電話してみるようにするし」

「そうして。まったく、あの子ったらどこで何をしているのかしら。今まで家に連絡してこないことなんかなかったのに」

少し口のなかに籠《こ》もったような声で園子が言った。珍しく不機嫌な色をした声だった。

「萌子はしっかりしているから大丈夫だよ」

「そうね。まあ、きっと明日には帰ってくるでしょう。ごめんね、余計な心配かけちゃって。考えてたら何だか落ち着かなくなっちゃったものだから。うち以外で萌ちゃんが連絡するとしたら、やっぱりあなたのところだろうと思ったし」

「また何かあったらいつでも電話して。携帯の方でも構わないから」

「ありがとう」

互いに「おやすみ」を言い合って電話を終える。受話器を戻すと、泰史は表情を失った顔をして、ソファに腰を下ろして煙草《たばこ》に火をつけた。

実のところ、萌子から家に連絡がないということよりも、萌子が休みをとっていたということが、泰史の意識に引っかかっていた。弓恵は今日『琥珀亭』にでていたから、泰史の部屋に立ち入る時間的な余裕はあまりなかったはずだ。一方、萌子は終日フリーでいた。

（案外近くにいるのか）

携帯を取らないのも、取ると何か不都合があるからなのか——。

（まったくこっちが連絡をとりたい時にはこれだ）

弓恵、萌子……泰史は自ら妄想にはまるように、自分に向けられたいくつかの視線を肌に感じながら、苦い顔をして煙を口から吐きだした。

2

ふらりと自分の部屋をでて、足が向かうままに『琥珀亭』にいき、店のドアを開ける。箱のなかには、「ああ、いらっしゃい」と、心持ち緩んだくつろぎのある表情で迎えてくれる美恵子と寛行の見慣れた顔がある。

ほんの十ヵ月ほど前までは、当たり前の風景だった。それが今の泰史には、いくらか懐かしいものに思えた。自然とほっと息をつく心地になる。

弓恵の休みは、月にほぼ四回と決まっていた。ただし一日店に出ずっぱりという日ばかりではないし、その日の客足によっては、早く仕事を上がれる時もある訳だから、とりたてて過重労働ということもない。その弓恵の休みが、ここにきてややふえてきていた。泰史も、今日が弓恵の休みの日に当たっていることを承知の上で『琥珀亭』にきた。おかしなものだが、だから逆に昔のように、気楽にふらりと店にやってくることができた。

ここにやってくる途中、泰史は二度ほど背後を振り返った。道で不意に足を止めて振り返るのは、最近泰史の癖になりつつある。自意識過剰、あるいは誤感知というものかもしれないが、視線を感じるのだ。誰かがどこかで自分を見ている気がする。

「あれ、弓恵さん、今日は休みなんだね」

とぼけたように泰史は言った。

「うん。実を言うと、私たちもちょっとほっとしているの」水とお絞りを運んできた美恵子が、それをテーブルの上に置きながら泰史に言った。「弓恵さん、最近何だか明るくなった感じがするでしょ？　それにいつまでもうちの世話になってもいられないからって言って、この先長く勤められる職を探しはじめたのよ。そんな訳で、このところ、うちもちょっと休みをふやしているの。どこかに勤めているとなると、なかなか思うように職探しはできないじゃない？　うちはもともとお父さんと二人でやってきた店だもの。多少あの人に休まれても、早くしっかりとした仕事を見つけてもらった方が安心だから、そのための休みなら遠慮なくとるようにって言っているのよ」

寛行と美恵子は、泰史と弓恵の関係が変化したことを知らずにいる。弓恵とのつき合いは夫婦して止めたことだし、まさか、という思いが二人の目を曇らせているのだろう。

「弓恵さんが職探しをしていることは、あの先生は承知なの？」泰史は美恵子に尋ねた。

「あの保護司の女先生」

「それはもちろんよ。弓恵さんみたいな人が、誰かしっかりした人の口利きや身元保証なしに職を見つけるっていうのは、やっぱり並大抵のことじゃないもの」

「まあ、それはそうだね」

泰史も弓恵本人から、ちゃんとした仕事を見つけるつもりでいるという話は耳にしていた。ただ、彼女がどのぐらい本気でそれを考えているのかが、正直泰史にはよくわからなかった。ただ、どういう職場でどういう仕事をしたいのか、尋ねてみても、答えがまるで明確でない。コンピュータの簡単なオペレーションだの縫製だの、社会復帰のために塀のなかで習得してきたことはあるらしい。ただし、今の弓恵にそれらの技能を今後の職に役立てようという意志は窺《うかが》われない。

「どちらかというと静かな職場で、私に合った仕事のある勤め先が見つかればいいな、と思って」

「べつに小さな事務所で構わないの。ある程度時間の自由もきいて、無理をせずに勤められれば」

合った仕事とはどういうものなのか、無理をせずとはどの程度の範囲のことなのか……いつも抽象的で曖昧《あいまい》なことばかり言っている。弓恵が『琥珀亭』を休んで本当に職探しをしているのか、泰史には、正直その事自体が疑問だった。実際のところ、彼女は何のために店を休み、何をしているのか——。

「どうしたの？　ノモッちゃん、何となく冴《さ》えない顔しちゃって」

「ああ、うん」顔色を濁らせたまま、泰史はやや重たげに頷《うなず》いた。「実は萌子がさ、ちょっと行方不明になっちゃったものだから」

「え？　行方不明？」

「うん」

途中、会社に追加で休みの申請があったらしいが、その休みも昨日で終わったというのに、萌子はまだ家に帰ってこないという。一週間、家にはまったくの音信不通。暦が十月に変わってしまったということもあって、和臣と園子もそろそろ焦《じ》れてきている。昨日の晩の電話では、いよいよ警察に届けをだすことを考えはじめているようなことを言っていた。

一緒に伊豆に温泉旅行にいった友田小絵という同僚には、泰史も今日の昼間、東光堂のすぐ近くにまで出向いていって会ってきた。萌子と東京駅で別れたのが九月二十三日の祝日のこと。その時点で、萌子はまだ三日、夏休みを残していた。二十七日の土曜日は、出勤日に当たっていた。その日会社に萌子から、追加で四日、休みの申請があったらしい。

「十月一日からまた出勤しますので、よろしくお願いします」

彼女によれば、会社に休みの延長を請うための電話をしてきたのは、間違いなく萌子本人だったという。ところが今日、十月一日になっても、萌子はまだ出社してこない。無断欠勤。東光堂に勤めて七年、一日とはいえ無断で会社を休んだことはこれまでに一度もなかった。

「東京駅で別れたんでしたよね？」泰史は小絵に言った。「その時、萌子はこれからどこにいくとか、何か言っていませんでしたかね」

泰史の問いに、小絵は「とくに……」と、表情を曇らせた顔をわずかに傾けた。本当に心当たりがないという顔だった。思いもよらない成り行きに、小絵も当惑している様子だった。

「はっきりとではなくても、旅行中、何かその後の行き先の手がかりになるようなことを、口にしていなかったでしょうか」

泰史は重ねて小絵に問うた。

「これといってべつに……」小絵は先刻と同じように首を傾《かし》げた。「ただ、今になって思い返せば、萌子さん、ふだんより口数が少なかったというか、何か考えごとをしているような素振りがあったといえば、そんな気もして」

「考えごとをしているような素振り……」

「そう思った時、私ももっと突っ込んで訊《き》いてみればよかったんです。本当にすみません、一緒に旅行をしていたというのに何もわからなければ何のお役にも立てなくて。何だか申し訳ないです。私もまさかお宅に連絡がないなんて、思ってもみなかったもので」

「いいえ、こちらこそかえってご迷惑をおかけして申し訳ありません。僕は、案外明日にでも何でもない顔をして戻ってくるのではないかと思ったりしているんですが、とにかく両親が心配しているものですから。あの、申し訳ありませんが、もし何か思い出したら、僕の携帯に電話をいただけませんか。それと、もしも萌子から連絡がはいるようなことがあったら、必ず僕に電話するように言ってください。ご面倒をおかけしますがよろしくお願いします」

小絵は心配そうな暗い面持ちを崩さぬまま、わかりました、と小さく頷いた。

「自分で会社に電話してきたっていうんだから、それほど心配は要らないと思うんだけどね」泰史は美恵子に言った。「つまり、萌子は自分の意志でどこかにいった――」

「だけど、おうちに何の連絡もないなんて、それはやっぱり心配よねえ。しかもあの萌子ちゃんが、一日とはいえ無断欠勤をするなんて」

美恵子も顔に濃い翳《かげ》を落として、泰史の前の席に腰を下ろした。そばに寄ってきて話をすることはよくあるが、彼女が椅子《いす》に腰を下ろすことは珍しい。

「そうなんだ。たしかに一日とはいえ無断欠勤をしたことは、僕も気になっているんだ。だからこそ、会社にもいってみたんだけどね」

「途中で何かあったんじゃなければいいけれど。何せまだ歳若いお嬢さんだから」

「お袋もいよいよパニックになりはじめてる。だからしょっちゅう電話を寄越すよ。そのたび宥《なだ》めるのがまたひと苦労でさ。今日だって半分はお袋にお尻を叩《たた》かれて、止むなく御徒町まで出かけたようなものだよ」

「それは無理もないわよ」

「しかし、この先探すといったって、どこをどうやって探したらいいものか。何しろ東京駅で足取りがふつりと途絶えているといった感じだからね。これといった手がかりもないし。お袋はやっぱり警察に届けた方がいいんじゃないか、なんて言っているけど」

「萌子ちゃん、これまでこんなこと、一遍だってなかったんでしょ？　連絡を入れずに家を空けるなんて」

「ああ。萌子はそういうところ、案外きちんとしているんだ。昔から親に隠しごとをしない人間だしね」

「そうなると、お母様が考えてらっしゃるみたいに早めに警察に届けるのが一番かもしれないわね。警察になんて、どうあれご厄介にはなりたくないでしょうけど……」

警察。人はたいがいすぐにそう考える。事実、ほかにこれといった手だてもない。とはいえ、行方不明者は、警察に届けがだされる人間だけで年間五万人。明らかな事件性でもなければ、警察も一件一件の不明者に、そうそう真剣に対処してはいられない。彼らがすみやかに動いてくれる時があるとすれば、それは死体が見つかった時だ。しかも行方不明者は、不明者が成人であっても、たしか少年課の管轄のはずだ。何となく、あまり期待できそうもないという気分になる。そもそも萌子は自分で会社に休暇の延長申請の電話をしてきているのだから、どう考えても警察がまともに取り合ってくれるとは思えない。警察だってそれほど暇ではないだろう。

「あーあ、何だか最近、よくないことばっかりだ」

泰史の口から、思わず溜息《ためいき》とともに力のない言葉が漏れた。

「よくないことばっかり？　ノモッちゃん、ほかにも何かあったの？」

「あ、いや、べつに……」

口にしてしまってから、泰史は慌てて言葉を濁した。

仕事もあれば萌子のこともある。一日慌ただしく過ごしていると、弓恵に電話をすることをつい忘れてしまいがちになる。そうすると、泰史が家に帰り着いたのを見透かしたように、「水内です」と、消え入りそうな声で電話がかかる。そのあまりのタイミングのよさと若干内に籠もった陰気な声に、泰史は肌の内側にひやっと湿った感触を覚える。人間のかたちをした薄暗い影にまつわりつかれている心地とでもいったらいいだろうか。

「わかってる。萌子さんのこともあるし、くたびれているんでしょう？　お仕事だって忙しいでしょうに大変ね。本当にお疲れさま」

弓恵の控えめなものの言いように変わりはない。泰史を気遣う言葉も忘れない。その一方で、弓恵はしっかり要求もしてくる。

「でも、一分。ううん、三十秒でもいいから、電話をちょうだい。八万六千四百秒のうちの三十秒」

八万六千四百秒――、最初、何を言っているのかわからなかった。それが一日二十四時間を秒数に直した数字だと気がついて、思わず泰史の顔は歪《ゆが》んだ。弓恵は、口では忙しいしそれどころではないのだろうと理解を示しながら、一日八万六千四百秒あるうちのたったの三十秒を、自分への電話に充てられないはずがないと言っている。電話をするのを忘れたのだと泰史が言えば、忘れたという言い方はおかしいと、暗に匂《にお》わせてきたりもする。

「忘れた。忘れたって、それは、つまり……、億劫《おっくう》だったということ?」

言われれば、その通りというしかなかった。忘れたという言葉は正確ではないし、たしかに幾許《いくばく》かの誤魔化しを含んでいる。まあ、いいや、と思う気持ちがどこかにあるから、電話をし損なう。泰史はじわじわと弓恵が拵《こしら》えた枠のなかに追い込まれつつある思いがする時がある。時として、それがひどく鬱陶しい。

部屋の鍵は、数日前につけ換えた。それでもまだ誰かが立ち入った気配を感じることがある。合鍵など、そうそうたやすく作れるものではないから、たぶん意識が過剰になっているだけだと思う。ただ、彼女には、泰史の予定など、彼が口にする前から承知しているのではないかと思わせる節がある。萌子のことにしてもそうだ。弓恵は泰史にこう言った。

「野本さんにも連絡がないというのは、やっぱりおかしいわね。萌子さんはお兄ちゃん子なのに」

お兄ちゃん子——、園子などはさかんにそう言う。実際萌子には、子供の頃からそういうところがあった。とはいえ、弓恵と萌子は『琥珀亭』で二度顔を合わせたにすぎない。その二度にしても、ろくに口を利いた訳でもなかった。その程度の接触で、ふつうそこまでのことがわかるだろうか。

取材にでた帰り、泰史は弓恵が以前少しの間暮らしていた蔵前のコーポラスにもいってきた。明日香《あすか》ハイツ。居住者は独身女性がほとんどというコーポラスだ。幸い泰史は弓恵が暮らしていた時期から住み続けている住人に会うことができ、彼女から話を聞くこともできた。西村桂子《にしむらけいこ》という名前の女性だった。

「水内さん……、ああ、覚えてます。三十代なかばぐらいの女の人ですよね?」

西村桂子は泰史に言った。見たところ、彼女も三十代なかばか少し手前という感じがした。

「猫を飼っていた人でしょう? ここには少しの間しか住んでいらっしゃらなかったけど」

弓恵が明日香ハイツで暮らしていたのはわずか一年にすぎない。ただし、その間、猫は入れ替わっているという。

「入れ替わった?」

「入れ替わったという言い方も変かもしれませんけど、最初は黄土色っぽい毛と白い毛の混じった丸顔の猫を飼っていたはずが、いつからか黒ブチの猫になっていて……。両方とも大きな猫ではなくて、たぶん二匹ともまだ仔猫だったと思います」桂子は言った。「入れ替わった頃、水内さんの部屋からずいぶんお線香の匂いがしてきて。だから、前の猫は死んでしまったのかしら、なんて思ったりしていたんです。だから飼い直したのかしら、なんて」

萌子が言っていたことは嘘《うそ》ではなかった。弓恵のところでは頻繁に猫が入れ替わる。すなわち、よく猫が死ぬ。

「でも、猫が死んだからといって、ふつう毎日お線香を上げたりしますかね?」

あえて泰史は尋ねてみた。

「よくわかりませんけど、そういう人もいるでしょうし、あのかたなら」桂子は言った。「本当に文字通りの猫可愛《かわい》がりでしたから。もし猫が死んだのだとしたら、それは過保護だったせいじゃないかしら。可愛がりすぎて死なせてしまうことってあるでしょう？　あ、これ、失礼な言い方ですね。単なる想像です。聞き流してください」

一度部屋の外にでた弓恵の飼い猫が、なかなか戻ってこなかったことがあったらしい。その時弓恵はほぼひと晩じゅう、猫の名前を呼びながら近所をさまよい歩いていたという。

「『ヒロォー、ヒロォー』って、ずっと周辺を探し歩いて。正直いって、あれ、ちょっと異常な感じがしました。だって、ひと晩じゅうですよ。私、途中からその『ヒロォー』が耳について離れなくなってしまって。半分涙声になっていましたし、大声ではないものの、何だか悲痛な叫びという感じで。あの時は、私も何だかちょっと怖かったな」

隣人としての弓恵の印象は稀薄《きはく》だった。が、その時のことが強烈だったから、桂子も弓恵のことをはっきり記憶にとどめていたらしい。

「猫の名前はヒロですか」

半分呟《つぶや》くように泰史は言った。

「ええ、たしか一匹目の猫の方が」桂子が応《こた》えて言った。「二匹目は何だったかしら……、ちょっと変わった名前で」

「たとえば、タモとか？」

「ああ、そうそう、タモ。タモでした」

桂子は顔に明かりを灯して二度、三度と頷いたが、泰史はそれを耳にした時、鳥肌が立つ思いがした。

本郷にきてから飼っていた猫の名前もタモ。ただし、それは明日香ハイツにいた時飼っていたタモとは違う。なぜなら、本郷で死んだ猫は、よく見れば部分的にごく薄く茶色の毛の気配があるものの、一見したところ全身がほとんど白という猫だった。間違っても黒ブチではない。

ヒロは何匹もいたらしいのよね――、萌子が言っていた通りだった。ヒロだけではない。ヒロも何匹もいればタモも何匹もいた。

ヒロが氏木弘俊のヒロなら、タモは松島保のタモ。弓恵は、もしも泰史と別れるなり泰史が死んでしまうなりしたら、今度は猫にヤスなりノモなりという名前をつけるのか。考えただけで、身の内側と頭蓋骨の内側に悪寒が走り、神経がくらりと揺らぎかけた。

携帯が鳴った。表示を見る。また市川の実家の園子からだった。

「ごめん、実家からだ」

泰史は美恵子に断ってから電話を取った。

「ヤッちゃん、忙しい？　これからうちの方にきてもらえない？　いよいよどうするか、三人で相談したいのよ」

電話の向こうの園子が矢継ぎ早に言う。どこか切羽詰まった、焦れたような声をだしていた。

「電話じゃ埒《らち》が明かない。やっぱり顔を見て話をしないと。頼むわ。お父さんも三人で相談して決めたいって言ってる。私はね、もう警察に連絡した方がいいと思ってるの。だって、萌ちゃんが申請した休みはすでに終わっているんだもの。だから、ねえ、ヤッちゃん。こっちにきてよ。お願いだから」

園子は泰史の返事も言葉も待たずに喋《しゃべ》り続ける。声を聞くうち、泰史は途中からだんだん頭が痛くなってきて、「わかった」と、携帯電話から溢《あふ》れださんばかりの園子の言葉を強制的に遮った。

「本当にわかったから。僕、ちょうど今、飯を食いに店にはいったところなんだ。だから、飯を食ったらすぐそっちにいく」

「なるべく早くきて。頼むわ。お願い」

頼むから、お願いだから……これまでいやというぐらい聞かされてきた園子の言葉だった。そうはいっても、今度ばかりは泰史もうんざり顔でやり過ごす訳にはいかない。自らの意志でのことかもしれないとはいえ、人が一人いなくなっている。それも泰史にとっては実の妹だ。これまで黙って家を空けたことなどなかった妹でもある。

「すぐにいかなくていいの？　うちでご飯なんか食べていって大丈夫なの？」

電話を切ると、泰史の顔を心配そうに覗《のぞ》き込むようにして美恵子が言った。

「いいんだよ」美恵子に向かって、泰史は疲れたように深く頷いて言った。「ここで食っていかなかったら、向こうにいっても食いっぱぐれる。ママ、パスタ。一番手っとり早くできるのをちょうだい。それを食ったら市川にいってくる」

「わかったわ」

美恵子もひとつ頷いてから立ち上がった。厨房《ちゅうぼう》に向かって歩きながら美恵子が寛行に言う。

「お父さん、パスタ。一番早くできるのにして。今日だとトマトソースかしら」

そうだな、という寛行の声がやや遠くに聞こえた。泰史はその声を聞きながら、自分はずっと辛気臭い迷路にはいったままだ、と考えていた。弓恵と出逢って以来、いや、彼女との関係が深まって以来、ずっと迷路のなかにいる。

携帯が鳴った。また園子かという思いで表示を見る。覚えのない番号だった。相手も携帯からかけてきている。

「もしもし」

多少警戒したような声で電話にでる。

「あの、野本さん……、萌子さんのお兄様ですか。私、友田です。東光堂の」

ああ、と泰史の声も表情もいっぺんに緩んだ。脳裏に友田小絵の静かに整った面立ちが浮かぶ。

「すみません。今、ちょっとよろしいでしょうか」

「ええ、構いません」

「本当にたいしたことではないんです。ただ、ちょっと思い出したことがあって」

「思い出したこと? 何でしょう?」

「パソコン」聞き取りづらいぐらい小さな声で小絵が言った。「萌子さん、旅行に最新型の小さなノートパソコンを持ってきていて。昔でいうモバイルギアをひとまわり大きくしたぐらいの感じの。あれ、たぶんLAN対応のミニノートで、最近買ったものだと思うんです」

「パソコン……」

何が言いたいのか摑めずに、泰史は小絵が最初に口にした言葉を繰り返した。

「思えば、近頃萌子さん、わりあいよくそれを持ち歩いていて。よくわからないんですけれど、あれをノート替わりに、何か自分が調べたことや日記みたいなことを書いていたんじゃないかと思って」

小さな電話から聞こえてくる小絵の言葉を耳にしながら、泰史はかすかに眉を寄せた。旅行にも持ってきていたというのなら、今もそれは萌子と一緒だろう。市川の家にはない。仮に情報なりデータなりをインプットしていたとしても、パソコン自体がないのだから、残念ながら泰史には、その内容を確かめようもない。

「私、旅行中も萌子さんがどこかに送信しているらしい様子を見たことを思い出したんです」泰史の思いを感じ取ってか、小絵が言った。「あれは、お兄様のところに送信していた訳ではないですよね」

「ええ、僕のところにはまとまったものは何も。前からメールは時々携帯からもパソコンからも寄越していましたけれど」

「だったら、市川のお宅のご自分のパソコンに送信していたのかもしれません。私は詳しくないのですが、LANなら送受信というかたちでなくても、べつのパソコンとデータのやりとりもできるみたいですけれど……。突然そんなことを思いついて、それでついお電話してしまったのですが」

話を聞いている途中で、目のなかで一瞬光が弾《はじ》けたように、ぱっと視界が明るくなった気がした。小型の新しいパソコンは持ち歩き用のメモ。だとすれば、たしかに小絵が言う通り、萌子が自分にとってのホストコンピュータである自宅のパソコンに、データを送っていた可能性は高い。萌子はデスクトップ型のパソコンを、たしかに自室に一台持っている。

「友田さん、どうもありがとう」急に力を得たような声で泰史は言った。「ちょうどこれから市川に帰るところだったんです。助かりました。帰ったら早速、萌子のパソコンを確かめてみることにします」

「ああ、でも、もしまったくの見当はずれだったらごめんなさい」

「何でも構いません。今後も何か思い出したり思いついたりしたことがあったら、ぜひご連絡ください」

ほんの少し前まで、これから市川に向けて動かさなければならない足は間違いなく重かった。それが今はからだごと、ずいぶん軽くなったような心地がした。

萌子のパソコンを見れば、必ず何かがわかる――、泰史はそれを確信していた。

3

仕事柄、当然泰史も自宅でパソコンを使っている。泰史は一人暮らしだが、いまやパソコンは一家に一台の時代でなく、一人一台の時代といっていい。一人が複数台所有していることもふつうになりつつある。共有するとか共有して使うとかいう観念がまったくなかったから、泰史はこれまで自宅のパソコンに鍵をかけたことはなかった。すなわち起動しさえしたら、パスワードなしにどのプログラムにであれファイルにであれ、直接アクセスが可能だった。

何者かが部屋に立ち入った気配を感じた頃から、その習慣が変わった。部屋の鍵もつけ換えたが、その前に泰史はパソコンにも鍵をかけるようになっていた。面倒だが、見られたくないものに関しては、パスワードの入力なしには一切アクセスできないようにした。資料を入れるためのワゴン式のロッカーも買った。このロッカーにも鍵がかかる。人が立ち入っているにしろいないにしろ、あるいはそれが誰であろうと、すべて念のための用心だ。

市川の家に向かう途々、泰史が懸念したのは、萌子がパスワードを多用していないか、ということだった。もしも萌子がパスワードを用いていたら、泰史にはパスワードの見当がまったくつかない。妹とはいえ、思えば泰史は萌子のことを何も知らなかった。それは萌子にまるで関心がなかったということでもある。

「ああ、ヤッちゃん、きてくれたのね。待っていたわ」

家に着くと、園子が玄関口でなかば縋《すが》りつくみたいにして泰史を迎え、そのまま腕を引いてリビングに連れていこうとした。そんな園子を、泰史は「ちょっと待って」と言葉で制した。

「一時間、いや、四十五分でいい。ちょっと僕に時間をちょうだい。まず萌子の部屋を見たいんだ」

「萌ちゃんの部屋?」園子は心持ち瞳を翳らせて泰史の顔を見た。「萌ちゃんの部屋なら、もう私がさんざん見たけど……」

「パソコンは?」泰史は言った。「パソコンは見ていないだろ?」

「私はああいうもの、全然わからないもの。いじって変にしちゃったら困るし」

「お母さん、今は日記帳に日記をつけているような人間の方が稀《まれ》だよ。もしも何か記録があるとすれば、それはきっとパソコンのなかだ。萌子のパソコンを見れば、何か手がかりが見つけられるかもしれない」

だったら私もいく、と一緒に二階へ階段をのぼりかけた園子に、泰史は険しい表情を作った顔を向けた。

「誰かがいると作業が捗らないよ。だから、まずは試しに四十五分でいいから、僕一人にしておいて。わかったことはすべて報告する。その後、三人で相談しよう。お父さんにもそう言っておいて」

園子が頷いたか頷かなかったかはわからない。それを確かめることなく泰史は二階に上がった。後をついて上がってくることもなかったから、園子も一応は納得したのだろう。

萌子のデスクの前に坐り、パソコンを立ち上げる。まずは試しにアウトルックエクスプレスやマイドキュメントを開いてみる。幸いにして、萌子は一切パスワードを用いていないようだった。どのプログラムもファイルもそのまま開くことができそうだ。そのことに、音にならない安堵《あんど》の息を漏らす。思えば萌子は、家族を自分の血肉か、さもなくば自分を家族の血肉と考えているような人間だ。自宅のパソコンにパスワードを用いるという意識や発想そのものがなかったのかもしれない。

日記の類は見当たらなかった。ただし、思った通りというべきか、弓恵のファイルが見つかった。そのファイルには、調査会社を使って調べた内容が、こと細かに記されている。書式も違えば文章も萌子のものとは思えない部分がずいぶん挟まっているから、そこはきっと調査会社から届いた報告書をそのままコピーした部分だろう。ひょっとすると、萌子はネット探偵のような調査会社を使ったのかもしれない。それなら金さえきちんと支払えばメールのやりとりだけでことが済むから、こちらがどこの誰だかを先方に知られることもない。

弓恵のファイルを読み進めるうち、汗が噴きでた。萌子が泰史に語ったことは、べつに中傷でもなければ、嘘や脚色を交えたものでもなかったらしい。すべて過去の事実。それを調査会社と思《おぼ》しきところからのファイルが裏付けている。確実に二人の人間を殺した女。それに加えて、実の子供さえも殺したかもしれない女。しかし、今はそこで立ち止まっている訳にはいかなかった。パソコンのなかから萌子の足取りを追うことの方が先決だ。ざっと目を通すとファイルを閉じ、泰史はそれを自分のアドレス宛に送信した。そうしておけば、本郷に帰ってからゆっくり読み直すことができる。

ファイルには、泰史に関するものもあった。開いてみて、また汗を噴きださせる。〃お兄ちゃんは、本来人との関係性が濃くなることを好まない。相手との間に常に一定の距離感を必要とし、一定以上自分の領域に踏み込ませることをしない。踏み込まれることを極端に嫌う。人間に対して愛情が薄い〃……萌子は、泰史について知り得たことの記録もつけ、自分なりの考察まで加えていた。読んでいるうち、胸がむかつくような不快な感覚に見舞われて、おのずと泰史の顔はひしゃげていった。

（どうかしている。やっぱり萌子はちょっとおかしい）

いい歳をした妹が、ふつう兄に関することを調べ、それに考察を加えてみたりするものだろうか。泰史には、とうてい考えられないことだった。顔を歪めながら、泰史はそれも自分のアドレス宛に送信した。

本当なら、いっそふたつのファイルともきれいさっぱり削除してしまいたいところだった。が、萌子が帰ってきた時、泰史が自分のパソコンを見ただけでなく、ファイルの削除までしていたと知ったら、どんなことになるか想像がつかない。少なくとも泰史であれば、勝手にひとのものをと、烈火の如く怒るだろう。何にせよ、面倒は避けたかった。だから自分宛に送信した記録も削除しておいた。

（それにしても、まったくあいつは何を考えているのやら）

なかば憤るように思いながら、腕の時計に目を落とした。早くも二十五分が経っていた。園子も和臣も、苛立《いらだ》つ気持ちを抑えながら、下で待っているに違いない。自分自身に関わることではなく、肝心な作業の方をしなければならない。

萌子のノートパソコンは、LAN対応のものかもしれないが、パソコン同士のデータ交換のようなことはしている様子がなかった。

アウトルックエクスプレスを開いてメールを確認してみる。

萌子がしばらくパソコンを開いていなかったせいだろう。回線をつないだ途端に何本ものメールが流れてきた。泰史の知らない友人、知人、ネット通販のダイレクトメール……なかには送信者名から、萌子本人からと思われるメールも混じっていた。しかもファイル添付。

友田小絵が推測した通りだった。萌子はノートパソコンから、自宅のパソコンにデータを送信していた。最後に萌子からこちらにメールが届いたのが二十六日。すでに五日前ということになってしまうが、小絵と別れて消えたのが二十三日だから、その後幾日かの足取りはこれで摑める可能性がでてきたことになる。

水内弓恵に関する追加データ・近江朽木・化粧池——、メールを開くと、そうタイトルがつけてあるファイルが添付されていた。

萌子は、調査会社の報告書によって、一時期弓恵本人が、自分は近江朽木は化粧池の歌《か》神楽女《がらめ》という家の出であると、親しい人間に口にしていたと知った。それで休みを利用して、近江朽木まで出かけていったらしい。歌神楽女の家筋、血筋——、そこに何か感じるものがあったのだろう。おまけに萌子は泰史さながらに、現地で古くから土地に住む人に取材をして、自分が聞き知ったことを文章にまとめて自宅のコンピュータに送信してきていた。


歌神楽女。舞を踊って羯鼓《かっこ》を打ち、足拍子を鳴らして魂揺すりをし、神を自分に降ろして託宣を告げる巫女《みこ》。一子相伝の世襲制の職能といってよく、歌神楽女となった女性は生涯処女。恋愛も結婚も出産も許されない。歌神楽女を選ぶのは神。神の選定の徴《しるし》が額《ひたい》に薄く浮きでた八の字。

歌神楽女が禁を犯して男に走れば、これまで男性との関わり一切を禁じられてきた何代もの歌神楽女の情念が一気に噴出し、その歌神楽女は自らを失い、色恋に狂い、関わった男も自らも不幸の底に落ちる結果になる。


………

最後に、萌子は自らの感想を綴《つづ》るように記していた。

――まだ確証はない。でも、やはり水内弓恵は、もとは近江朽木の御池という家の出で歌神楽女の血筋に違いない。だから彼女は、何人もの女の情念の噴き出し口みたいになってわが子を殺し、夫と愛人も殺した。そう考えると、すべて納得がいく気がする。あの人のふだんのしれっとした雰囲気、特徴のなさ。それとは裏腹の過去の所業。

東京に帰ったら、あの人に徴があるかどうかを確かめる必要がある。額に翳のように落ちた漢数字の八の字の徴。今度こそあの人と会って、きっちり決着をつけなければ――。

腕にうっすらと鳥肌が立っていた。泰史は知っている。弓恵の額には、たしかに漢数字の八の字のような徴がある。

(萌子の馬鹿が。何でわざわざ近江朽木なんかにまで)

胸の内で毒づくように呟きながら、泰史はそれも自分のアドレス宛に送信した。続けて、萌子がその先の行動に触れている部分、あるいはそれを推察させる部分はないかと探した。だが、萌子が自分に宛てだしたメールは二十六日を最後に途絶えたきりだし、届いているメールをすべて開いてみても、これといった手がかりは見つけられなかった。二十六日、萌子が近江朽木にいたことはほぼ間違いがない。問題はその後だ。それから萌子はどこにいったのか。

近江朽木で知ったことから派生して、何か調べたいことができたにしても、五日は長すぎる。それに萌子は記している。東京に帰ったら、あの人に徴があるかどうかを確かめる必要がある――。

それは、萌子が東京に帰るということを意味しているといっていいだろう。萌子の意志だ。このなかに、近江朽木以降の行く先の手がかりがあるとするなら、それは東京、弓恵のところ、そういう結論になってしまう。

(弓恵と会ったとして、それでどうして萌子は消えてしまったんだ?)

泰史は眉間に深い澱みのできた顔で煙草を銜《くわ》えた。火をつけかけてから、この部屋には灰皿がなかったことに気がついて、一度銜えた煙草を箱に戻し、煙の代わりに色のない溜息を漏らす。

ドアをノックする音がした。「はい」と応えてから腕の時計を見た。はや一時間が過ぎていた。一時間と五分待ってから、もう限界とばかりに園子が様子を見にきたのだろう。

「泰史、何かわかったか」

案に反して、ドアを開けて顔を覗かせたのは和臣だった。泰史は一度頷きかけてから、小さく首を横に振った。

「ほんの少しだけ。二十六日までのことは何となくわかった。でも、その先の足取りが摑めない」

「二十六日?　二十六日まで萌子はどこにいたんだ?」

「近江朽木」

「近江朽木……」

はじめて耳にする地名だったのかもしれない。和臣は言葉の響きを確かめようとするような調子で口のなかで呟いた。

「近江朽木って、萌子はどうして近江なんかに?」

和臣が泰史の顔を見て、改めて問う。

「何か調べたいことがあったらしい」

「調べたいこと? いったい何を?」

どう話したらいいだろう……、考えあぐねて、泰史は顔を曇らせた。正直なところ、頭のなかを少し整理する時間がほしかった。言葉を選ぶ時間、話を作るというべきかもしれない。

「今、パソコンを終了させて下にいく。お母さんがいるところで一緒に話した方がいいと思うから」

ああ、と和臣は泰史の言葉に同意するように頷いた。だが、その表情にも頷き方にも、力がまるで感じられなかった。

「で、お父さん、例の検査、結果の方はどうだったの?」

「何でもない。慢性化した大腸炎。ただの炎症だ」

声が不機嫌に尖《とが》っていた。そんなことなど、今はどうでもいいといわんばかりの言いようだった。

パソコンの電源を落とし、部屋の電気を消して、和臣につき従うように階段をおりていく。上から見下ろす恰好《かっこう》になっているせいか、父の背中が少し萎《しぼ》んで見えた。頭髪も、いつの間にこんなに白く薄くなったものかと思う。

「どう？　どうだった？　何かわかった？」

階段の下には園子が待ち構えていて、せき立てるように次々と言葉を発した。薄暗い明かりのなか、翳を落とした園子の顔が薄暗がりに溶けていた。暗がりに溶けながらも、心配そうな黒目が哀《かな》しげな光を放っている。

「たいしたことは……」泰史は尻すぼみになっていきそうな調子でぼそりと言った。「とにかく、リビングで話をしよう」

園子と和臣が、顔色を澱ませたまま、リビングにはいる。二人とも同じように肩を落としていた。泰史は、その丸まったふたつの背中を眺めながら、この人たちは萌子のことを本当に愛しているのだ、と思った。案じるあまり自分のからだの具合が悪くなるほどに、萌子のことを愛している。わが子だから、家族だから——、当然のことなのかもしれない。けれども泰史の唇からは、自然と吐息が漏れだしていた。

4

何を調べたくて萌子が近江朽木にいったのかは、パソコンを見てもわからなかった——、泰史は、和臣と園子の二人にそう告げるよりほかになかった。萌子が泰史がつき合っている相手の女性のもともとの故郷を訪ね、彼女の家がどんな家だったかを確かめにいったとは、今の段階ではさすが口にしがたい。それを言えば、どうしたって二人は弓恵との関連において、萌子の失踪《しっそう》を考えはじめるだろう。弓恵がふつうの女ならばいい。だが、調べれば、二人の人間を殺害して実刑判決を受けて服役していた女だということは必ずわかる。それを知ったら、萌子の失踪が本当に弓恵と関係のあることなのかどうかはべつにして、二人は恐慌状態に陥るに違いない。

「二十六日より後の行方がわからない……。結局、今、萌ちゃんがどうしているかの手がかりはない訳ね。なら、どうしたらいいの？　どうするのが一番いいの？」

くすんだ顔色をして言う園子に、泰史は、返す言葉を持ち合わせていなかった。重たい声で、やはり警察に届けるべきだろう、と和臣が言う。

「黙って近江朽木にいったこともそうだが、萌子は家を空けるのに連絡を寄越さないことなんか一度もなかったし、本来一日だって会社を無断欠勤するような娘じゃない。やっぱりおかしい。警察がどこまで真剣に対応してくれるかわからないが、とにかく明日、警察に届けをだしにいってくる」

和臣の言葉に、泰史も黙って頷いた。近江朽木からの行方が知れなくなって五日、会社を無断欠勤したのは今のところ今日一日だけだ。それで警察というのも早すぎるような気がしたが、和臣が届けをだすと言っている以上、泰史もそれを止めることはできない。頷きながら、泰史は頭のなかで考えていた。萌子は東京に戻ってきたのか。戻ってきて弓恵と会ったのか。それから——。

「警察……、そうね」園子も力なく頷いて言った。「やっぱりそうした方がいいでしょうね。私も明日、お父さんと一緒に警察にいくわ」

警察に届けるという相談がまとまったところで、泰史はリビングのソファから腰を上げた。その足で、真っすぐ本郷に戻るつもりだった。

「帰る？ あなた、今から帰るっていうの？ だってもう夜中の二時過ぎよ。今から本郷に帰るなんて」

落胆の色もあらわに園子が言った。萌子のことで憔悴《しょうすい》しているだけに、いつもは丸い丘を作っている頰《ほお》の肉が弛《たる》んで下に落ちていた。目尻もいくらか垂れている。その顔を見て、泰史も気の毒だと思った。それでもすぐにでも本郷に帰って、自分宛に送信したファイルの中身を、一人でじっくり読み返したいという気持ちの方が強かった。その上で、自分なりに萌子の足取りを探ってみなければならない。弓恵が関わっている可能性があるとすればなおさらだ。

「もう電車だってないっていうのに」

愚痴のように園子が言う。

「大丈夫。車を呼んで帰るから。二、三日のうちにまた一度くる」

園子は、もう返事をしなかった。返事の代わりに、疲れたようにうなだれた。

胸に幾許かの痛みと後ろめたさを覚えながらも、泰史は市川の家を後にした。本郷の部屋に帰り着くと、すぐにパソコンを立ち上げて、自分宛に送信したものを受信して読み直してみる。

まず一番に弓恵のファイル。萌子は、調査会社というプロの仕事を下敷きにして文章を綴っている。したがって書かれている内容に、事実とそれほど大きな齟齬《そご》はないだろう。読み進めるに従い、だんだん水内弓恵の素顔が見えてくる。泰史の腋《わき》の下から気持ちの悪い汗が滴《したた》り落ちる。弓恵の物入れのなかのまるで統制のない散乱状態や、仏壇のなかの位牌、ガラス瓶の映像が、勝手に脳裏に甦《よみがえ》っていた。

《水内弓恵に関する考察》

・キーワードは〝歌神楽女〟……〝愛〟がスイッチ。

歌神楽女の血を持つ彼女は、愛欲を禁じられた何代もの歌神楽女たちの情念を内に抱え込んでいる。誰かを愛した時、彼女の理性は狂いだし、やがて誰かに肉体を乗っ取られたように人が変わる。基本的に彼女は〝器〟としての体質。憑依《ひょうい》体質。容易に自らを失う。

・子殺しのキーワードは〝嫉妬《しっと》〟

彼女が事実、自分の娘の真由を殺したのだとすれば、その動機は嫉妬。氏木弘俊は、結婚してからも結婚前と変わりなく、彼女を母親の伸子よりも誰よりも愛し、大事にしていた。傍目《はため》にも、いたって仲のよい若夫婦だった。それが、子供ができた頃から変化が生じた。

弘俊の目も伸子の目も弓恵から離れて、真由に注がれるようになった。生まれたばかりのわが子、はじめての孫。

彼女は、子供を愛するということを知らない。そのセンスもない。なぜなら、歌神楽女は本来、生涯処女。子供は産まないし、産んだことがない女ばかり。恋愛や結婚すらが禁じられていた。だから彼女は、強い愛欲の情念に衝《つ》き動かされているだけで、本当の愛を知らない。愛するとはどういうことかがわからない。

彼女にとって、愛する男の自分への思いを削《そ》ぐものは、何であろうが邪魔者でしかないし、我慢ならない。恐らくそれが、彼女の子殺しの動機。

・代替物としての〝猫〟

誰かを愛すると、自分のなかで歯車が狂いだす。それはきっと彼女自身が一番よく心得ていることだろう。理性の針が動いている時は、彼女のなかでも人を愛すまい、誰も好きになるまいという抑制が働く。一方で、誰かを愛したい、愛されたいという強い思いがあり、日頃抑圧している分、彼女のなかでその思いが余計に募る。猫を飼うのは、身から溢れかける愛情を注ぐ対象がほしいから。けれども、彼女は愛し方を知らない。また、猫は愛された分だけ愛を返す生き物ではない。やがて理性の針が止まり、情念や感情だけが噴出する瞬間が生じてくる。思うようにならない自分、思うようにならない相手（男・猫）……その時彼女は猫を殺し、人も殺す。本当に愛するということを知らないから、彼女は相手を殺すことで自分の愛を成就させようとする。

彼女が飼う猫はいつも雄猫。名前も自分が愛した男の名前をつける癖がある。自分で殺しておきながら、自分が殺したということを信じたくない、認めたくない、という気持ちも彼女のなかで働いているのかもしれない。心の底から愛していたということを自ら確認しようとするように、執拗《しつよう》に供養する。大事な形見のように、骨まで捨てずにとっておく。
・別人格になる準備段階としての〝化粧〟
松島保と岡安晴美を殺害した時、彼女は艶《あで》やかな化粧をしていたという。歌神楽女は、憑坐《よりまし》的な巫女の役割を勤める時だけ化粧をした。化粧は憑依の準備が整っていることを示すサイン。理性の針が動かなくなりつつある時、彼女は化粧をする。戦場に向かう男が戦闘服を身につけるのと少し似ている。彼女が化粧をしている時は、危険信号が灯った状態。

歌神楽女の血——、彼女を考えるに当たって、これはどうしても無視できない。

………

ひと通り目を通し終えて息をつく。からだの芯に頭の芯、それに目の奥から、じわじわ滲《にじ》みだしてひろがるように、全身を鈍い疲労感が浸していた。煙草に火をつけ、煙を吐きだす。

近江朽木・化粧池の歌神楽女の血筋。それは以前に美恵子から耳にしていたし、心のどこかにひっかかっていたことでもあった。とはいえ、これほど今現在の弓恵と関わりの深い問題だとは思っていなかった。それに化粧。いつかの晩、偶然目にした化粧をした弓恵の顔が思い浮かぶ。あの時の彼女はふだんとはまったく違った。何かが憑依した巫女といえば、たしかにそんな気配があったような気がする。独特の迫力とオーラ。

男との関わりを禁じられてきた何代もの歌神楽女たちの情念の噴き出し口。化粧が憑依のサイン。誰かに乗っ取られたように人が変わる。本当に男を愛するということを知らないから、自分のものにするために男を殺す。猫を殺す。子供を産み、育て、愛するということも知らないから、嫉妬からわが子も殺す……。

できれば荒唐無稽《こうとうむけい》な話だと、笑い飛ばしてしまいたかった。特殊な職能の血筋が今も個に影響を及ぼしている。何代、何人もの女の情念をその身に抱え込んでいる。そんなことは、ふつうに考えれば、あり得ない話だ。それでも泰史は、笑い飛ばすことができなかった。それは弓恵を知っているからだ。

泰史との関係において言うなら、弓恵の理性の針は完全には止まっていないだろう。多少の狂いはあっても、まだ動いている。ある程度抑制のきいている状態だから、さほどの無理は言わない。無体な真似《まね》もしかけてこない。二度の結婚と不幸で、彼女も多少は学習したのかもしれない。かといって、まったくの正常という訳でもない。泰史の留守中、事実この部屋に立ち入った人間がいるとすれば、それはやはり弓恵に違いない。萌子のファイルを読んで、泰史はそう確信した。今日だって弓恵は職探しに歩いていたのではなく、案外泰史のすぐそばにいたかもしれない。職を探すということを口実に『琥珀亭』に休みの日をふやしてもらったのも、やはり泰史の行動が気になって仕方がなかったからではないか。泰史が日常、何をしているかつぶさに知りたい、見ていたい――。だから、帰った途端、はかったように電話を寄越すこともあれば、泰史が告げる前から予定を承知していたりする。思い過ごしでも何でもなく、弓恵はどこかで泰史を見ているし、泰史の予定を調べたりもしている。懸命に抑えてはいても、そこからはみ出たものが垣間見えはじめている。異常の気配。

考えて、泰史はぞくりと身を震わせた。わかっていたのに、どうして弓恵と関わってしまったのか、男と女の関係になってしまったのか……いまさらながら、頭を抱えたい心境だった。

電話が鳴った。

反射的にぎくりと身を強張《こわば》らせる。ただし、電話はひと声叫びを上げただけで切れてしまった。ふうっと息を吐きだしながら電話を見る。電話の向こうの暗がりのなかに、弓恵の顔が見えた気がした。

時刻は四時半を過ぎている。抑えきれない思いに電話をかけたが、時刻を考えて切ったのかもしれない。着信記録を見る。一瞬のことだったせいだろうか、残念ながら着信記録は残っていなかった。

だんだん泰史も頭がおかしくなってきそうだった。今鳴った電話の向こうに弓恵がいる――、間違いないとは思うのだが、自分が妄想の沼にはまりかけているような気もした。電話は本当に弓恵からだったのか。それ以前に、事実電話は鳴ったのか。

（まさに沼だ。泥沼だ）

泰史は思った。一歩足を踏み入れたが最後、ぬめった泥が執拗にまつわりついてきてどうにもならない。弓恵という沼。愛という名の泥沼、底なし沼。

日頃の弓恵の色のなさ、表情のなさは、内に封じたものの裏返しだ。彼女の場合、強い力で抑え込んでいる分、表側には何もかもが逆にでる。美恵子にゴミの分別の仕方をしつこいぐらいに確認していたことにしてもそうだ。ふつうなら常識的で神経質な性分と受け取るし、ある時期まで泰史もそう思っていた。が、そうではない。部屋の物入れの様子を見ればわかる。ふつうの女にはあって、彼女には欠けているものがある。本当には愛を知らないのと同様に、弓恵は何をどう整理したらいいのかがわからない。思考がある部分、大きく欠落していて、収拾がつかない。彼女はそういう人間だ。きっと弓恵は出所した時に、近頃はゴミの分別がうるさくなっているし、それが近隣トラブルの原因になるケースが多いから気をつけるようにと、斉藤利枝から注意されたのに違いない。ゴミの分別がわからないということは、その時代の世間常識を知らないということだ。それはある時代の記憶が欠落しているということにもつながる。服役していたという過去を知られたくない一心で、弓恵は過剰なまでに意識して、きちんとゴミを捨てようとした。実際は、そういうことだったのだ。

摑みどころがなく、目を放せばどこかにいなくなってしまいそうな女。内気で奥ゆかしい女。殺風景なぐらいに片づいた部屋で、きちんとした生活を営んでいる女……みんな間違いだった。実態は、その正反対といっていい。

(萌子……)

泰史は思い出したように胸で呟いて、うなだれるように前に傾きかけていた頭を持ち上げた。自らの過ちに悄然《しょうぜん》としている場合ではなかった。萌子は今、どこでどうしているのか。それが目下最大の問題だった。

(萌子は東京に戻ってきたのか。戻ってきて彼女に会ったのか)

東京に帰ってきて弓恵と会った。その後萌子が消息を絶ったとすれば、やはりそこに弓恵が関わっていると考えざるを得ない。

(まさか)

悪い想像に向かいかけた思いを、自分自身で引き止め、打ち消す。

人を二人殺している。ひょっとすると二人ではなく、わが子を含めた三人かもしれない。とはいえ、どうして弓恵が萌子に危害を加えたりする必要があるだろうか。萌子は直接的には、弓恵と何の関わりもない人間だ。

欺瞞《ぎまん》だった。

萌子は弓恵の過去を探っていた。泰史が弓恵と関わりを持つことを、肉親として、妹として、強硬に阻止しようとしていた。ただし、弓恵と萌子が会ったのはたったの二回。しかも『琥珀亭』で顔を合わせただけなのだから、二人の間に何らかの関係の生じようもなければ関係が込み入りようもない。泰史はそう思ってきたし、そう考えようとしてきた。

そこにも欺瞞があった。泰史の知らないところで二人が顔を合わせていた可能性は否定できない。実のところ、これまでにもまったくその可能性を考えてみなかった訳ではない。にもかかわらず、萌子にも弓恵にも確かめてみることをしなかったのは、ただ面倒だったからだ。ややこしいことに首を突っ込みたくない。知らないなら知らないで、そのまま通り過ぎてしまいたい――。

弓恵は異常かもしれない。だが、萌子もまた異常だった。泰史は三十四歳、萌子は二十七歳。お互い、いい歳をした大人だ。七つ歳上の兄のことなど、もはや自分には関係のないものとして放っておいたらいい。なのに萌子の思いは泰史から離れない。家族からも離れない。和臣、園子、泰史、萌子の四人で、この先もひとつの家族としてずっと暮らしていきたい。それだけが望み――、どうかしている。

どこかネジが狂った女が二人。両者はまったく違っているようでいて、その実よく似ている。自分が拵えた枠のなかに相手を引き込み、愛したいし愛されたい。愛をねだり、愛を押しつける。ややこしくて面倒臭い女たち。

できることなら逃げだしてしまいたかった。けれども泰史は、少なくとも今回の萌子の失踪に弓恵が関与しているのかどうかを確かめる責任を負っている。

萌子の失踪は、やはり弓恵と萌子、二人の女の間に何らかの問題なりトラブルなりが生じた結果のことなのか。それとも何らかの考えがあって、萌子は意図して自ら消息を絶ったのか。何らかの考え――、いってみれば、泰史に対する荒療治だ。こんな事件でも起きなければ、泰史は今の段階で、ここまで弓恵のことを知ろうとは思わなかったろうし、事実知ってもいなかったろう。萌子の行方が知れなくなったからこそ、泰史にもエンジンがかかった。だとすれば、再び姿を現した時、萌子は悪びれもせずに言うに違いない。

「だって、お兄ちゃんのためだもの。私たち、家族よ。家族を守るためにここまでやるのは当然のことじゃないの」

(どっちなんだ?)

頬を歪めながら、泰史は心で萌子に向かって呟いた。

(萌子、よくわかったから、生きているならでてきてくれ。もうかくれんぼをして遊んでいる歳じゃない)

生きているなら……、自分が心で吐いた言葉に、頬に走った歪みがなおのこと大きくなる。生きているなら、という仮定の裏には、言うまでもなく、死んでいるという想定が存在する。「弓恵の関与」などと、表面きれいな言葉で誤魔化しているが、萌子の失踪に弓恵が関わっているとすれば、それは弓恵が萌子を殺したということにほかならない。

頭痛がしはじめていた。思わず顔を撫《な》でた手が、滲みだした皮脂でねとっとした。疲れの質が、重たく粘り気を帯びたものに変わりつつある。

時計を見る。五時十分。

眠らなければ、と思った。明日——、実際には、もう今日というのが正しいが、午後、人と会う用事がある。遅くとも昼前には起きだして出かけねばならない。

頭ではそう思いながらも、泰史はまた煙草に火をつけていた。酒でも飲んで、何もかも忘れて眠りに滑り込みたい。だが、寝酒を飲むには時刻が朝に近すぎた。

「糞っ」

何かを呪《のろ》うように、泰史は声にだして小さく叫び、つけたばかりの煙草を揉《も》み消した。

5

「寂しかったわ」

湿りけを帯びた言葉とともに、弓恵が玄関口で泰史にからだを寄せてきた。胸にすぽっと納まるようなからだをしている。反射的に軽く弓恵の肩を抱きはしたものの、泰史の顔は鈍い曇りを帯びたままで、これといって言葉を口にすることもしなかった。

泰史の胸板に頬を当て、自らを預けるように身を寄せている薄いからだつきをした女。本来なら、いとおしいと思って然《しか》るべきだった。けれども、泰史の胸には、顔に滞っている以上に厚く陰気な鉛色をした雲がひろがっていた。今はただこの女が鬱陶しい。

「上がって」

顔を上げて弓恵が言った。頬と目に、笑みが光の渦を作っていた。

「十日……、ううん、もう十一日も、ちゃんと会えなかった。会っても店で顔を見るだけ。今夜はこられるっていうから、ワインを買って、少しだけど料理を作って待っていたの」

少し、と弓恵は言った。だが、ダイニングのテーブルの上には、ずらりと料理が並んでいた。白身魚のカルパッチョ、アスパラの牛肉巻き、パスタサラダ……これはきっと明太子風味だろう、上に刻み海苔がかかっている。それにパクチーがふんだんにあしらわれた春雨と蒸し鶏の和物《あえもの》、帆立てのソテー。

どれも泰史の好物ばかりだった。『琥珀亭』に勤めているのだから、泰史の食の好みぐらい心得ていて当然かもしれないが、アスパラの牛肉巻きやタイ風春雨サラダは、『琥珀亭』のメニューにない。弓恵と一緒に食べたこともなかった。どちらも泰史の昔からの好物だ。

「本当なら帆立てのバターソテーは、お醬油を垂らした後、ぎゅっとレモンを絞りたいところだったんだけど、やめておいた」頰に光の渦を作ったまま、弓恵が言った。「野本さん、酸っぱいもの、あんまり好きじゃないでしょ」

もう一人、萌子が出現した感じがした。料理は上手に仕上がっているかもしれない。けれども泰史は少しもそれを喜べなかったし、曖昧な笑みさえ顔に浮かべてみせることもできなかった。

世のなかには、女の部屋で女の手料理を食べることに喜びを覚える男もいるかもしれない。が、泰史は違った。弓恵の部屋を訪れるのは便宜上のことだ。泰史はもちろん、寛行も美恵子もこの町で暮らしている。箱のなかにはいってしまった方が、人目につかなくて都合がいい。単にそれだけのことだった。彼女を自分の部屋に入れたのも同じ理由だ。今となっては、それが大いに悔やまれた。

「ワイン、栓を抜いてもらおうかしら」弓恵が言った。「私、どうも栓を抜くのが苦手で」

「ああ、うん」

返事をして、弓恵から赤ワインのボトルとオープナーを受け取る。

「疲れてる？　野本さん、何だか顔色が冴えないみたい」

弓恵が言った。

「うん……、萌子のことがあるからね」

コルクに螺旋《らせん》の部分を差し込みながら泰史は言った。

「萌子さん？」

「行方不明だって話はしたよね」

「ああ、ごめんなさい。そうだったわね。まだ行方が知れないの？　私、てっきりもうお帰りになっているものとばかり思ってた」

曇りない口調で言いながら、弓恵がワイングラスをテーブルに置く。その顔をちらりと見やりながら、泰史は本当かよ、と心で呟いた。本当に、お前は何も承知していないのか――。

美恵子に訊いてみると、九月の二十七日、弓恵は『琥珀亭』を休んだという。急な用事ができたとかで、突然休みを申し出たらしい。

「翌日も、ランチタイムはこなかったわね」美恵子は言った。「夕方からの営業にはでてきたけど」

二十七日、弓恵は萌子と会ったのではないか。だから急に店を休んだ。そういうことではないのか。

ポーン、と弾けるような音がして、コルクが抜けた。あら、いい音ねえ、とかたわらの弓恵が頬笑む。ワインをそれぞれのグラスに注ぎ、互いに軽くグラスを合わせた。まるで意味を持たない、かたちばかりの乾杯。

「君は、萌子に会ったことがある?」

泰史は、いくぶん唐突に弓恵に尋ねた。

「え? 萌子さん?」

弓恵の顔に当惑の色を孕《はら》んだ薄い笑みが浮かぶ。その笑みは苦笑にも少し似ていた。

「もちろん。『琥珀亭』で二度。それは野本さんだってご存じじゃないの」

「僕が訊いているのは、それ以外に、という意味」

「それ以外? いいえ」弓恵は首を横に振った。「『琥珀亭』でお目にかかっただけよ。二回とも、ほとんどお話ししなかったけど」

どの料理も彩りよく仕上げられているので、目に映るテーブルの色は華やかだ。一方で、それとは対照的な沈黙が、テーブルの上に垂れこめる。

「どうしたの? ねえ、何を考えているの?」

重苦しさに堪えかねたように弓恵が口を開いた。

「萌子は、君のことを調べていた。君に会おうとしていた節もある。僕は何だか、萌子は前にも君に会いにいったのじゃないかと、そんな気がしたんだ」

「会ってない」即座に弓恵は言った。「お店以外では、私、一度も萌子さんに会っていないわ」

　そう言われても、泰史はそうか、とすぐに頷くことができなかった。本心納得していない。なのに納得したふりをすることができない。美恵子にしても同じだ。いまだに萌子が一度一人で『琥珀亭』にきたことを隠し続けている。泰史が重ねて尋ねても、「そんなことはないわ」と首を振る。女はみんな、素知らぬ顔で嘘をつく。

「本当にどうしたの？　あなた、何を疑っているの？　それにどうして萌子さんが私のことを調べたりなんか……。萌子さん、野本さんを私に奪《と》られると思ったから？　それがいやで私のことを探ったの？　ねえ、そういうこと？」

　奪るとか奪られるとかそういうことではない、と言いかけて、思わず泰史は言葉を呑み込んだ。泰史自身、拒むようにずっと顔を背けてきた。しかし、たしかに萌子のなかにはそうした意識があったろう。私のお兄ちゃん、私だけのお兄ちゃん――。萌子がはっきりと泰史を異性として意識していたかどうかはわからないが、妹が兄に抱くにしては濃すぎるほどに濃い愛情を、萌子が長年泰史に抱いていたことは事実だった。

「せっかく久しぶりに会えたのに」顔と視線を俯《うつむ》けて、いくぶん哀しげな口調で弓恵が言った。「今日は二人でゆっくり過ごせると思ってた。それなのに、野本さんは萌子さんのことばっかり。今夜だけでも、萌子さんのことを頭からはずすことはできない?」

泰史は黙って目の前の弓恵の顔を見た。弓恵も顔を上げて泰史を見る。二つの瞳が泰史を捉《とら》え、真剣な光を放っていた。

「だって、萌子は僕の妹だ」

「そうね。あなたにとってはかわいい妹さんですもの、心配するのは無理はないと私も思う。でも、一日ぐらい——、ううん、一日にも満たないわずかな時間よ。それぐらい、私にくれてもいいと思わない? 今夜ぐらい、消えた萌子さんではなく、私を見て。ねえ、駄目?」

「君は化粧をしないんだね」

突然の泰史の言葉に、「え?」と弓恵は目を見開いた。

「どうして君はあんまり化粧をしないの?」

「化粧は……、好きじゃないのよ。野本さんは、化粧が濃い女の方が好きなの?」

「そんなことはないけれど、たまには君がしっかり化粧した顔を見てみたいと思って」

馬鹿げたことだ。そう思いつつも、弓恵が化粧をしたら本当に人格が変わったようになるのか、この目で確かめたいという気持ちがあった。

泰史を迎えた時は笑みで光り輝いていた弓恵の顔が、次第に陰鬱な翳りを帯びていく。顔に思い詰めたような表情が滲んだ。

「抱いて」

しばしの沈黙の後、顔を上げて泰史を見ると、いきなり弓恵が言った。あまりに直接的なその言葉に、一瞬呆《あ》っ気《け》にとられて彼女を見る。

「ねえ、抱いて」

「弓恵さん」

椅子から立ち上がったと思うと、弓恵は泰史の方にまわり込み、なかば崩れ落ちるように泰史の膝《ひざ》に縋りついてきた。

「抱いて。でないと私、不安で不安でおかしくなりそう」

弓恵の指が、痛みを感じさせるぐらいに強く泰史のふとももに食い込む。

「ねえ、抱いて」

泰史は、どんな言葉も返せなかった。抱くどころか、お座なりに弓恵のからだを抱き締めたり、頭や背を撫でてやることもできない。心もからだも、完全に強張っていた。

「化粧をしろと言うなら化粧をするわ。私、あなたが言うことなら何でもする。だから抱いて。ねえ、お願い」

とうとう弓恵が本性を見せはじめた――。

自分がどんどん狭い穴に追い込まれていっているのを感じながら、泰史はごくりと唾《つば》を飲み込んだ。肌に薄く冷や汗が滲みだすのを感じていた。

6

スタンド型の鏡の前で、弓恵が化粧をはじめた。はたで眺めていると、その様子は、
彼女の背筋はぴんとのびていて、その横顔も真剣だ。

まるで儀式のようだった。弓恵はまさに粛々と自らの顔に化粧を施していく。

顔の造りは静かで地味だが、顔だちそのものは悪くない。化粧映えする顔といっていいだろう。顔に色がつき、それによってメリハリが与えられていくにつれ、弓恵はぐんぐん感じが変わっていく。目にも勢いのある光が宿り、こんなにも人に強い印象を与えるはっきりとした顔だちの女だったかと、見ていて驚くほどだった。瞼や目、それに頬のあたりの筋肉も次第に持ち上がって、きりっと引き締まった表情になる。泰史は、化粧によってべつの女が出来上がっていく過程を目の前に見ている気がした。変身——。

最後に弓恵は、ゆっくりとした慎重な手つきで唇に色をつけた。紅筆が唇に鮮やかな赤の線を描いていく。それでまたいっぺんに感じが変わった。化粧を終えて泰史の方を振り返った弓恵は、もはや泰史の知っている弓恵ではなかった。顔から、全身から、言葉を失わせるほど強い気配が溢れだしている。その勢いは圧倒的で、泰史は彼女が発する空気にからだを押されている気さえした。

弓恵が頬笑んだ。婉然《えんぜん》たる笑みである一方で、どうだと言わんばかりの勝ち誇ったよう

な笑みにも思えた。

弓恵を取り巻く空気の質が変わっている。部屋のなかの空気も、張りつめているのに密度の濃いものになった気がした。

「驚いた……」

泰史はやっとのことで言葉を口にした。咽喉《のど》に張りついたような声になっていた。

「君は化粧をすると変わるんだな。いつもの君とはまるっきりの別人だ」

「大袈裟《おおげさ》よ」

「大袈裟じゃない。いったいどうしてここまで変わるのか、僕には不思議なぐらいだ」

「化粧のことなんかどうでもいいの」

言いながら、弓恵が泰史に身をすり寄せてきた。泰史の目を見つめながら腕を摑む。まるで未知の動物にすり寄られ、腕を取られた思いがした。しんねりと湿った肌触りのする見知らぬ生き物。

「あなたの言った通りにした。だから……」

「弓恵さん――」

弓恵が望んでいることはわかっている。わかっていても、それができない。しようと試みたところで、からだが反応しない。

「それよ。あなたはいつまで経っても弓恵さん」

泰史の腕を摑んだ弓恵の指に力が籠もる。泰史を見る目にも、拗《す》ねたような色が宿っていた。

「どうして弓恵って呼び捨てにしてくれないの？」

「……………」

「何で私にも泰史さんと名前で呼んで構わないと言ってくれないの？」

泰史の顔が鈍くつれた。名前で呼んで、○○と呼んで……その種のことを言われると、途端に心に湿った薄紙でも張りついたような気分になる。いやなものにまつわりつかれ、背負いたくもないものを背負い込んでしまったようで、大声を上げて逃げだしたくなる。

「どうしてって言われても」泰史は言った。「僕はそういう人間なんだよ」

相手に深く侵入することもないかわりに、こちらにも深く侵入してもらいたくない。相手との距離は常に同じがいい。

「あなたは……、素っ気ないのよ。それが私は寂しい」

「僕は誰に対してもそうなんだ。もともとそういうふうにしか人と接することができない人間なんだよ」

「嘘」

弓恵が言った。思いがけない弓恵の言葉に、思わず泰史は目を見開いた。

「嘘？」

「そうよ、嘘だわ。あなたの心のなかにはべつの女の人がいる。だからあなたは、私にもほかの女にも冷たいのよ」

「馬鹿な」

苦笑に近い笑いではあったが、はじめて泰史の顔に笑いが滲んだ。泰史に思う女などいない。泰史は誰も愛していない。弓恵には申し訳ないが、彼女のことも愛していない。

「それがあなたの嘘なのよ。だって、私、知っているもの。あなたの心のなかには、間違いなくべつの女の人がいる」

「何を言っているんだよ?」泰史は歪めた顔をうんざりしたように横に振った。「実際君はどうかしている」

「どうかなんかしていない。私は本当のことを言っているだけ」

以前、『週刊ランディ』の記事で読んだ通りだった。艶やかに化粧をした途端、弓恵は口調までもが変わる。いつもの自信なげなぼんやりとしたものの言い方ではない。しっかりとこちらの目を見据えて、あれもこれも断言するようにはっきりとものを言う。これが過去、氏木弘俊や松島保に対しても向けられた弓恵の嫉妬であり妄想なのだろうか。こうして弓恵はどんどん深読みをして妄想を逞《たくま》しくし、自分自身の気持ちも追い込んでいく……、そう考えかけた時、泰史の思いを打ち砕くように弓恵が言った。

「珠代《たまよ》さんよ。あなたの心にはずっと昔から珠代さんがいる」

いきなり心臓に針を突き刺された思いがした。全身の皮膚にビリッと電気が走ったようになり、蒸気のように細かな汗が顔に噴きだす。

「ほら、図星だ」

泰史を見て、いくらか笑みの色を含ませた瞳をして弓恵が言った。

野本珠代──、泰史が六つの時にこの世を去った母だった。

何という女だと、泰史は心で息をつくように思った。弓恵は泰史が話したことのない実母のことまで承知している。亡くなった時、母はまだ三十三歳だった。思えばいつの間にか、泰史よりも歳下になってしまった。今の弓恵より四つも若い。

「あなたは、亡くなったお母さんのことが好きなのよ。亡くなってから、もう二十八年も経っているのに。お母さんだって、生きていたら六十一だわ。あなたは、そんなことすら忘れている。あなたが頭に思い描くのは、いつも若い時のお母さん。若くてきれいな珠代さん」

「やめてくれないか」弓恵の言葉を封じるように、泰史は強い調子で言っていた。「君にそんなことまで言われたくない」

「言われたくないのは、それが事実だからよ。あなたを置いて、この世から呆っ気なく消えていってしまった人。そんな霧のような人を、あなたは今も愛しているのよ。いつまでもお母さんの幻影に引きずられている」

死んだ母、珠代の顔が思い浮かんだ。線が細く、色白で、たおやかな人だった。手指も細くてうつくしかった。腺病質というのか、もともとからだが丈夫ではなかったのだろう。話す声も密《ひそ》やかで、珠代は大きな声をだしたことがない。きっともともとの活力が不足していて、だしたくてもだせなかったのだと思う。笑う時も、咽喉の奥で声のさざ波を立てるような笑い方をした。鈴虫が鳴くような声で、その笑い声を聞くと、泰史もくすぐったいような心地になった。瞳の色はやや薄く、澄んだ茶色。その茶色の瞳には、いつも穏かでやさしい光が宿っていた。

唐突に、珠代が好んでつけていたコロンの薫りが鼻腔に甦った。軽やかで、柔らかな爽《さわ》やかさを感じさせる匂い。母の匂い。

おぼろ月を見て、ふと珠代のことを思い出す時があった。夏の夜、二人で花火をした後に、肩を並べて天空に浮かぶ月を見た時のことが強く印象に残っているせいかもしれない。少し肌にひんやりと感じられる夜風。母は月の影を指差しながら、月に住むうさぎの話をしてくれた。かぐや姫の話もしてくれた。いずれ月に帰ってしまううつくしい姫君。その姫君の哀しみと、地球に残された養父母の哀しみ。後で振り返れば、何もかもが象徴的だった。

思えば弓恵に惹《ひ》かれたのも、彼女がおぼろに霞《かす》んだ月を思わせる女だったからだ。珠代と同じように、いつか不意に消えていってしまいそうな人だと感じたからだ。捉えどころがなく、頼りなげではかなげな人。ところが、今泰史の目の前にいる女は、珠代とはまるで似たところのない、正反対の女だった。月は月でも曇りない月。泰史を嘲笑《あざわら》うような満月。

「いつの間にか消えている霧のような女の人」繰り返すように弓恵が言った。「でも、そんな女の人なんて、この世のなかにいやしないのよ。だって、消えるというのは、死んでしまうということだもの。珠代さんが生きていたとしたら六十一歳。今もお母さんが生きていたら、あなたも今ほど珠代さんのことを思ったりしていなかったはずよ。死んだ女を愛するなんて、そんなのはおかしなことだわ」

「やめてくれと言っただろう」いくらか怒気を含んだ声で泰史は言った。「だいたい君は、何だって死んだお袋の名前まで知っているんだ？　君はいったいどこまで僕のことを知っているんだ？　調べたんだ？」

「……………」

「調べたんだろ？　でなきゃ知っているはずがない」

「調べたわ。私が調べられることは全部」

「どうしてそんなことを……」

絶望的な思いに、泰史は顔をひしゃげさせながら言った。

「愛しているから」

弓恵は泰史を見つめ、微塵《みじん》も迷いを感じさせない口調で言った。瞳にも自信に似た力が溢れていた。

「あなたを愛しているからよ」

「愛しているから……」

弓恵は、愛という名の下であれば、何もかもが許されるとでも考えているのだろうか。揺るぎない確信のようなものを感じさせる彼女の凛《りん》とした顔が憎かった。

「あなたが本当に愛しているのが珠代さんだということは、萌子さんも気づいていなかった。でも、私はそのことに気がついた。どうしてだと思う？　私の愛の方が、萌子さんの愛より強いからよ。あなたを愛しているからわかるのよ。私は、あなたのことなら何でも知りたい。なぜって、あなたのすべてを愛したいから」

「やっぱり君は、萌子と会った。そうなんだな？」

弓恵は返事をしなかった。

「僕の部屋に立ち入ったのも君だ」

やはり無言。

「萌子はどこにいるんだ？　君は萌子に何をした？　どうやって僕の部屋に立ち入った？　答えろよ」

「知らない」

弓恵は、泰史からすいと目線をはずして言った。とりつくシマのないような素っ気ない顔だった。声にも色が感じられなかった。

「知らない？　よくもそんなことが」

「本当よ。萌子さんのことなんか私は知らない。あなたの部屋のことだって私は知らない。あなたの部屋にはいったりなんかしていないわ。私が知っているのはあなたのことだけ。知りたいのもあなたのことだけ。だって私は、あなたを愛しているんだもの」

まるで理屈になっていなかった。

萌子のことは知らない、部屋に立ち入ったりしていないという弓恵の側の言葉には証拠はない。が、泰史の側にも、弓恵が萌子と会った、弓恵が部屋に立ち入ったという証拠はなかった。そういう意味では、互いに理屈からはずれている。ただ、弓恵はあたかも愛が至上のものであり、無条件に人をひれ伏せさせる錦の御旗か何かであるかのように、愛、愛、愛と迫ってくる。その分、弓恵が不合理ということで勝っている。少なくとも泰史にはそう思えた。

(最悪だ)

泰史は吐き捨てるように心で呟いた。

(亭主と愛人も、愛していたから殺したのか。ひとごろしも、愛があれば許されるという訳か)

「愛しているわ」

弓恵は泰史の心の叫びなど耳にもはいらないような顔で、泰史に向かって湿った声で囁《ささや》いた。

「あなたを愛しているのよ」

俺を愛しているから、お前は萌子も殺したのか——、思わず口にのぼりかけた言葉を、すんでのところで呑み下す。

萌子が記していた通りだった。弓恵は愛がいかなるものかわかっていない。愛は、相手を束縛するものではなく解放するものだ。もしもそれが愛でないというのなら、泰史はべつに愛など知りたくもないし、そんなものはほしくもなかった。

「私はあなたに自分の過去を話した。あなたはそれを承知の上で私を受け入れてくれた。そうでしょ？　そうだったはずでしょ？　なのにどうして？」

化粧を施した弓恵の肌は、蛍光灯の光を反射させ、白く目映《まばゆ》く輝いている。二つの瞳も、いつもより自分を強く主張するように、光を放ちながら泰史をしっかりと捉えている。

見ているうち、泰史は自分が誰と対峙《たいじ》しているのかがわからなくなりかけた。今、自分が目の前にしているのは誰なのか。弓恵であって弓恵でない——。

萌子のパソコンのファイルのなかにあった〝歌神楽女〟という文字が、脳裏に浮かび上がった。愛欲を禁じられた何人もの歌神楽女の情念を抱え込んだ女。憑坐。魂の器。

「ねえ、抱いて」

自分に向かってそう言う女が、泰史には徐々に異様な生き物に見えはじめていた。

第七章　朔《さく》の月

1

もともとおかしな夏だった。長い梅雨が明けないままのような天候。残暑の時期はわりあい長く続いたものの、季節は夏を忘れたまま、完全に秋へと滑り込んでしまった。

弓恵に言われて、泰史も気づいたことがある。自分でもそれを見まい、そこに目を向けまいとしてきたが、たしかに泰史の心のなかには珠代がいた。本当は気づいていなかった訳ではなく、たぶん気づかないふりをしてきただけのことだったと思う。

諸行無常。季節もそうだが、この世で移り変わらないものなど何ひとつとしてない。かたちあるものは徐々にその姿を変え、いつか滅びる。かたちがなく、目には見えないものもまた同様に、気づかぬうちにいつの間にか移り変わっている。心変わり――、人の心がその典型だ。

移ろい、やがては滅び去っていくものだからこそいとおしい。美学といえば大袈裟《おおげさ》だが、そんな意識が泰史のなかに根づいたのは、やはり幼い時分に珠代の死を経験したことが大きかったろう。珠代は、清楚《せいそ》だが薫り高い花を咲かせ、あっという間に散っていった。珠代の生き方、あるいは死に方は、すべてのものは移ろい消えていくものだということを、凝縮したかたちで泰史に教えた気がする。はかなく消え去っていくものほど、せつないようなうつくしさを持っているということもだ。泰史が月に心惹《ひ》かれるのも、恐らく根は同じだった。月はかたちを変える。朔の月は、そこにあっても影さえ見えない。月はあるといえばいつもそこにある。けれども、いくら摑《つか》もうとしても摑めない。

萌子は、単に血のつながった兄という以上に泰史に執着を抱き、野本の家族そのものを愛していた。まるで時を止めようとするかのように、父、母、兄、自分という四人家族の形態を、執拗《しつよう》に守り続けようともしていた。それは園子から受け継がれた血であり観念だ。いつまで経《た》ってもヤッちゃん、ヤッちゃん——。泰史は、高校の頃でさえ、そう呼ばれることに苦痛を覚えていた。三十を過ぎ、やがてなかばになろうかというのにいまだにヤッちゃん、ヤッちゃんだ。

園子や萌子がとりわけおかしい、あるいは特殊だというつもりはない。女というのは概《おおむ》ねそうだ。あり得ないことと承知していながら永遠を望む。婚約、指輪、婚姻届……すべて本来ひとところにとどめておくことのできない心や気持ちというものを、外側からの力で何とかかたちにしてとどめようとする手段だ。それは「愛している」という言葉にしても同じだし、「律子」「弓恵」と名前で、あるいは「○○ちゃん」といった呼称や愛称で、互いに名前を呼び合おうとするのも同じだった。心を言葉というかたちに示してもらいたい——。そんなことをしたところで、まったく何の意味もない。意味をなさないことに血道を上げるから、泰史は女という生き物が苦手だった。

珠代は、こちらがまだそばにいてくれと切望しているのに、夏の夜風のようにそよりとほのかな薫りだけを残して消えていった。ほかの女たちは、どうしてそれができないのか。そこにうつくしさがあるということに、なぜ気がつかないのか。それでいて、女たちは花火のうつくしさに歓声を上げる。

自分自身がいつか滅びるものだから、泰史は妻も子供も何も要らない。仮に妻や子供を持ったとしても、その妻にしても子供にしても、いつか必ず滅びていく。すみやかに消え去ってくれるならいい。愛だ、家族だ、あるいは金だ、生活だで、がんじがらめにされるのは真っ平御免だった。ただ鬱陶《うっとう》しいだけのことで、感覚そのものがついていかない。ついていかないのは、感覚ではなく生理なのかもしれなかった。

楚々としていて、そよりと吹き抜ける風のように密やかで、捕まえようとしても捕まえられない人。放っておけば、風に紛れて、どこかに消えていってしまいそうな人。そんな人だから、目も心も惹きつけられる。今となってはとんでもない間違いというしかないが、泰史は当初、弓恵にもそんな匂《にお》いを感じた。だからいっとき彼女を捕まえたくて、思わず手をのばした。いっときだ。ほんの少しの間、自分の手のなかにとどまってくれればそれでよかった。

ところが弓恵は、珠代のような女であるどころか、むしろ萌子に近い女だった。いや、萌子以上に厄介なものを内に抱えた女といっていい。人を殺したという過去だけではない。

彼女は歌神楽女《かがらめ》という特殊な立場にあった何代もの女たちの魂や情念を、自分のなかに抱え込んでいる。誰かを愛すると、勝手にスイッチがはいる。憑坐《よりまし》としてのスイッチ。それゆえ弓恵は自らを失って、思いもつかないような行動にでる。狂気の沙汰《さた》。

はじめて弓恵と関係を持った晩のことが思い出された。あの晩、弓恵はとり乱していた。泰史はその理由を追及しなかったが、恐らくあれは、最初の夫、氏木弘俊が再婚して、妻と子供と新たな家庭を営んでいると知ったがゆえの混乱と錯乱だったに違いない。彼らの生活の様子を、弓恵は現実に自分の目で見てきたのだろう。あの時、弓恵の混沌《こんとん》とした思いと狂気はタモに向けられた。みんな私を置いていってしまう……、弓恵はそう言って泰史に縋《すが》りついてきた。置いていかれるのがいやだから、弓恵は自らの手でタモを殺した。彼女にとっては、それが相手を縛りつけ、永遠に自分のものにしておく唯一の方法なのだ。弓恵は、男の代わりにこれまでいったい何匹の猫を殺してきたのだろうか。もしも猫という生き物がいなかったら、弓恵はまだ人を殺していたかもしれない。

和臣が警察に届けをだしてから、はや五日が過ぎた。萌子はまだ帰ってこない。萌子のことは知らない、弓恵はその一点張りだ。だが、泰史には見えていた。

萌子は『琥珀亭』の外でも弓恵と接触を持っていただろうし、近江朽木から東京に帰ってきた時も、その足で弓恵に会いに出かけたに違いない。

「あなたには、人を殺したという過去がある。それだけでも、お兄ちゃんにふさわしくない人だわ。本来なら、自分から身を引くべきよ。私、近江朽木の化粧池にもいってきたの。

化粧池は、あなたのもともとのふるさとでしょう？　訪ねてみて、ますますあなたをお兄ちゃんに近づけてはならないということがよくわかった。あなたの額、見てみたいわ。額に徴《しるし》があるんでしょ？　ねえ、お願いだからこれ以上お兄ちゃんに関わるのはやめて。あなたはお兄ちゃんにふさわしい人じゃない。それでもまだ関わり続けるというのであれば、私にだって考えがあるわ」

萌子が弓恵に対して口にしたであろうことは、おおよその見当がつく。萌子は、身を引かなければ一切の過去を世間に公にすると、暗に弓恵を恫喝《どうかつ》した。

これまで何でも「お願い」で通ってきたせいだろうか、きっと萌子は弓恵を甘く見ていたのだと思う。彼女が本物のひとごろしだという実感を持てずにいたのかもしれない。しかし、その時弓恵は、すでにスイッチのはいった状態だった。スイッチのはいった弓恵には、彼女が思うところの愛が絶対でありすべてだ。愛を邪魔する者は敵でしかない。だから弓恵は、猫を絞め殺すように迷いなく萌子という敵を駆逐した。

文字通り、泰史は頭を抱える思いだった。和臣も園子もいっこうに萌子の行方の手がかりが摑めないことに、日に日に参ってきている。居ても立ってもいられぬ思いに、警察にも重ねて足を運んでいる。

「駄目よ、ヤッちゃん。警察なんてあてにならない。萌ちゃんはそんな娘じゃないっていうのに、自分から姿を消したのじゃないか、というようなことばっかり言うんだもの。話にならない。いったい私たち、これからどうしたらいいの？　何に縋ったらいいの？」

このままでは、和臣と園子の方が心労で倒れかねない。泰史もいつまでも黙っている訳にはいかないという思いになる。弓恵には前科がある。いまだ仮釈放中の身でもある。これといった明らかな証拠がなくても、警察に出向いて彼女が萌子の失踪《しっそう》に関わっている可能性が高いことを説明すれば、まったく動いてくれないということはないのではないか。

わかっているのだが、なかなか足が前にでなかった。二人の人間を殺した女とわかっていて、泰史は弓恵と関わった。結果として、もしも萌子が殺されたとなれば、次に狂うのは園子だ。ここではじめて、泰史と萌子、どちらが血を分けたわが子かということが浮上してくる。泰史のせいで萌子が死んだとなったら、園子は泰史を恨むだろう。心底泰史を憎むだろう。絞め殺してやりたいほどに。

泰史の唇から、ひとりでに溜息《ためいき》が漏れた。

萌子が消息を絶ったのは、弓恵が殺したからにほかならない。実のところほとんどそう確信していながら、泰史の心にはまだ、萌子はどこかで生きているのではないか、自ら姿を隠しているのではないか、と思う気持ちがある。姑息《こそく》な希望的観測だ。狂った女も修羅場も、泰史はどちらももうたくさんだった。

一方で、弓恵が萌子を殺したのでなければ、あるいは確たる証拠が見つからなくて警察に捕まらなければ、この先もずっと弓恵にまつわりつかれるのかという恐怖に似た思いもあった。それぐらいなら、たとえ園子に恨まれようが憎まれようが、弓恵が萌子を殺したことが明らかになって、身柄が拘束された方がいい。弓恵が萌子を殺してくれていた方がいい。

何を考えているのだ——、われに返ったようになって、泰史は頭を左右に振った。萌子を殺してくれていた方がいいなどというのは、実の兄が考えることではない。

「萌子さんは、あなたのことを愛している」

あの晩、泰史は弓恵から言われた。

「兄としてというより男として。あなたもそれに気づいていたはずよ。だけど、あなたは萌子さんを愛してはいない。ただ鬱陶しい、邪魔っけだと思い続けてきた。いっそ妹なんかいなければよかったのにと思った時だってあったはずだわ。駄目よ、誤魔化そうとしたって。私、あなたのことはよくわかるの。だって私は、あなたのことを愛しているから」

化粧をした途端、一切を心得た神であるかの如くにものを言う弓恵が、泰史には不思議であり不気味でもあった。しかも弓恵が口にしていることは、大きく的をはずしていない。今でさえ泰史は心のどこかで思っている。何だって萌子は弓恵に近づいたりしたんだ？ 俺の個人的な問題に首を突っ込んだりしたんだ？ まったく余計なことを——。

身勝手な言い分かもしれないが、萌子がそんな真似《まね》さえしなかったら、これほどややこしいことにはなっていなかった。お蔭で泰史は、二進《にっち》も三進《さっち》もいかない状況に追い込まれている。

気がつくと、もう死んだかもしれない人間、それも泰史のために命を落としたかもしれない妹に対して、心で恨みごとを言っている。血のつながりは半分。とはいえ、実の妹に違いはないというのに、泰史に心底萌子を案じる気持ちはなかった。案じるより、面倒臭いと思う気持ちが勝っている。お兄ちゃん、お兄ちゃん……死んでもまだ、お前は俺にまつわりつこうというのか、という思い。

われながら、ひとでなしだと思う。

（これで弓恵がいなくなってくれたら……）

自らをひとでなしだと思いながらも、泰史は続けて心で暗い呟《つぶや》きを漏らしていた。

2

電池仕掛けの人形に、完全にスイッチがはいった――。

地下鉄に揺られながら、泰史はここ幾日かの出来事を振り返るように考えていた。

「弓恵さんなんだけど、きたりこなかったりだとかえって迷惑だから、店を辞めると言いだしたのよ。腰を据えて職探しをしたいからって」

『琥珀亭』にいった時、美恵子がテーブルに料理を運んできて言った。弓恵が『琥珀亭』を辞めて職に就く。それは田島夫婦が望んでいたことのはずだった。にもかかわらず、美恵子の表情は冴《さ》えなかった。

「実は、いいとも悪いとも言う前に、斉藤先生に電話をしてみたのよ。私たちは斉藤先生に頼まれてあの人を引き受けたんであって、辞める辞めないにしたって、こっちで勝手に決められることじゃないから」

美恵子が手短に状況を伝えると、受話器の向こう側の斉藤利枝は驚いていたという。正式な職を見つけたいという希望はたしかにあった。利枝も口利きをして、そのための努力はしていた。けれども、当の弓恵から『琥珀亭』を辞めて職探しをしたいとまでは聞いていないという。

「つまりは弓恵さんの独断。いきいきしてきたのは結構なんだけど、そうなってみたら、何だかかえって前より摑みどころがなくなっちゃった感じで」

「そうなんだよ」奥から寛行もでてきて言った。「だんだん俺たちには理解不能になってきた感じ。それでうちも困っちゃってさ。——あ、ごめん。ノモちゃんのところは今、それどころじゃないよな。申し訳ない」

「ほんとだ」美恵子も急に思い至ったように、あっと目を見開いた。「ごめん。萌子ちゃんのことがあるって時につまらないことを。馬鹿だわね、私も。勘弁してよ」

恐縮した様子で言う二人に、泰史はいいんだよ、べつに構わない、と言ったが、彼らはそれきり弓恵の話を切り上げてしまった。

職がなければ食べていくのに困る。ふつう、人はまず真っ先にそれを考える。が、弓恵は違う。愛さえあれば、ほかのことなどどうでもいい。仮に人からそれでどうやって食べていくのだ、生活していくのだ、と問われようとも、もはや彼女には関係ない。それを考えるだけの余地が頭にない。それがスイッチのはいった時の弓恵だ。ただし、泰史に言わせれば、そんなものは愛ではなかった。萌子は情念という言葉を使っていたが、愛でもなければ情念でもない。妄執に近い執着だ。箍《たが》がはずれた今の弓恵に、かつての奥ゆかしさは窺《うかが》えない。

「今晩会える？」「じゃあ明日は？」「ちょっとだけでいいの。昼だって夜だって、何時だって構わない。顔を見たいの」「一度お昼に電話をちょうだい」「何時？　何時に電話をくれる？」「声だけでも聞きたいじゃないの」……。

声だけでもと言って、声が聞ければ、今度は顔を見るだけと言う。顔を合わせれば、次は抱いてとせがむ。

「今夜は一緒にいて」「朝まで抱いていて」「できればずっとあなたとくっついていたい」

……際限がない。

萌子の行方は依然として知れない。恐らくは、萌子を殺したであろう女だ。泰史にとっては、すでに鬱陶しくてならないだけの女でもある。もはや泰史も、弓恵とどんな関わりも持ちたくなかった。それでいて、弓恵を放りだせずにいる。今、彼女から目を放すのが恐ろしい。向こうが唐突に姿を消してしまうというのも恐ろしい。彼女が見えないところから何を仕かけてくるか、何をしでかすかと考えただけで、鼻柱や目の下あたりにじとっと汗が滲《にじ》む。

取材にでて、深夜に近い時刻にマンションの部屋に帰り着き、ひと息ついた時のことだった。ピンポーンと間延びしたような音を立ててチャイムが鳴った。チャイムの音を聞いた瞬間、何ともいやな感じがした。その日泰史は一日じゅう駆けずりまわっていたから、弓恵に一度も電話を入れていなかった。前日も、煩《わずら》わしさから連絡を怠った。そもそも妹を殺したかもしれない女に、なぜそこまで義理立てしなければならないのか。たしかにからだの関係は持った。だが、本当のところ、そんなことに何の意味もない。

ドアを開けると、案の定、弓恵が立っていた。コートに身を包んだ弓恵の顔には色がなく、瞳の色も暗く沈み込んでいた。夜風で冷えた陰気な顔。湿った灰色のぼろ雑巾《ぞうきん》のような様。

背筋にぞくりとするものを覚え、すぐに言葉を口にすることができなかった。弓恵もまた、底暗い眼差しをして、思い詰めたように泰史を見つめている。

「どうしたんだ?」

沈黙に堪えきれず、泰史が先に口を開いた。

「………」

弓恵は返事をしない。黙ったまま、泰史をただ見つめている。そのうちに、目にじんわりと涙が滲みだし、弓恵の瞳を薄く浸していった。

「こんな遅くに……、何かあったのか」

言い終わるか終わらないかという時、弓恵がいきなり泰史の胸に飛び込んできた。声を上げて泣くことはしなかった。それでも小刻みな震えるからだが、彼女が泣いていることを告げていた。

「帰ってこなかったらどうしようかと思った」弓恵が言った。「あなたがどこかにいってしまったらどうしようかと思った。考えていたら、私、不安で不安で居ても立ってもいられなくなってしまって……」

真綿で首を絞められるとはこのことだった。たった一日か二日、連絡を入れなかっただけでとり乱す。愛している、不安だ、心配だと言って、執拗に泰史にとり縋ってくる。そうやって、男をがんじがらめにして追い詰めていく。

化粧をしていた時の弓恵には、強くて揺るぎないものが感じられた。あの時泰史は、弓恵のからだから発せられる空気に気圧《けお》されたほどだ。中身はその時と同じくスイッチのはいった状態であるくせに、表への出方はぶれる。べつに弓恵も、意図して弱々しいふりをしている訳ではないのだと思う。ただ、著しく安定を欠いているのだ。だから逆に厄介だった。泰史はどの弓恵に照準を合わせて対処したらいいのかがわからなくなる。いっそ強いなら強いままであってくれた方が、正面切って闘える分マシだった。

(帰ってこなかったらどうしようかと思った?)

苦い面持ちをしつつも、致し方なしに弓恵のからだを受け止めながら、その時泰史は心で毒づいた。

(どこかにいってしまったらどうしようかと思った? 仮に俺がどこかに消えたって、お前はきっと突き止めて、今夜みたいにやってくる。そうだろ?)

一日の仕事を終えて、ふうと息をつきかけた時チャイムが鳴る。ドアを開けると、そこには死ぬほど思い詰めたと言わんばかりの目をした弓恵が立っている。さながら死に神のような蒼《あお》ざめた顔。泰史には、その光景が目に浮かぶようだった。

勝手に消えても無駄なこと、弓恵は影のようにどこまでも追い縋ってくる。かといって、きちんと別れ話をして、彼女と別れることも難しい。夫を殺した女だ。泰史がつき合いはもう終わりにしたい、これで関係を断ちたいと口にすれば、どんなことになるかわかったものではない。修羅場。泰史には逃げ場がなかった。

弓恵が事実萌子を殺していたとして、もしもそれが発覚すれば、弓恵の身柄は拘束される。そうなれば、泰史も弓恵との問題から解放される。ただし、今度は和臣や園子との間に修羅場が生じる。どうしてそんな女と関わったのか。どうして萌子まで巻き込んだのか――。また、もしも萌子が生きているとすれば、この先弓恵との厄介ごとが続いていくばかりか、萌子との間の面倒も続いていく。お兄ちゃん、お兄ちゃん――。どう転んでも修羅場、三方地獄のようなものだった。

泰史も、弓恵の九月二十七日、二十八日あたりの行動については、自分なりに当たってみた。しかし、今のところすべて空振りだ。萌子との接触を裏づけるようなものは何もでてこない。逆にネオ・コーポの住人のなかには、その週末、弓恵は終日部屋にいたのではないか、という人間までいた。

「私もたまたま金曜から休みをとっていたんだけど、あの人、週末、たぶん部屋で模様替えか大掃除でもしていたんじゃないかしら。土曜日も日曜日も、あの人にしては珍しくバタバタ動きまわっている感じだったし、何だかいやに出たりはいったりしていたから」

「誰かきていた様子はありませんか」

念のため、泰史は尋ねてみた。

「いいえ」階下の住人は首を横に振った。「ほかの人の気配はしなかったし、話し声もまったく聞こえてこなかったし」

前回事件を起こしてみて、弓恵も学習したことがあったのかもしれなかった。それは、人を殺してはならないということではなく、殺したことを知られてはならないということ。

地下鉄を千石駅で降りる。駅の階段を上がりながら、泰史は胸で呟いた。

（窒息死）

萌子のことではなく、泰史自身のことだった。このままいったら、泰史は窒息死する。真綿であれ何であれ、何かにまつわりつかれるのは大嫌いだった。精神が浸食されているような息苦しさを覚え、じきに頭が酸欠になる。果てに考えることすら煩わしくなり、すべてを投げだしてしまいたくなる。生きているのもいやになる。

（だからだ。だから放っておいてくれというんだよ）

歩きながら、泰史は誰に向かっていうともなく、胸の内で呟いた。

（どいつもこいつも愛したり憎んだり……何だってそう面倒臭いんだ。それがいやさに手首を切りかねない人間もいるということが、何だってわからないんだ）

ひとごろしだと思った。実際に手を下さなくても、また、精神的な死であれ肉体的な死であれ、それで泰史が死んだなら、弓恵はやはりひとごろしだ。

何の気なしにテレビをつけると、たまたま恋愛ドラマがかかっていたりすることがある。見るともなくぼんやり眺めているうち、決まって泰史は我慢ならなくなる。主人公は、ある一人の人間に恋をする。主人公の恋という感情を軸に、一切はまわっていく。見ていて泰史は思う。なぜほかの誰でもなく〝この人〟なのか――。

客観的に見れば、もっときれいで性格のいい女もいるだろう。もっと見た目がよくて頭が切れる男もいるだろう。なのになぜ〝この人〟なのか。唯一と思い込めるからこそ恋なのだろう。しかし、どうして登場人物の誰一人として、それがいっときの錯覚であり思い込みにすぎないということに気がつかないのか。馬鹿げている。

泰史も恋を否定するつもりはない。ただし、恋はいっときの錯覚だからこそ酔い痴《し》れることができる。そこを互いに理解していなければならないと思う。ハッピーエンドであれ悲恋であれ、ドラマはそこで終わるからいい。かたや現実の恋愛は、音楽とともにそこですべてが終わる訳ではない。いっときの錯覚から覚めた後は、たいがい相手の重たい存在と、それにまつわる煩わしい現実を、延々と背負っていかなければならなくなる。迷惑だった。ドラマが人生のひとこまの出来事をうつくしく切り取るかたちで見せて終わらせるから、見ている人間が錯覚する。現実でも、あたかも恋が永遠のものであるかのように絵にして額に入れ、釘で壁に打ちつけるようにとどめておこうとする。

(冗談じゃない。こんなことがあるもんか)

泰史はいつも途中で忌ま忌ましげにスイッチを切る。愛している、あなたがすべて……いつまでもそれが続く道理がないし、それを求められた日には気が狂う。

（永遠なんてありっこないんだ）

目指すビルの前に着いた。気持ちを切り換えるようにひとつ息をついてから、泰史は小さなビルの一階にある喫茶店にはいった。『タバサ』。なかを見まわす。斉藤利枝はまだきていないようだった。

彼女を呼び出したのは泰史の方だった。泰史の知る限りにおいてのことだが、弓恵のことを一番よく承知しているのは利枝だ。萌子がパソコンに残した報告書と記述によっておおかたのことはわかったが、彼女の行動パターンがもうひとつ摑みきれない。弓恵と弓恵の愛の呪縛《じゅばく》から安全に逃れるためにも、泰史はもっと弓恵のことを知っておきたかった。

利枝に電話をした時、泰史は自分が弓恵とつき合っている人間であることを話した。受話器のあちら側の利枝は、驚きのあまり一瞬声もでないという様子だった。一拍挟んだ後、静かな声で彼女は言った。そういうことであれば、自分もぜひお目にかかりたい――。

利枝の住まいは一度密かに訪ねているので承知している。地下鉄・都営三田線の千石駅が最寄りだ。だから駅の近くの喫茶店で待ち合わせをした。

泰史がコーヒーを注文し終えた時、利枝が店にはいってきた。もともと顔に色の感じられない女ではある。だが、今日の利枝はいつにもまして色のない深刻そうな顔をしているように見えた。

「お呼び立てして申し訳ありません。野本です」

立ち上がって挨拶《あいさつ》をすると、利枝は泰史の顔をちょっと眺めてから頭を下げた。

「こちらこそわざわざおいでいただいて。あの、私、もしかして野本さんにお目にかかったこと、ありましたよね?」

「ええ、『琥珀亭』で」

頷《うなず》いて言ってから、泰史は自分と『琥珀亭』の関わりを話した。ただし、寛行にも美恵子にも心配をかけたくないので、このことは内聞に願いたいとつけ加えることも忘れなかった。弓恵のことで、利枝も田島夫妻には面倒をかけているという思いがあるのだろうか。わかりました、と頷いた時、深刻そうな表情がいっそう濃くなったように泰史の目には映った。

「何からお話ししていいものか」話の口火を切るように泰史が言った。「僕も彼女の過去については、だいたいのことを承知しています。彼女が過去に犯したことの結果として、今も斉藤さんが保護司として彼女の社会復帰と更生の手助けをしていらっしゃるということも」

「過去については、弓恵さんご本人から?」

「ええ」泰史はちょっと視線を外すようにして頷いた。「それ以外にも、僕の方で調べたというか、知ったこともありますが」

たとえば、と問うように、小首を傾《かし》げて利枝が泰史の顔を見た。

「若い頃一度結婚していて、子供を産んでいたこと、そのお子さんが亡くなってしまったこと。それに、近江朽木の化粧池というところの、歌神楽女という巫女《みこ》さんの血筋らしいということなどですが」

「化粧池の歌神楽女の血筋……」

利枝が少し顔を上げて、泰史の言葉を繰り返した。視線もいくらか上に上がって、泰史の顔からずれていた。

「それはどなたから?」

利枝が、目を泰史の顔に据え直して言った。

「実は、近江朽木にまで調べにいった人間がいるんです。その人間が、弓恵さんは化粧池という土地の歌神楽女の血筋らしいと」

「違います」

きっぱりとした利枝の言葉に、泰史は驚いて彼女の顔を見た。

「それ、間違いなんです」

いくらか厳しい面持ちをして、利枝が言う。

「でも、彼女自身がそう口にしていた時期があったとか」

「それが違うんです」重ねて利枝が言った。「どうしてそんな錯誤というかすり替えが起こったのか……」

「すり替え……、それはどういうことでしょう?」

「思い込みです。あの人は歌神楽女の家の出なんかじゃないんです」

頭のなかにぽかりと空白ができていた。弓恵のことが知りたくて、泰史はあえて斉藤利枝と会った。ところが、会うなり謎《なぞ》が深まって、また弓恵の姿が見えなくなったような心地がした。

いや、そうじゃない。本当の顔が見えかけているのだ——、くらりと揺らいだ自らの感覚を立て直すように、泰史は心で思っていた。

3

内気でものごとに囚《とら》われやすく、人の気持ちに神経質で、いくぶん粘着質的な傾向のある女性。当初利枝は、弓恵という人間をそんなふうに捉《とら》えていた。人の気持ちに神経質というのは、相手が自分をどう見ているかが気になるという意味においてのことだ。相手といっても、不特定多数、世間全般の人を対象としている訳ではなく、彼女の場合、範囲は狭い。しかも弓恵は、自分が愛する相手が自分をどう思っているか、とにかくそれが気になってならない。その気持ちをすんなり表にだすことができず、内に籠《こ》もるように思い詰める。それゆえ結果としておかしなことにもなる。日頃おとなしい彼女が、過去にあんな事件を起こしてしまったのも、きっとそういう性分が災いしてのこと——。ところがここにきて利枝も、彼女という人間がよくわからなくなったらしい。今まで利枝が思っていたのとは違う側面が、顔を覗《のぞ》かせるようになったからだ。氏木弘俊の家を何度も訪れたことにしてもそうだ。二人が夫婦でいたのは、もう十五年も昔のことだ。その後弓恵の側も一度結婚している。その夫を愛しすぎたために事件も起こした。にもかかわらず、どうしてひと跨《また》ぎに十五年前に立ち返ってしまうのか。おまけに、その件で会って話をしてみれば、弓恵は驚くぐらいにしれっとしていて、自分が氏木弘俊のところに乗り込んだことも、何度か家の周辺をうろついていたことも、まるで忘れたような顔をしていたという。

「昔のことです」

どうということのなさそうな顔で、弓恵は利枝にあっさりと言った。

「あの時、私はどうかしていたんです」

あの時、私はどうかしていた——、その言葉の方が、むしろ利枝には問題だった。過去に二人の人間を殺害するという事件を起こした時も、きっと同じ状態だったに違いないし、取り調べの警察官に対しても、弓恵は同じ言葉を口にしたに違いない。今回、事件にこそ至らなかったが、過去に弓恵に起きた状態が、今度も弓恵に訪れたということであり、それはこの先も同じことが起きるかもしれないという可能性を示唆している。

およそ六年服役した。まったく問題のない模範囚。あんな凶悪な事件を引き起こしたこと自体が、魔がさしたというのか、何かの間違いだったのではないかと思うような勤めぶりだった。けれども——。

「私には、彼女を無事更生させ、社会復帰させるという使命があります」利枝は、真剣な面持ちをして泰史に言った。「ですから、自分の勝手な印象や観念に囚われないで、もっと客観的に弓恵さんのことを知らなくては、と思うようになったんです」

それで利枝は、弓恵の出自、生い立ちというふりだしから、改めて彼女のことを調べてみることにした。

「弓恵さんの身柄を引き受ける時、彼女本人は東京生まれですが、もともと家は近江朽木の出だと聞いた覚えがありました。近江朽木、化粧池というところの歌神楽女の家の出だとか。思い返せば、何か含みがあるような口ぶりだったような気もしてきて」

調べてみると、たしかに弓恵自身が、一時期自分は近江朽木の化粧池というところの歌神楽女の血筋なのだと話していたことがあったのがわかった。

「歌神楽女——、野本さんは、それがどういうものか、もうご存じなのですよね？」

利枝に問われ、泰史はこくりと頷いた。

化粧していた時、弓恵の顔は白く照り輝き、泰史を威圧せずにはおかないような強い気を発していた。単に化粧によって瞳の存在が際だったということでなく、瞳はらんらんたる光を放っていたし、視線そのものが強かった。あの時の弓恵の揺るぎない確信に満ちたような表情、言葉……泰史は本当に彼女に心の内を見透かされている思いがした。あれはまさしく託宣を告げる巫女の顔だったと思う。かと思うと、弓恵は不安に潰《つぶ》されかけているような様子で、泰史のもとを訪れてきたりする。スイッチがすでにはいっていることは明らかだが、出方の強弱がまちまちで落ち着かない。分裂していると言いたくなるほどに、彼女は安定を欠いている。それもまた、歌神楽女という憑坐的な巫女の血が、種々の女の魂を呼び込むせいなのではないか――、徐々に泰史はそう考えるようになっていた。萌子が書いていたように、弓恵と歌神楽女、両者は切り離せない。

「違うんです。ところがまったく違ったんです」

いくぶん力を込めて利枝が言った。

かつて近江朽木の化粧池というところに、歌神楽女という特殊な巫女がいたことは本当だ。一子相伝の世襲制のように、ひとつの一族が世代に一人、歌神楽女をだしていたことも事実だ。御池という姓を持つ巫女筋の一族がそれだった。が、時代の流れとともにその風習も薄れていき、御池の家は実子という女の代に、近江朽木を離れた。

「その御池実子さんというのが自分の祖母だと弓恵さんは言っていたようなのですが、実際にはそのかたは、弓恵さんのおばあちゃんではなく、幼馴染《おさななじ》み の御池真菜《まな》さんという人のおばあちゃんなんです」

「え?」

泰史は目を見開いて言ったまま、次の言葉をなくしていた。

御池真菜は、風変わりな少女だったという。時に夢遊病者のようになって、魂をなくした顔であたりをさまよう。そして幼い彼女が本来知っているはずのないさまざまなことを口にする。そのなかには、化粧池にまつわる遠い過去の話も混じっていた。ひとつことに執着を抱いた時、真菜はことにその傾向が顕著になる。ひとつこと――、執着の対象は、飼っている小鳥であったり猫であったり、また学校の友だちだったり物だったりした。いずれにしても何かに心を奪われると、真菜は様子がおかしくなる。

「もう遠い昔の話だと思っていたけど、やっぱり消すことのできない血や因縁というのはあるものなんだねえ」

そんな時、実子は真菜を憐《あわ》れむように言ったらしい。

「かわいそうだけど、あんたは人を好きになっちゃいけない。人を好きになったら不幸になる。そういうさだめなのかもしれない」

家が近いということもあれば、小学校に上がってからもクラスが一緒のことが多かったということもあって、弓恵と真菜は仲のよい友だち同士だった。弓恵は真菜と行動をともにし、しょっちゅう彼女の家に出入りするうちに、いつしか真菜と同化していった。

「同化……」なかば茫然《ぼうぜん》となりながら、泰史は利枝に言った。「それは、自分が真菜という子になってしまったということですか」

「御池真菜さんになってしまったというより、歌神楽女という特別な存在に同化してしまった、それを自分の血であり血筋の歴史にしてしまった、ということなんだと思います」

「だけど額《ひたい》にある薄い八の字は？　弓恵さんには額に八の字の徴《しるし》があります。あれは歌神楽女の徴と聞きましたが」

「野本さんは、そのこともご存じなんですね」心持ち疲れた様子で利枝は言った。「あれは、ただの偶然なのですよ。恐らくそのことも、悪い方に作用したのだと思います。歌神楽女の言い伝えにある額の徴が、真菜さんにではなく自分にあった。自分こそが歌神楽女なのだ――、いつの間にか弓恵さんのなかで、そんなすり替えが起きてしまったのではないでしょうか。おまけに氏木さんと結婚していた時にできたお子さんにも、額に薄く八の字の徴があったらしいんです。そのことが弓恵さんに、子供の頃に自分が思っていたことは紛れもない事実だったと再認識させることになったのかもしれません。歌神楽女の家系。弓恵さんの亡くなったお子さんの名前は真由ちゃんでした。真菜に真由……、そこにも弓恵さんの特別な思い入れがあるような気がして」

弓恵も、べつに意図して経歴のすり替えをした訳ではないのだろう。半分は、特殊な存在に対する憧《あこが》れ、残り半分は自己暗示。嘘《うそ》も百遍繰り返せば、口にした本人もそれが真実だと思うようになるというのと似たようなものだ。弓恵のなかでは、自分が近江朽木は化粧池の歌神楽女の血筋だということが、もはや動かしがたい事実になってしまっている。

「そうしたことが明らかになるにつれて、そこから正さなければならない問題ではないのかと、近頃私も考えるようになっていたのです」利枝は言った。「でないと根本的な解決にはならないし、本当の意味での彼女の更生も社会復帰もないのではないかと」

利枝が言いたいのは、このままでは、弓恵がまた同じようなことを繰り返すということだ。しかし、そこから正すというのは、弓恵に自分が歌神楽女の血筋、家筋などではないということを悟らせるということか。

泰史には、それだけでは済まないような思いがした。根本に、病的なまでに思い込みが激しく自らを失いやすいという弓恵持ち前の性分がある。その性分を正すことをしなければ、結局何の問題の解決にもならないのではないか。

そうはいっても、人の性格や性分など、そう簡単に矯正できるものではない。三十四年生きてきても、泰史の基本的な性格や性分が変わらないのと同様だ。しかも、弓恵の場合は、その性分に尋常でないものがあるだけに厄介だった。

「野本さんは、弓恵さんと結婚を前提としておつき合いなさっている訳ですか」

利枝に問われ、泰史はゆっくりと首を横に振った。

「正直言って、そういうつもりはまったくありませんでしたし、今もありません。彼女もそのことはわかってくれていると思っていました」

「でも、弓恵さんの側は違ったという訳ですか」

「わかりません」泰史は言った。「いったい何が望みなのかもわからなければ、彼女という人間もわからなくなって、それで思い切って斉藤さんにご連絡申し上げた次第でした」

「そうでしたか」

泰史の言葉に、利枝は沈痛な面持ちをして頷いた。

利枝も、できれば弓恵にしあわせな結婚をしてしあわせな家庭を築いてほしいと願ってはいる。ただ、彼女を知れば知るほど、今のままではどのみち無理なのではないかという思いが強まると泰史に話す。

「男であれ女であれ、結婚というのは、個と個がそれぞれしっかりしていてこそはじめてうまくいくものだし、しあわせになれるものだと思うのです」利枝は言った。「結婚云々の前に、弓恵さんには個としてしっかりしてもらわないと。結婚だけではありません。勤めにしたって同じです。長く勤められる安定した職をと思って、一時期私も彼女のために動いたりしていましたが、果たしてそれが正しいことなのかどうか、最近迷いが生じました。まだ次の職が決まった訳でもないというのに、勝手に『琥珀亭』を辞めると決めてしまったり……。職だ何だという前に、私は彼女に対してしてあげなければいけないことがあったような気がして」

出所してから三年余りつき合ってきた弓恵が、ここにきてわからなくなった原因が何にあったか、利枝にも多少は見えているはずだった。孤独と渇望が頂点に達した時、弓恵は泰史という男を知った。泰史と関わり、彼を愛した。求めていた対象を見つけたのだ。それでスイッチがはいった。人も変わった。

「困りましたね……」

嘆くように利枝が言った。その声は、顔色と同じく、彼女自身の困惑を告げるように鈍く濁った色をしていた。

困ったと言いたいのは、泰史の方だった。歌神楽女の血筋でも何でもない。彼女の行動の根拠は、生まれ持った血にある訳ではなく彼女自身のなかにある。病的に思い込みが激しくて、容易に理性の歯車が狂う女。果てに親猫が仔猫を奪われまいと食べてしまうように、愛する人間を殺してしまうひとごろし。彼女のひとつひとつの振る舞いに、こちらが理性で動機づけをしようとしたところで意味はない。ほかの誰にも通じる理屈ではない。理屈は、弓恵のなかだけで通じている。言ってしまえば、水内弓恵はただの異常者だ。泰史はその異常者と関わった。情を交した。

「これでまた何かあったら……、私はどう贖《あがな》えばいいものか」

利枝がぼそりと言葉を口にする。

どう贖えばいいのか――、その言葉の意味を問い返すような思いで利枝の顔を見た。彼女は、泰史をまったく見ていなかった。泰史には、利枝の目は泰史だけでなく現実の何ものも映しておらず、ひたすら自らの内側に向けられているように見えた。その実彼女は、弓恵の身を案じてもいない。いったいこの女の目はどこに向けられているのだ。彼女は何に対して〝贖う〟と言っているのか。

「贖う?……」

泰史は思わず利枝の言葉を問い返すように口にしていた。利枝は目線を上げて泰史を見たが、言葉は何も口にしなかった。けれども泰史の耳には、「神に」という利枝の言葉が聞こえたような気がした。「私は神に合わせる顔がない」――。

利枝は本当には弓恵の身を案じていない。案じていないことでは同じでも、泰史は自分と利枝とでは抱えている困惑と苦悩の次元が、まるで食い違っていることを感じていた。

4

弓恵が一緒に住みたいと言いだした。それを聞いた時、泰史はまさにわが耳を疑う思いだった。

萌子を殺したかもしれない女。もはや泰史は、八割がたはそうに違いないと考えている。その女が、どうして自分が殺した人間の兄に対して、厚かましくもそんなことを要求できるのか。その神経が理解できなかった。

「誤解しないで」弓恵は言った。「結婚してくれだとか、そういうことを言っているんじゃないの。ただ私は、あなたと離れていたくないのよ。いつもそばにいたいの。だから……」

結婚は、紙切れ一枚のことだ。その紙切れ一枚が、諸々の権利関係を発生させ、大いに人を煩わせることも事実だが、紙切れだけで済むならその方がマシだった。一緒に住む、暮らすということが、実際の結婚だし事実婚だ。それは泰史の最も嫌う種類のことでもある。

「僕は今の生活スタイルを変えるつもりはないんだよ」泰史は言った。「家で仕事をしているし、君とだけじゃなく、ほかの誰とも一緒に暮らすという発想はないんだ。それにいつも一緒にいたいと言ったって、それじゃ仕事はどうするつもりなんだ？　君は正式な職を探すつもりだと言っていたはずだ。だからこそ、最近しょっちゅう『琥珀亭』を休んでいる。違ったのか」

「仕事は探すわ。これという仕事が見つかったら勤めにもでるつもり。本当よ。でも、一緒にいたいの。たとえお互い昼間は外に出ていても、必ず同じところに帰ってくる——、それだけで私は安心できるのよ」

冗談ではなかった。それではやはり結婚だ。今は弓恵も仕事は探す、勤めにもでると言っているが、部屋にはいり込んできたが最後、間違いなく自分が口にしたことを忘れ、四六時中泰史に張りついているようになるだろう。愛がすべて、それ以外はどうでもいい。

君は萌子を殺しただろう。萌子を殺しておいてよくそんなことが言えるものだな——、話しているうちに苛立《いらだ》ちが募って、そう怒鳴りつけたい衝動に駆られた。だが、そう言ったところで、きっと弓恵には少しも応えるところがないだろう。弓恵は泰史のことなら何でも調べ上げている。泰史の実母の珠代が早くに他界したことまで承知していたからには、当然泰史と萌子の血のつながりが半分だけだということも心得ているはずだ。弓恵は過去、夫の愛が全部ほしくて、自分の子供を殺している。そんな彼女にしてみれば、半分だけ血のつながった泰史の妹を殺したことなど、恐らくそうたいしたことではあるまい。彼女には、愛という大義名分がある。それが絶対だ。彼女をふつうの人間と思ってはいけない。

「離れていると、不安で不安で気が変になりそうになるの」弓恵は言った。「自分が壊れてしまいそうになるの。私、あなたの邪魔はしないようにする。ただ一緒に住めるだけでいいの。いつもそばにいられたら、それでしあわせ。だからお願い」

ただ一緒にいる、いつもそばにいる——、それが泰史にとっては一番の邪魔だった。

化粧池の本当の歌神楽女の血筋の子だったという御池真菜。同性とはいえ、幼い頃、弓恵は彼女に恋していたのではなかろうか。だから彼女に同化した。むろん真菜と生涯ともに生きていくことなどできないとわかっていたから、弓恵は自分のなかに彼女を作り上げた。自分が真菜だから、子供はその名を一字とって真由。

気が変になりそうなのはこちらの方だと言いたい思いだった。執拗にまつわりついてくるこの女が、気が狂いそうなぐらいに鬱陶しくて敵《かな》わない。

ピンポーンとチャイムが鳴った。その音を耳にして、泰史は反射的に顔を曇らせていた。また弓恵か、と考える。原稿の締切りが迫っている。だから事前に今夜は徹夜仕事になるから電話はできないし電話はしないでほしいと弓恵に釘を刺しておいた。もちろん部屋を訪ねてくることとも。

「僕は家にいるんだ。部屋で仕事をしているんだ。それがはっきりしているんだから、何も君が心配したり不安になったりすることはないだろう」

泰史は不機嫌に顔を曇らせたまま返事もせずに玄関口まで歩いていくと、ドアスコープから表を覗いた。

美恵子だった。思ってもみなかった相手に驚いて、反射的にドアを開ける。

「ママ、どうしたの?」

目を見開いたまま、泰史は言った。

「ごめん、夜分に突然。すぐに失礼するから」

申し訳なさそうに美恵子は言い、黙って包みを差し出した。見たところ、木綿の布巾のようなもので包まれた、弁当か何かのようだった。

「何、これ?」

差し出された包みを受け取り、それに目を落としたまま泰史は言った。

「ノモッちゃん、萌子ちゃんのことがあるし、今、原稿の締切りもあって忙しいでしょ。私たち、何もしてあげられないから、せめてと思って」

「もしかして、差し入れ?」

「うん、まあそんなところ」

「店が終わってから、わざわざ持ってきてくれたの?」

「私が勝手にしていることよ。気にしないで」

「それにしたって……」

「ああ、これ以上いたら仕事の邪魔ね。帰るわ」一日の仕事で疲れてくすんだ顔に、明るい笑みを浮かべて美恵子が言った。「本当にごめんね、突然。それじゃお休み……って、ノモッちゃんはこれからが仕事よね。一服する時にでも食べてちょうだい。じゃあ、またね」

それだけ言うと、美恵子はくるりと踵《きびす》を返して帰っていった。吹き抜ける風のような勢いで、泰史はその後ろ姿に向かって、「ありがとう」と声をかけるのがせいぜいだった。

鍵を閉めて部屋に戻り、弁当包みを手にしたまま眉《まゆ》を寄せる。なかば茫然たる思いだった。十三年余りのつき合いになる。むろん泰史の住まいも電話も承知しているが、美恵子が泰史の家を訪ねてきたことはこれまでに一度もなかった。当然差し入れなどしてもらったこともない。身内ではなく店の経営者と店の客。だからそれでよかった。なのにどうして——。

弁当包みを開いてみる。洋食ではなく和食に近かった。三種類のおむすびに豚肉の生姜《しょうが》焼き、根菜の炊き合わせ、お新香。

泰史の唇から吐息に近い息が漏れた。わからなかった。どうして美恵子は急にこんなことをしたのか。萌子の失踪という問題を抱え、泰史が精神的に困憊《こんぱい》していると思ったからか。

違う気がした。ひょっとして美恵子は、泰史の部屋に弓恵がきてはいないかと確かめにきたのではないか。思い返せば、美恵子は明るい笑みを浮かべてみせてはいたが、表情にどこかぎくしゃくしたものがあったような気もした。

泰史は再び息を漏らして首を小さく左右に振った。それから弁当の蓋《ふた》を閉じ、包みを結び直す。美恵子が持ってきた弁当を、素直に喜んで食べる気持ちにはなれなかった。これからも、美恵子はこんなことをするつもりでいるのだろうか。ふとそう考えて、いきなり滅《め》入《い》りそうになる。迷惑だった。仮にそれが単純な親切心からであれ、泰史はこんなことなど少しも望んでいない。そういう濃い関係にならないからこその『琥珀亭』だった。でなかったら、十三年以上もの間、通い続けたりしていない。まるで身内か息子――、言葉の上ではいい。ただし、現実には言うまでもなく他人だ。それにもしも泰史のことをそこまで思ってくれているなら、どうして萌子が一人で『琥珀亭』にきたことはないなどと、泰史に嘘を言ったのか。いまだにとぼけ続けているのか。

何かが狂った気がした。思えば突如として狂った訳ではない。弓恵が現れてからだ。泰史を取り巻くものたちが、すべて徐々に狂いはじめた。

またピンポーンとチャイムが鳴る。

(何なんだ?)

今度こそ泰史の顔は大きく歪《ゆが》んだ。背筋から首筋にかけて、悪寒に近いものが走っていた。この部屋は、いつから安住の場所ではなくなったのかと、叫びたいような気分だった。

うるさい、うるさい、うるさい――。

ドアスコープで相手を確認し、漏れだしそうになる絶望的な息を懸命に呑み込む。

弓恵ではなかった。その代わりに、暗い顔をした園子がドアの前に立っていた。

(いったい今夜はどうなってるんだ?)

「ヤッちゃん、いるんでしょ? お母さんよ、開けてちょうだい」

締切り間際というのに、これではまったく仕事にならない。とはいえ、相手が園子となれば、開けない訳にはいかない。開けなければ外からやいやい電話をかけて寄越すだろうし、下手をすれば泰史の帰りを待ち受けるように部屋の前に坐り込みかねない。

ガチャリと音を立てて錠を解き、泰史はゆっくりとドアを開けた。

「お母さん、どうしたの、急に？　何かあったの？　実は今、締切り直前で――」

泰史が口にしかけた言葉を遮るように、園子が部屋のなかにはいってきた。

「お母さん」

「萌ちゃんのことで、急に思いついたことがあるのよ。どうしてもそれをあなたに訊いておきたくて」

べつに言葉を遮った訳ではなく、本当に園子の耳には泰史の言葉が届いていなかったのかもしれない。

萌子が消息を絶ってじきに二週間になる。園子はもの憑《つ》かれしたような顔色、目の色をしていたし、眼窩《がんか》は落ち窪《くぼ》んで頰《ほお》はこけ、明らかにやつれていた。当然のことかもしれないが、頭のなかは萌子のことでいっぱいで、ほかに何も考える余地はない。見るからにそんな様子だ。たったの十日か二週間で、五十四という実年齢よりも五つ六つも老けた感じがした。

「坐って」

仕事だ、締切りだ、と口にするのは諦《あきら》めて、泰史は園子にソファを勧めた。

「今、コーヒーでも淹《い》れるよ」

「いいの、コーヒーなんて。べつにお茶を飲みにきた訳じゃないんだから。それよりヤッちゃんも坐ってよ」

急《せ》くようにぽんぽんと繰り出される園子の言葉に従うように、泰史も黙って腰を下ろした。

どうして萌子は消えたのか。萌子に何が起こったのか。来る日も来る日も園子は考え続けた。懸命に記憶をたどるように、旅行にでる前の萌子の様子を思い出そうと努めもした。気にもとめずにいた萌子の日常の言動のなかに、何かヒントか手がかりのようなものがあるのではないか。そして、園子は不意に思いついた。

「このところ萌ちゃん、さかんにあなたのことを気にしていた」園子が言った。「あなたが誰かと関わっているって。ねえ、そうだったわよね、ヤッちゃん」

内心ぎくりとして、顔に狼狽《ろうばい》の亀裂が走りかける。波立つ神経を意志の力で押し隠し、泰史は平静を装った顔で園子を見た。ここで絶対に目を逸《そ》らしてはいけない。

「ヤッちゃん、本当のこと言って。もしかしてあなた、何か心当たりがあるんじゃない？ 萌ちゃん、あなたがとっても厄介な女の人と関わりかけているからって、それでずいぶん気を揉《も》んでいた。いつだったかヤッちゃんがうちに帰ってきた時、私もあなたに言ったわよね。お願いだからややこしい人と関わらないで、って。あれは萌ちゃんにお母さんからもそれだけは必ずちゃんとヤッちゃんに言ってちょうだいって、頼まれて言ったことだった」

目の前の園子の顔に、弓恵の顔がダブって見えた。

「ねえ、その人って誰？　どんな人？　萌ちゃん、その人に会ったんじゃないの？　だから私からもそう言ってくれって、あんなに強く頼んだんじゃないの？」矢継ぎ早に園子が言葉を発する。「どうなの、ヤッちゃん」

「それは……、萌子の思い込みみたいなものだよ」

　泰史は言った。

「思い込み？」

「その人とは、べつにつき合っている訳でも何でもない。それを萌子が誤解して――」

　暗く沈みながらも、底に鋭い光を宿した園子の目が、泰史の言い訳の言葉を鈍らせた。眉を寄せ、眉間《みけん》に深い翳《かげ》を作って、園子がじっと泰史の顔を見ていた。その翳には、明らかな不信の色が含まれていた。

「誤解……、だったらヤッちゃん、その人がどこの誰だか言ってくれたっていいんじゃないの？　誰なの、その人？　どういう人？」

「逆だよ、お母さん」

「逆？」

「関係がないからこそ言う訳にはいかない。その人に迷惑はかけられないから」

「萌ちゃんは、何だかとんでもなく厄介な人のようなことを言っていたけど」

「それも萌子の誤解だ」

　顔をやや俯《うつむ》けて、園子が押し黙った。身の内側に何とか押しとどめた負の感情がみるみる膨れ上がって、今にも破裂しかけているように見えた。

「誤解、誤解、誤解……みんな萌ちゃんの誤解」自分自身、黙っていることに堪えかねたように園子が言った。「萌ちゃんはあれもこれも誤解するような、そんな頭の悪い子だったかしら」

「お母さん……」

「もちろん、その人は今回のことにまったく関係ないかもしれない。旅先で何かが起きたのかもしれないし、思いもかけない事故や事件に巻き込まれたのかもしれない。でも、あの子、そのことをとっても気にしていた様子だったのよ。だから私もそこに思い至ったら、居ても立ってもいられなくなった。何としてもそのことを知っておかなくてはと思った。だからこうしてやってきたの。それでもヤッちゃん、その人は関係ないからと、何も話してくれないの？ そういうことなの？」

「……」

「わかった。ヤッちゃんが関係ないと言い切るのなら、私もそれを信じることにする」園子はバッグを抱えるように摑むと、すいと立ち上がった。「悪かったわ。仕事の邪魔をしたわね。私、帰る」

「お母さん」

あまりの引き際のよさに驚いて、泰史も思わず一緒に立ち上がっていた。

「私はヤッちゃんの言うことを信じる」

園子は泰史の顔をしっかりと見据え、もう一度繰り返すように言った。その顔を見て、泰史の皮膚の内側にじわっと冷や汗とも脂汗ともつかぬ汗が滲みだした。園子は、鬼気迫るような顔つきをしていた。黒ずんだ顔色、痩《や》せて尖《とが》ってしまった輪郭、底知れない暗さを湛《たた》えた瞳……。感情を塞《せ》き止めているものが何かひとつ崩れたら、大きく歯車が狂ってしまいそうな顔だった。

うっ、と、しゃっくりをするように咽喉《のど》の奥で小さく声を立て、こみ上げるものを懸命に呑み下してから園子が言った。

「その代わり、もしも今回のことにその人が関係していたら、私はヤッちゃんのことも許さない。萌ちゃんはヤッちゃんの実の妹よ。なのにヤッちゃんが実の妹よりもその人を庇《かば》ったんだとしたら、私はヤッちゃんのことも絶対に許さない」

それだけ言うと、園子はくるりと背を向けて、玄関に向かって歩きはじめた。その背中が小さく震えて波立っている。それが哀《かな》しみから生じた震えなのか怒りから生じた震えなのか、あるいはその両方から生じたものなのか、泰史にも判断がつかなかった。ただ心臓がどきどきしていた。

「おやすみ」

捨て台詞《ぜりふ》のような調子で言い、園子はそのまま部屋をでていった。これもまた、嵐がもたらした突風のようだった。

仕事部屋に戻って、パソコンの前に坐り直す。事実、原稿の締切りが目前に迫っている。

目の前の問題も感情もいったん棚上げにして、原稿に取りかからねばならない。頭ではわかっているのだが、一度大きく搔《か》き乱されてしまった感情と思考が、容易に元に戻らない。黒ずんだ鬼のような園子の顔。許さないという強い言葉。最後に園子が口にした「おやすみ」の言葉が、泰史の耳には「ひとでなし」に聞こえた。

続けて、美恵子が疲れた顔に浮かべた笑みが思い出された。弁当はまだキッチンのテーブルの上に置かれたままだ。美恵子が何の意図あって弁当など届けにきたのか、それがいまだにわからない。部屋のなかに一人取り残されたような思いで、弁当の包みを眺める。

ふたつの風は、すでに通り抜けていった。けれどもそれによってとり散らかったものの整理がつかない。美恵子の思いや気配、それに園子の憤りを含んだ感情が、部屋のなかに残っているし、泰史の肌や心からも離れていかない。

泰史はデスクに肘《ひじ》を突いた両腕に額を預けるようにして頭を抱えた。あっちからもこっちからも追い込まれている。最悪だった。

予想の範囲のことではあったが、やはり園子も母としての素顔を見せた。園子がお腹を痛めて産んだのは泰史ではなく萌子だ。なさぬ仲でありながら、七歳の時から自分が育てた泰史が萌子の失踪事件の原因を作ったとなれば、園子にしてみたら、飼い犬に手を嚙《か》まれたというところだろう。仮に萌子が死んでいたら、そんな譬《たと》えではとうてい済むものではない。

（がんじがらめだ）

そう思った瞬間、夜の静けさを引き裂くようなけたたましい電子音を響かせて電話が震えた。ぎょっとして電話を見る。泰史の目には、電話が身を震わせているようにも見えた。

でていったばかりの園子か。あるいは弓恵か。

受話器を取る。ただし泰史は名乗りもしなければ声ひとつ立てもしなかった。

「もしもし……」

消え入りそうな湿った声。弓恵だった。勘弁してくれというように、泰史の顔は完璧《かんぺき》にひしゃげた。

「ごめんなさい、今夜は電話しないって約束だったのに」受話器の向こうの弓恵が言う。

「でも、気になって……。ねえ、今さっき、部屋に誰かきていなかった？　女の人――」

「お袋だよ」

　空気が抜けかけたボールを投げつけるように言うと、泰史は弓恵の言葉を待つこともしなければ言葉を接《つ》ぐこともしないまま、やや乱暴に受話器を置いた。もうこれ以上ひと言だって、弓恵と話をしたくなかった。今夜は部屋で仕事をしているからとあれだけ言っておいても、やはり弓恵はどこかで部屋を見ている。泰史のことを見張っている。だからこそ、女性の訪問者があったことも知っている。それともこの部屋のどこかに、盗聴器でも仕かけてあるのか。

（馬鹿な）

　打ち消すように思いつつも、神経がざわついてくるのが自分でもわかった。同時に皮膚の感覚も尖ってくる。視線を感じた。弓恵の視線だ。くるりと背後を振り返ったら、そこに弓恵が立っているような気がした。思い詰めたような顔、昏《くら》いのに底から光を放つふたつのまなこ。万が一本当に背後に弓恵がいたら、幽霊が立っているより恐ろしい。

気持ちを切り換えるようにパソコンに向かい、書きかけの原稿を読み直す。

――脳の活力源はブドウ糖だ。あとはＤＨＡといったごく限られた微量の物質だけが脳内に到達することができる。覚醒《かくせい》時、絶え間なく変化する現実に対処すべく、瞬時たりとも休むことなく活動し続けている脳は、眠りによってしか休息を摂《と》ることができない。一日に摂取したカロリーの80％を消費しているのは脳だという。ならば睡眠の80％も、脳の疲労回復のために費やされていると言っていいだろう。睡眠を必要としているのは、肉体ではなく大脳なのだ。したがって、睡眠がわれわれの仕事や生活、ひいては人生までを左右するといっていい。すなわち、〝快眠〟こそが、現代社会の勝者の必須アイテムなのだ。ところが、近頃睡眠障害を訴える人が激増していて、サラリーマンの五人に一人が睡眠障害だと言われていて……――。

息をついた。いくら画面に目を向けていても、ただ文字を追っているだけで、まったく意識を集中することができない。園子、弓恵、美恵子、そして萌子の顔が、次々網膜に浮かんでは、泰史の思考を拡散させる。頭のなかは真っ白で、話をどういう方向に持っていってどう終結させようとしていたのか、論理と修辞の道筋を見失う思いだった。

（根拠だ。次に読者をさらに納得させる根拠を示さなければ）

思うそばから、たった今見えたはずの文章の道筋が、頭からすぽりと脱《ぬ》け落ちていく。どうにもならない苛立たしさに、泰史はうわあっと大きな声を上げて、両手で髪を掻きむしった。このままでは死んでしまう、弓恵に殺される、と思った。いや、泰史に刃《やいば》を向けて躍りかかってくるのは、弓恵ではなく園子かもしれなかった。萌子はどこにいるのか。生きているのか、死んでいるのか。死んでいるとすれば、殺したのは弓恵なのか。これまできちんと一定の距離を保ってくれていた美恵子が、どうしていきなりこんな行動にでたのか。まるで女という女が徒党を組んで、自分を追い込みにかかっているような妄想に囚われかける。いずれにしても、ひどい晩というよりほかになかった。

（どうなっているんだ？　どうしたらいいんだ？）

集中できない頭を抱えながら、嘆くように泰史は心で呟いた。

（どうしてこんなことになってしまったんだ？）

そのうちに、泰史のなかの苛立たしさは、徐々に怒りへと質を変えていった。

すべて弓恵のせいだという気がした。弓恵が本郷の町にやってこなかったら、『琥珀亭』に勤めることがなかったら、泰史の静かな生活は保たれていた。あの女が現れたばっかりに、と唇を嚙む。

萌子は、弓恵が歌神楽女という特別な女だと思い込んでいた。泰史もすんでのところでそう思い込むところだった。けれども、彼女は歌神楽女でも巫女でも何でもない。ただの偏執狂。自分勝手な愛に血道を上げて、フレームアウトするだけの厄介な女。泰史はそんな女にまつわりつかれ、ただでさえややこしい家族の絆という糸を、余計にこんぐらかせてしまった。おまけにそこに身内のように、美恵子までもが加わろうとしている。何もかもが、いやになるほど面倒臭かった。

(弓恵さえ現れなかったら)

重ねて泰史は思った。

(弓恵が消えてくれたら。あの女さえいなくなってくれたら)

園子が帰って以降、一行たりとも前に進まない画面の文字を眺めながら、泰史は自分が弓恵に明確な憎しみを抱いていることを感じていた。

5

「野本さん、いただいた原稿ですけど、十二行分、字数が足りていませんよ。その分の行数、急いで送ってください」

「編集長が心配してましたっけ。最近、野本さん本来の文章のキレっていうのかな、テンポっていうのかな、それがちょっと鈍っている感じがするって。大丈夫ですか」

「多少強引でもいいんです。とにかく読者を引き込んで、思わずその気にさせるような筆の運びでいってくれれば。野本さん、得意だったじゃないですか」

「この記事の書き方だと、前回の企画との差別化ができていない印象になりますね。うちは繰り返し同じテーマを扱っているだけに、実は内容は一緒でも、読んだ時別物という印象にならないのは一番まずいんですよ。切り口変えて、新鮮味を演出してもらわないと」

………

仕事にも支障がではじめていた。もともとこの一、二年、泰史はライターとして、ある意味で分岐点に差しかかっていたといっていい。このままでは、一介の三文ライターに終わってしまう。版元にとって便利なだけの使い捨ての書き屋。それではいずれ食べていかれなくなる。『ヴィクター』の企画会議でも、もっと自分が熱意を持って取り組める企画を泰史の側から提案していかねばならないし、『ヴィクター』から多少離れてでも、自分が本当に取り組みたい事象なり対象なりを見つけていかなければならないと考えていた。ところが、ライターとしての席どころか、『ヴィクター』の席まで危うくなりかけている。言い訳だ。しかし、べつに書き手としての泰史の力や目線、あるいは精神的な体力が衰えた訳ではなく、最近仕事に集中できていないことが最大の原因だった。弓恵がもたらした鬱陶しさが、泰史の心身をじっとりと浸して、気力を根こそぎにしているばかりか、脳のなかまでドブのように澱《よど》ませている。目を覚ますと、新たな一日がはじまろうとしていることにうんざりする。肉体を持った存在として息をしていることすら煩わしくなりかけている人間に、目を輝かして興味を持てる対象が見つけられる訳がない。キレのある文章が書ける訳がない。

何とかしなければ――、焦《じ》れるような思いで奥歯を嚙みしめる。このままでは生きていたい、いたくないに関わらず、生活していかれないようになる。ライターといえば、ちょっと聞いた分には聞こえがいいかもしれないが、自らの筆の力だけが頼りという不安定きわまりない職業だ。何の保証もない個人商売。仕事がなくなればそれまでだし、からだを壊してもお終《しま》いだ。

(そうなったら、どうやって食っていったらいいんだ？　生きていったらいいんだ？)

泰史は次第に危機感を覚えはじめていた。

知人のつてをたどり、トップ屋か業界紙の記者にでもなって、細かい記事を拾って食いつないでいくのか。力ある者にへつらい、取材相手を欺き、でっちあげに等しい記事を書いたり、脅迫ネタに近い記事を書いたり、煽情《せんじよう》的な記事を書いたり……考えただけでおぞましさに顔が歪んだ。ささやかなプライドを保つためにそれを拒めば、いずれは職を失いホームレスだ。想像は、悪い方にばかり膨らんでいく。

一方弓恵は、何としても『琥珀亭』を辞めると言って聞かないらしい。

「困っちゃったわ」美恵子が言っていた。「このところ、店にでてくるのも週二日ってとこ。次の仕事が見つかったっていうなら、こっちも諸手《もろて》を挙げて『おめでとう』だけど、今の段階でうちを辞めることは、斉藤先生も認めていらっしゃらないことだし。それであの人、どうやって生活していくつもりなんだろう」

生活のことなど何も考えていない。今、弓恵の頭にあるのは泰史のこと、何とかして泰史とともに暮らすことだけだ。愛さえあれば、あなたさえいたら……それは弓恵だけの世界で、一般社会にも通用しなければ泰史個人にも通用しない。

「そういえば、少し前、おかしな電話があったぞ」
二、三日前、芦川亘《あしかわわたる》から久しぶりに電話があった。芦川は、中学時代からの泰史の親友だ。今では年に一度と会わないが、会えばたちまちかつての親しさに戻る。子供時代の友だちというのは面白いものだ。
「かけてきたのは女だった」芦川は言った。「三年の時、同じクラスにいた岸田《きしだ》宗一《そういち》の姉さんだっていうんだ。岸田が死んだので、もしも今も持っていたら、思い出に当時の卒業アルバムがほしいとか何とか。それでいて、お前のことを聞くんだよな。『弟も芦川さんも、野本さんと親しかったんですよね。あの頃、野本さんて、何て綽名《あだな》でしたっけ？』とか『野本さんて、たしかお勉強がよくできましたよね。何の教科が得意でしたっけ？』とかさ。話しているうち、これは岸田の姉さんなんかじゃなくて、きっと野本に関係ある人間だな、とピンときたよ。だいたい弟が死んだからって、いまさら家族が中学の時のアルバムなんてほしがらないよな。こっちだってもう三十四だ。翌日ちょっと調べてみたら、岸田、生きていたよ。ひどいよな、人を勝手に死人にしてさ」

そう言って芦川は笑ったが、泰史は笑えなかった。

「その女に心当たりあるのか。悪いが、そういう女はろくなもんじゃないぞ。気をつけた方がいい」

受話器を手に、泰史は赤面する思いだった。本人はそうとは思っていまいが、弓恵は泰史に恥を掻かせている。

ろくなものじゃないということは、芦川に言われるまでもなく、もういやになるほどわかっていた。弓恵は、ひとつ知ればそれで落ち着くという女でない。ひとつ知ればまたひとつ、その次に知りたいことが生じてくる。中学時代の泰史のことなど知っても意味はないというのに、気になるとどうにもおさまりがつかない。何もかも、蟻地獄のように底がない。泰史の翌日の行動がわかっていれば安心できると弓恵は言うが、教えれば、本当にそう過ごしているかが気になる。実際言った通りに過ごしているとわかると、今度はその時何を考えていたかが知りたくなる。愛を求める気持ちにもキリがなく、肉体を求める気持ちや欲望にもキリがない。

「している時、私は一番安心できるの」

弓恵は言う。けれども、もはや弓恵とのセックスは、泰史にとって苦行以外の何ものでもなかった。だから泰史は、自分から弓恵を求めない。肉体を求められないということに、弓恵は不安と哀しみを覚え、泰史の心を疑う。泰史が肉体を求めてこないのは、もう自分に愛情を抱いていないからなのではないのか。

肉体を求めなくなったことの理由が、必ずしも愛や執着の目減りにあるとは限らない。愛情と欲望はまたべつものだ。ただし、今回のことに関していうならば、弓恵の見方は当たっていた。もともといえばもともとだが、泰史は弓恵に愛情を抱いていない。最初にあったのは、誤解に基づく興味。今あるのは、嫌悪と憎悪。泰史は弓恵が何をしでかすやらわからない女だからこそ、いまだ致し方なく関わり続けている。それだけだ。いわば義務でつながっているだけの女に、泰史は全生活を脅かされていた。

　中学時代の友人のことまで調べ上げて電話をしたぐらいだ。泰史が知らずにいるだけで、弓恵はほかにもあちこち嗅《か》ぎまわっているに違いない。泰史に対しては口にしないが、なかには泰史を嘲笑《あざわら》っている人間もいるのではないか。考えただけで気が塞《ふさ》いだ。滅入っていく気持ちの内には、当然むくむくと膨れ上がるような怒りも含まれていた。自分でも、自分の気持ちの収拾がつかなくなりかける。

「ねえ、その後、萌子ちゃんの足取りはどう？　少しは摑めた？」

　このところ、泰史は『琥珀亭』に顔をだすことも控えている。しかし、美恵子は時折そんな電話を寄越したりする。

「何せノモッちゃんの妹さんだもの。私たちも何度か会ったこともあるし、かわいいお嬢さんだけに心配で。やっぱりひとごととは思えないのよ」

　美恵子は、萌子のことや仕事で忙しいのならば、また弁当を届けるから、とも言っていた。もちろん泰史は断った。そうしたことすべてが負担になっていく。どうしてそれが十三年以上もつき合い続けてきた美恵子にわからないのか。なぜここにきて、まつわりついてくるようになったのか。

「あのさ、私、頭悪いからうまく言えないんだけど」美恵子は言う。「私たちなりにノモッちゃんのこと、息子か身内のように思っているって、それ、本当なのよ。だからノモッちゃんには……、しあわせになってほしいっていうか、いい人生送ってほしいっていうか」

斉藤利枝の依頼で、美恵子は仕方なしに弓恵を預かりはした。だが、本当のところ美恵子は、弓恵のことが嫌いなのだと思う。恐らく生理的に好きになれないのだ。その女と長年身内のように思ってきた泰史の関係がどうも怪しい——、そのことに気がついた時、美恵子のなかでも何かが変わったのかもしれない。萌子の思いと似たようなものだ。この人は、うちの店のお客さん。十三年以上のつき合いになる息子のような人。血はつながっていなくても、私の身内のようなもの——。

冗談ではなかった。

そもそも、どうして弓恵のような厄介な人間を預かることにしたのかと、思う。美恵子は利枝と過去にどういう関わりがあったのか。相手は保護司だ。その彼女から厄介な人間を引き受けざるを得ないほどの恩義とは、いったいどういう種類のものなのか。考えだすと、美恵子もまた不透明な沼に思えた。

弓恵が消えてくれれば……、気づくと、近頃いつも泰史は考えている。弓恵がいなくなってくれたら、泰史は自分をがんじがらめにしているほとんどのことから解放されるのではないか。弓恵が萌子を殺していたとしても、当の弓恵が消えてしまえば、彼女を追及することもできないし、事実を証明することも難しくなる。

泰史は、あれから一度市川の実家に帰って、萌子のパソコンのなかの弓恵や泰史に関係あるファイルをすべて削除してきた。園子がちょっと留守にした隙《すき》を狙《ねら》ってのことだ。萌子の失踪が長引いて、警察が家に出入りするようにでもなった時のことを考えると、あのファイルがパソコン内に残っているのは都合が悪い。

自分の留守に泰史が萌子の部屋に立ち入ったと知って、園子は泰史に疑いの目を向けた。それでも証拠を残しておくよりは余程マシだった。こうなってみると、斉藤利枝に弓恵との関わりを知らせる恰好《かっこう》になってしまったのは失敗だったかもしれないが、泰史と関係ができる直前に、弓恵は氏木の家に乗り込んでいる。泰史への執着はさほどのものではなかったと誤魔化すことも不可能ではないかもしれない。そもそも利枝自身が、今は弓恵という人間を捉えきれずに困惑している。実のところ、利枝もまた、弓恵という存在と縁を切り、自由になりたいと願っているのではないか。

そう考えたのは、『タバサ』で「私はどう贖えばいいものか」と呟いた利枝の言葉を耳にし、ひたすら内に向かう彼女の目の色を見たからだ。前々から感じていたことだが、泰史は利枝を見ていても、彼女の他人に対する愛情や、思い遣りの深さを感じない。いつだって、利枝はべつの次元に身を置いて、よその世界を眺めている印象がある。血の通った人間の匂いがしないのだ。なのにどうして利枝は保護司をしているのか。弓恵の面倒を見ているのか。泰史には、それが人に対する愛情や、自分が身を置く社会に対する義務や責任という人道的なものからきているとは思えない。事実、利枝が信仰を持った女なのかどうかは知らないが、泰史は、利枝にとっての奉仕は、すべてが神のための行為なのではないかという気がする。すなわち、彼女は対する相手を本当にはしっかりと見つめていない。その人間のことを思っていない。

彼女が見ているのは神。彼女が最も気にかけているのは神の目に自分がどう映っているか。だとすれば、人として何か大切なものが欠落しているという点において、弓恵とそう大きな違いはない。違うのは、現実に人を殺したか殺さないかということだけだ。

泰史は考える。仮に弓恵が不意に姿を消したとしても、さほど不思議はないのではないか。もともと弓恵は見た目には、風に煽《あお》られるままに消えてしまいそうな印象の女だ。『琥珀亭』の寛行にしたって美恵子にしたって、弓恵がふつりとやってこなくなったとしても、別段不審は抱かないのではないか。何だかよくわからない人――、ほとんどの人間にとって、弓恵はそういう存在だ。彼女に愛という執着と執念でがんじがらめにされた人間だけが、彼女の恐ろしさと厄介さを承知している。

消えてくれたら……、いくら心で願っても、弓恵は自分からおとなしく消えてくれるような女ではない。ああ見えて、弓恵は内にしたたかな生命力を秘めている。人を殺してでも生き残る。愛という思いが強ければなおのこと、相手を殺してでも自分は生き残り、相手を自らのそばにとどめておこうとする女だ。

弓恵の部屋の仏壇のような箱のなかに見た位牌《いはい》と白っぽい骨のようなものがはいったガラス瓶を思い出した。このままでいったら、泰史がいずれああなる。小さな位牌と骨の一片に姿を変えさせられて、弓恵が死ぬまで彼女のもとに置かれ続ける。場合によっては根付けにされて、財布にぶらさげられることになるかもしれない。そして弓恵は猫を飼い、その猫をこんなふうに呼ぶのだ。「ノモ」「ヤス」――。

殺《や》るか殺《や》られるかだ。泰史は思った。いずれ本物の修羅場が訪れる。そうなる前に、弓恵に消えてもらわねばならない。自分から消えていかない女ならば、強制的に消すしかない。

いくぶん籠もった電話の声、始終泰史に張りついている暗い視線、湿った言葉とともに泰史の腕に絡みついてくる細長い指……何もかもが、ぞっとするほどいやだった。あの女がいつもこの部屋にいて、四六時中じっと泰史を見つめているようなことになったら、間違いなく気が狂う。愛、愛、愛……弓恵は煩《うるさ》いほど繰り返す。そんなものにいったいどれほどの価値があるというのか。価値どころか、泰史にとっては邪魔な手枷足枷《てかせあしかせ》でしかない。

「あの人は、お兄ちゃんには最もふさわしくない人よ。あんな女とつき合っていたら、いつかお兄ちゃんも殺されるわ」

萌子の言っていたことは正しかった。弓恵はおかしい。愛という御旗の下に平気で人を殺すひとごろしだ。

（あんな女に殺されて堪《たま》るか）

泰史は唇を噛みしめた。

（あんな女のために不幸になって堪るか）

この状態で我慢を重ねていけば、いつか一気に噴出する怒りで、衝動的に弓恵を絞め殺しかねない。だが、衝動はいけない。無計画な暴挙、それでは泰史が警察に捕まる。惨めなのはたくさんだった。

殺すのだ。ただし、絶対に露顕しないように。あたかも弓恵が自らの意志で失踪したかのように、彼女をこの地上から消してしまうのだ。

いつしか泰史は拳《こぶし》を固く握り締めていた。目にも、胸中の決意を示すかのように、強い光が宿っていた。

6

『ウィークリースポット』の仕事は、突然のように降ってくる。泰史はいわゆるピンチヒッターのような役まわりだ。編集部の峰尾《みねお》礼二《れいじ》から、いつものように急な依頼の電話があった時、この時がチャンスだ、と泰史は思った。タイトなスケジュールだ。取材をこなしてからの仕事になるから、締切り日は当然家で原稿を書いている。誰もがそう思っている。事実、締切り日前に原稿を上げるというのは不可能に近い。誰の目から見ても、ほかの動きをすることが不可能な日だからこそ、決行日にはふさわしい。十月も後半にはいった。ぼやぼや過ごしていると、あっという間に師走がきて、今年も暮れていってしまう。泰史は、この年のうちに決着をつけてしまいたかった。自分にまつわりつく鬱陶しいものを切り捨てて、自分をがんじがらめにしているものから自由になるのだ。

「締切り明けの日から、二、三日旅行にいかないか」泰史は弓恵に言った。「これまでは何だか慌ただしくて、先のことをろくに相談している時間もなかった。原稿が上がるのが夕方近くなるから、夜にでる旅行になるけど。レンタカーか知り合いの車を借りるよ。それなら時間に縛られなくて済む。どこか温泉にでもいこう」

「先のことの相談？」

弓恵は泰史の顔を覗き込むようにして見た。直後、弓恵の目にぱっと明るい光が灯った。

「あなた、考えてくれていたのね。一緒に住みたいっていう私の話、考えてくれていたのね」

「だから、そういうことを旅先でゆっくり話し合いたいんだ」

ふだんの倍のエネルギーを注いで取材に当たり、原稿を書く。実のところ、食べる、寝るということを省きさえしたら、締切り日前に原稿を上げられないということはなかった。

約束した日の夜、簡単な旅支度をして、弓恵が泰史の部屋にやってきた。最近、仕事を探すという名目で『琥珀亭』を休むことがふえている。この上旅行にいくなどと気楽なことを言って店を休めば、当然それは斉藤利枝の耳にもはいることになるだろうし、何を考えているのだ、と利枝から質《ただ》されかねない。だから弓恵は、適当な理由を口にして、三日続けて休みをもらってきたらしい。むろん弓恵は、泰史と行動をともにすることは、田島夫婦にも利枝にも告げていない。

「ごめん、原稿がまだ上がらないんだ。一回版元に原稿を入れたんだけど、直しがでちゃって」部屋を訪れた弓恵に泰史は言った。「悪いけど、隣の部屋でコーヒーでも飲んで待っていてくれない？　ポットのなかにさっき落としたコーヒーがはいっている。ああ、悪いけど、僕にも一杯もらえる？」

「時間、まだずいぶんかかりそうなの？」

ポットからふたつのカップにコーヒーを注ぎながら弓恵が言った。いくらか不満げな翳った声をしていた。

「そうだな。ちょっとややこしい直しなんだ。でも、何とか上げるよ。車は借りてきているから、何時になってもでられるし。いくことはいくよ。いわば雨天決行だ」

実際には、すでに原稿は上がっていた。完成原稿だ。まず峰尾がクレームをつけてくることはない。ただ、泰史はまだそれを送信していない。送るのは、ことをなし終えた後にするつもりだった。

「はい、コーヒー」弓恵がカップをデスクに置いた。「それじゃ私、仕事の邪魔をしたらいけないから、隣の部屋でコーヒーを飲みながら待っているわね」

「ああ。べつにテレビを見ていても構わないよ」

「だけど、うるさくない？」

「大丈夫だよ、テレビの音ぐらい」

そう言って、泰史は弓恵の前でコーヒーカップに口をつけた。さもひと口飲んだかのような素振りを見せる。しかし実際には、唇をつけて咽喉を動かしただけで、泰史はその液体を、からだの内に摂り込んではいなかった。

ポットのコーヒーには、粉にした鎮静剤が溶かしてあった。催眠剤ではない。興奮状態が激しく、精神が錯乱しかけた人間をおとなしくさせるために使う類《たぐい》の薬だ。てんかん発作に用いられることもある。成分は催眠剤と共通しているので、なかには眠気を催す人間もいる。コーヒーに溶かし込んである薬の量は少なくない。ただし、べつに弓恵を昏々《こんこん》と眠らせてしまう必要はなかった。多少意識と神経がぼうっとなって緩《ゆる》んでくれれば、ことを静かになし遂げられる。

取材で使う必要もあって、『ウィークリースポット』の編集部から車を借りてあった。三日前の話だ。入稿を済ませたら返す約束だから、明日か明後日、会社の駐車場に持っていっておけばいい。

池袋を抜けて関越自動車道に乗る——、泰史は頭でシミュレーションをした。目指すは埼玉県秩父《ちちぶ》の方角だ。以前、東京の廃墟《はいきょ》、廃村という特集をやったことがある。かつて秩父の山のなかに、何千人もの人たちが暮らしていた集落があった。鉱石の採掘事業のため、家族単位で一斉に人が入植したのだ。学校もあれば病院もある歴とした村だった。ところが、昭和三十年代に廃坑となって閉山となり、人々は家も家財道具もそのままに村を離れた。結果、村は廃村となった。泰史は現地に取材にいってきた。ただし、雑誌ではその村のことは記事にならず、都内の廃墟や廃院といった、もっと都心に近い場所や建物のことが記事になった。が、朽ちかけた家々や建物が木々に埋もれるようにして並んでいるさまは、実に異様だった。家を覗くと、なかは生活が営まれていた時のままで、まるである時点でぴたりと時が止まったかのようだった。家のなかからおかっぱ頭のプリーツスカート姿の女の子がふいっとでてきても不思議ない雰囲気。あの村のことは泰史の印象に深かった。

弓恵は、その村に連れていく。自分の部屋では、ことを起こしたくなかった。ここはこの先も泰史が暮らしていく部屋だ。仕事をしていく部屋だ。血なまぐさく陰惨な気配は残したくない。催眠剤を用いなかったのは、車に乗るまでは、多少からだがぐらつこうとも弓恵に歩いてもらった方が目立ちにくいし、泰史としても助かるからだった。ならば車のなかで薬を混入させたコーヒーを飲ませてもよかったが、車を走らせはじめてしまってから弓恵が飲まないと言ったらどうするのか。それに泰史は、途中、あれこれ弓恵に尋ねられるのがいやだった。その結果として弓恵が不審を抱き、泰史がこれからしようとしていることに気づいてしまうのはもっと困る。恐らく、チャンスはそう何度もめぐってこない。

秩父までの往復だ。当然、その分走行距離がでる。編集部から疑いを持たれると面倒だから、泰史は取材には借りた車を使わずレンタカーを使った。多少メーターは多めにでていても、疑われない範囲にとどめておく必要があった。

いっとき存在しただけの山のなかの集落だ。今では地元の人間でもその村が存在したことを記憶にとどめている人は少ないし、当然村を訪れる人もいない。やがて朽ちて土に帰るだけの村。その村の一軒の家が、弓恵の終《つい》の住処《すみか》になる。

朝方には東京に戻って、この部屋から編集部に原稿を送信する。鉄壁のアリバイとは言えないが、弓恵の死体が見つからなければ泰史が疑われることもない。彼女は本郷での地味で密やかな暮らしと、利枝の監視の目が窮屈になって、自分からどこかに姿を消した――。

（殺すんだ）

泰史は思った。

（殺してこの厄介な女から自由になるんだ）

隣室からはテレビの音が聞こえている。時計を見る。弓恵が部屋にやってきてから、小一時間ほどが経った。あの量なら、三十分ほどで薬が効いてくる。そろそろ霞《かす》みはじめた不確かな意識で、見るともなくテレビの画面を眺めている頃ではないか。

泰史は静かに椅子《いす》から立ち上がり、隣室に足を向けた。顔は見えない。弓恵は泰史に背を向ける恰好で、テレビの方を向いて坐っていた。

「弓恵」

しばし背中を眺めてから、恐る恐るといった感じで声をかけた。

返事がなかった。

ことによると薬が効きすぎて、多少朦朧《もうろう》となっているのかもしれない。

「弓恵」

眠り込んでしまってなければいいが、と思いつつ、泰史はもう一度名前を呼びかけた。

突然、くるっと弓恵が振り返った。同時にケタケタという甲高い笑い声が弓恵の口から弾《はじ》けるように飛びだして、部屋のなかに響き渡った。

ぎょっと目を見開いて弓恵の顔を見る。泰史の背筋に怖気《おぞけ》が走り、腕に鳥肌が立った。

弓恵は、白い顔をしていた。白い顔にぱっちりと見開いた目があり、赤く彩られた唇がある。その口がさくりと割れて笑い声を放っていた。瞳もまた、笑い声と同じほどに強い光を発している。

化粧をした弓恵の顔。

部屋にやってきた時、弓恵はほとんど化粧をしていなかった。テレビはつけていたが、弓恵は画面は見てはいなかったらしい。テレビから流れてくる音を耳にしながら、きっと厳粛な面持ちをして、自らの顔にひたすら化粧を施していたのだろう。

目の色が、弓恵の意識の明らかな覚醒を告げていた。薬がまったく効いていない。彼女の意識は明瞭《めいりよう》すぎるぐらいに明瞭だ。

（コーヒー……）

泰史はテーブルの上のカップに目をやった。弓恵のカップは液体を湛えたままで、最初に注いだ時と比べて、ほんの一センチも減っていなかった。弓恵は、ただのひと口もコーヒーを飲んでいない。

ケタケタと、また甲高い声を立てて弓恵が笑った。

「何よ、蒼い顔をしちゃって。私、コーヒーは飲まなかったわよ。あなただって飲まなかったじゃないの」

言葉も声もでなかった。見透かされていた——、その思いに愕然《がくぜん》となる。言葉の代わりに、腋《わき》の下をたらりと冷たい汗が滴っていった。

「先のことを話し合いたいから旅行にいこうと言いだした時から、何かおかしいと思っていたのよ。わかってるわ。あなた、私を殺すつもりだったんでしょ？　私なんかいなくなればいいと思っていた。そうなんでしょ？」

違うと言おうとするように首を横に振る。しかし、顔の皮が突っ張るように強張《こわば》ってしまい、まるで子供が恐ろしいものから逃れようとして、いやいやをしているみたいになっていた。

「誤魔化そうとしたって駄目。だったらあなた、このコーヒーが飲める？」泰史を見据えて弓恵が言った。「飲めるっていうのなら、一気に飲み干してちょうだいよ」

飲めない。今、泰史の神経はかなりの興奮状態にある。だから鎮静剤のはいったコーヒーを一杯飲んだとしても、朦朧としてしまうことも眠ってしまうこともないだろう。とはいえ、ほんの少しでも明瞭さを欠いた意識で、この女と部屋で二人、対峙《たいじ》するのは恐ろしい。

「私を邪魔者にして殺そうとする。それじゃ前の主人……、保とおんなじよ」弓恵は言った。「現に私は、あの時保に感じたのと同じ気配をあなたに感じた。からだから滲みでてくる澱んだ殺気。だからコーヒーを飲まなかった。ねえ、知ってるでしょ？　私は過去にも同じ経験をしてきているのよ。なのにあなた、私がそれに気がつかないとでも思ったの？」

　松島保と同じ――、弓恵に言われてはじめて気づいた思いだった。自分の苦しみ、鬱陶しさは、弓恵に偏愛され、執着を抱かれた人間にしかわからないということは、これまで幾度も思ってきた。だが、弓恵を払いのけたい一心で、彼女に殺意を抱くということにおいても、たしかに泰史は松島保と同じ状況にあった。妻に保険金をかけて殺そうとして、反対に愛人とともに息の根を止められた馬鹿な男。

「保とおんなじ」弓恵はいくらか顎《あご》を上げて泰史を見据えながら、同じ台詞を繰り返した。「どうして男ってそうなの？　なぜあなたまでが同じ真似をしようとするの？」

　お前があまりに煩いからだ。お前が周囲の人間の歯車まで狂わせるからだ。お前にまつわりつかれていると、気が狂いそうになるからだ。死んでしまいたくなるからだ――、泰史は超然とした面持ちでいる弓恵に、胸に積もる思いを言葉にしてぶつけたかった。すべてはみんなお前のせいだ――。

　松島保も、弓恵にまつわりつかれたままでは気が狂う、自分が壊れてしまうというところまで追い込まれていたのだろう。仮に何とか自分を保てたとしても、際限なく介入してくる妻を抱えていては、いずれ仕事も生活も成り立たなくなる。いくら弓恵に生活云々と説いてみたところで、愛情至上主義者の彼女には通用しない。もともと話自体がすれ違ってしまって嚙み合わない。

いつの間にか松島保同様に、自分が馬鹿で愚かな男に成り下がっていたということよりも、弓恵に追い込まれた挙げ句、無残に命を絶たれてしまった保を気の毒に思う気持ちが泰史のなかで勝っていた。殺るか殺られるか。それは弓恵の側の台詞ではなく、保の側の台詞だった。

この女はかつて自分の亭主を殺したように、俺のことも殺す気か——、泰史はそんな思いで弓恵を見た。

艶やかに塗られた紅い唇の両端を持ち上げて、弓恵がにやっと笑った。刹那《せつな》、瞳がきらっと鋭い輝きを放つ。泰史の思いを見通したような、どこか皮肉っぽい笑みだった。

「私、殺さないわよ」

弓恵が言った。その顔は、嘲笑うような笑みの余韻を残していた。

「あなたのことは殺さない。だって私、保の一件では、さんざんな目に遭ってきたもの。六年……、六年近くもの間よ。刑務所での暮らしはもうたくさん。私だって馬鹿じゃない。ただし、私はあなたにも殺されたりなんかしない。なぜって、私は生涯あなたとともにあることが望みなんだもの」

泰史の顔に暗い翳が落ちた。顔も歪んでいた。

弓恵の言っていることはまともそうでいて、やはりおかしい。自分のことが鬱陶しくて邪魔だから殺そうとまで思っている男と、どうしてこの先やっていかれるのか。やっていきたいなどと言えるのか。

ようやく口を開いて泰史は言った。声が重たく沈み込みながらも、内に震えを孕《はら》んでいた。

「君はどうかしている」

「ふつうじゃない。おかしいよ」

「違うわ。あなた、間違えてる。どうかしているのはあなたの方なのよ」

断言するようにきっぱりと弓恵が言い放った。底から輝きを放つ二つの瞳が、しっかりと泰史の目を捉えていた。

「あなたは頭のいい人だわ。きちんとした人でもある。だから、みんなあなたのことをまともな人だと思っている。でも、本当は違う。あなたは愛という愛を拒絶する。萌子さんの愛、お母さんの愛、私の愛……私のことを殺そうとまで考えた。ひとでなし――、はっきり言って異常よ。あなたは自分に愛を注ぐ相手のことを、どういう訳だか憎むのよ。誰かに愛されると、とたんにひとでなしの冷血になる。まるでパチンとよくないスイッチがはいって別人になるみたいに。なぜなの？　どうして愛されることがそれほどいやなの？　おかしいわよ。あなた、絶対におかしいわ」

泰史はなかばきょとんとなりながら、自分に向かって言葉を吐き続ける弓恵の顔をぼんやりと見つめていた。自分とは対極にあるはずの女が、なぜかすぐ身近にいたという感じがしていた。この女と俺はそう遠くない。そのことに、自分自身、愕然となる。

愛というスイッチがはいると理性の箍がはずれて別人になる。それは弓恵だとばかり思っていた。弓恵の異常性であり狂気なのだと。だが、泰史もまた同じで、愛というスイッチがはいると別人になり、異常性と狂気が表に顔をだす人間なのか。だとすれば、根本的にまったく異なる人間同士でありながら、愛がよくないスイッチになるという意味において、弓恵と泰史は裏腹なかたちで通じていた。

「言っておくけど、おかしいのはあなたの方よ」重ねて断言するように弓恵が言った。「愛されることといやさに、相手を殺そうとまで考える。私には、どうかしているとしか思えない」

異常なのは弓恵ではなく自分。泰史の頭蓋骨の内側で、脳がくらりと揺らぎかける。

「どうしてなんだ?」脳の揺らぎに抗《あらが》うように泰史は言った。「だったら君は、どうしてそんなおかしな男と、これから先も一緒にいたいとなんか思うんだ?」

「だからさっきから何度も言っているじゃない。私はあなたのことを愛してる。あなたがどんな人間であれ、私はあなたを愛してしまったのよ。たとえどうしようもない冷血だとしても。愛していたら、一緒にいたいと思うのは当たり前のことだわ。そうでしょ? なんでそんなことがあなたにはわからないの? あなたはわかってくれないの?」

脳の揺らぎがいっそう大きくなる。おかしいのはこの女なのか、それとも自分なのか。あるいはその両方なのか。

「愛しているわ」

湿りけを含んだ声で弓恵が言った。弓恵独特の囁《ささや》きだ。泰史を見つめる瞳もまた潤んでいた。

泰史はよりいっそう大きく顔を歪めて両手で耳を覆った。弓恵から視線をはずし、顔を背ける。

どこまでも追い縋ってくるこの女が心底煩わしかった。殺されようとしたことがわかっても、まだ愛を口にするこの女とこの女の神経が信じられないし我慢ならない。二度と泰史に「愛している」などと言えないように絞め殺してしまいたい――、泰史は懸命に、自分の内側の凶暴な衝動と闘っていた。

殺るか殺られるか。この女との間に、これから先も延々とそれが続いていくのか。それを考えると気が変になりそうだった。

「病気よ。あなたは本当のお母さんが亡くなった時、病気になったのよ。なのに自分でもそれと気づかずに、病気のまんま今日まできた」

あなたはおかしい、あなたは病気……狂気の淵《ふち》にいる女が、泰史に呪文でもかけようとするみたいに囁きかけてくる。泰史は、思わず射抜くような眼差しを弓恵に向けていた。泰史を狂気の淵に招くようなこの女が、どうにもならないぐらいに憎かった。からだの芯から、殺意が噴きだしかける。

「ひとごろし」

泰史が発した殺気を肌で感じたように、弓恵が口のなかで呟いた。

「あなた、私を殺そうとした……、ひとごろし！」

泰史を見つめ、はっきりとした口調で繰り返す。

ひとごろし——、自分にはまったく似つかわしくないはずの言葉を耳にしながら、泰史は頭のどこかで、そうかもしれない、と思っていた。たとえひとごろしになったとしても、この女の愛などに縛られたくない。

殺るか殺られるか。

改めて泰史は思った。弓恵との間には、必ずまたその時がやってくる。下手は打つまい。次こそチャンスは逃がさない。たとえひとでなしの冷血、あるいは本物のひとごろしになろうとも。

7

「ヤッちゃん！　萌子がね、萌ちゃんが見つかったのよ！」

多少うわずった感じの声が、泰史の耳のなかに大きく響く。まるで携帯電話から津波となって溢《あふ》れだしてくるような園子の声だった。

萌子が見つかった——、声は泰史の耳に届いていたし、それを言葉として理解もしていた。一方で、脳がそれを受け入れることを拒絶している。萌子が生きていた。そんな馬鹿なことがあるはずがない。

萌子が失踪してから、すでにひと月近くが過ぎていた。萌子は弓恵に殺されたもの……、泰史のなかで、もはやそれは岩のように固い確信にまで育ってしまっていた。

「ヤッちゃん、聞いてる？　ああ、とにかく私、本当にほっとしたわ」電話の園子の声は次第に震えを含み、涙声に近いものになりつつあった。「ヤッちゃん、ごめんね。私ったらいっとき気が変になって、あなたにもいやなこと言った。勘弁してね。わかってよ。あなたは私の息子。萌子とおんなじかわいい子供なんだから」

「そんなことは……。だけど、どうして？」なかば惚《ほう》けたようになりながら、やっとのことで泰史は言った。「萌子はどこでどうしていたの？　何でひと月近くもの間、電話の一本も寄越さなかったの？」

「寄越さなかったんじゃない。寄越せなかったのよ」

萌子は、近江朽木から真っ直《す》ぐ東京に戻った。戻った足で、どうして池袋の方に出かけたのかはわからない。が、池袋の街で、萌子はバイクと接触して頭を打った。たいした接触ではなかったし、受けた衝撃もさほどではないと思われた。ところが、しばらく経つと頭痛がしはじめた。気づいた時には、公園のベンチに坐っていた。その時には、自分がどこの誰で、どうしてここにこうしているのかがわからなくなっていた。

「記憶喪失……」泰史は言った。「それにしたって、手帳やカード、それに携帯だって持っていただろうに」

「それが半分意識をなくしてさまようちに、みんなどこかに置いてきてしまっていたらしいの。所持品は何ひとつとして持っていなかったって。ひょっとしたら、誰かに奪《と》られたのかもしれないわね」

身ひとつの状態で、萌子は途方に暮れたようにベンチに坐り込んでいた。そんな萌子の様子を奇妙に思った青年が、ひとまず萌子を近くにある自分のアパートに連れて帰った。話をしていても、どうも様子がおかしい。自分自身を認識できていない。彼も警察に連絡することは考えた。しかし、本当に萌子が記憶をなくしているのかどうかの判断がつかなかった。何か込み入った事情でもあって、あえてそんな様子を装っているのかもしれない――。

都会の片隅で、ひきこもりに等しいような生活をしている孤独な青年だったという。対人関係は苦手だし、人間も好きではない。ただ、その時の萌子はふつうの人とは違った。間違いなく人間ではあるものの、彼には萌子が不思議な人形のように思えた。そのうちに、そんな萌子との日常が、彼にとって楽しいものになっていった。それで彼は警察にもどこにも連絡することなく、萌子とともに過ごしていた。

ところが、テレビを見ていた時、不意に萌子の記憶が戻った。恐らく映像のなかに記憶を喚《よ》び戻すきっかけとなるものがあったのだろう。何を見ていた時のことだったかは、萌子も覚えていないらしいが、突然、人形に魂が戻った。「帰る。私、市川の家に帰る」「今日は何月何日？」「大変。父も母も心配しているわ」――。

「心配しないでね」園子が言った。「萌ちゃんと一緒にいた人、ちょっと変わった人だったんだけど、それが逆に幸いしたの。萌ちゃん、べつにその人に何かされたってことはないって。つまり、萌ちゃんに被害はまったくなかったのよ」

そんなことは、泰史にとってどうでもよかった。厄介な病気を伝染《うつ》されたとか子供ができたとかいうなら話はべつだろうが、肉体の交わりなど物理的なものだ。握手と大差ないし意味もない。

「それで萌子は？」

「私も萌ちゃんもお父さんも、今、病院にいるの。記憶が戻ったとはいえ、頭を打ったんですもの、やっぱりきちんと検査をしておかないと。でも、もう少ししたら家に帰れるわ。だからヤッちゃんも市川にきて。萌ちゃんもヤッちゃんに会いたがってる」

「わかった」

そう言わざるを得なかった。失踪した妹が無事見つかったのだ。どうしたって駆けつけざるを得ない。果てしなく気が重かった。

市川の家に向かいながらも、泰史は萌子が生きて戻ったということが、まだ信じられずにいた。そんなはずがある訳ないというのに、頭のどこかで園子は悪い冗談を言ってるのではないか、などとたわけたことを考えている自分がいる。

そもそも電話で園子から聞かされた話自体が、まるでお伽話《とぎばなし》か、さもなくば作り話のようで、泰史には実感を持って感じられなかった。記憶喪失、都会にひっそりと暮らしている孤独な青年、突然の記憶の回復……何もかもが出来すぎている。それでは、まるでつまらないテレビドラマかマンガだ。この一ヵ月近く、泰史が考えていたことはどうなるのか。

萌子は弓恵と対決する恰好で会い、彼女に殺された——。

まとまらない頭を抱えたまま、市川の家にたどり着く。

「ただいま」

言った声が、いくぶん陰気なものになっていた。

「ああ、ヤッちゃん、お帰りなさい」

園子が満面の笑みで泰史を出迎えた。頰や目に、喜びが光となって渦巻いている。

「私はヤッちゃんのことも絶対に許さない」——、夜更けに突然泰史のマンションを訪れてきてそう言った、園子の黒くくすんだ顔が思い出された。その時とは、まるで別人のような生き返った表情をしている。いっぺんに活気を取り戻し、頰にも肌にも張りが戻ってきている。最愛の娘が無事帰還したのだ。当たり前のことだろう。それでも泰史の目には、いきなりの園子の変わりようが不気味なものに映った。

「検査の結果はどうだった?」靴を脱ぎながら、泰史は園子に尋ねた。「萌子、大丈夫なの?」

「脳波も正常だったし、MRIでも異状は見つからなかった。でも、もう少し詳しい検査をしてみるつもり。先生がたぶん問題ないだろうと言ってくれているから、私もお父さんもあんまり心配はしていないんだけど。まあいずれにしても、本当にほっとしたわよ」

「萌子は?」

「思っていたより全然元気よ。今は自分の部屋で休んでる。休んでいるっていっても寝ている訳じゃないから、顔、見にいってやって」

「うん」

着ていたコートを園子に預け、リビングには寄らずに二階に上がる。階段を上がるうち、ひとりでに心臓がどきどき言いはじめていた。何だか部屋のなかにいるという幽霊を、あえて見にいこうとしているような気分だった。それはきっと泰史が一度頭のなかで、萌子を死者として葬ってしまったせいだろう。ある時点から、すでに萌子は泰史にとって、生きた人間ではなくなっていた。かわいそうな埋もれた死者。

部屋のドアをノックする。なかから「はい」という応答があった。聞き覚えのある萌子の声。「はいるよ」と断ってからドアを開ける。

萌子は、ベッドの上にいた。ヘッドボードに背をもたせかける恰好で坐り、大学ノートのようなものに目を通していた。紛れもない生きた姿の萌子。

萌子が黙って泰史を見る。ほんの二、三秒のことでしかなかったと思う。そのわずかな時間が、泰史にはひどく長いものに感じられた。凪《な》いでいるが、静かに泰史を非難し詰《なじ》るような萌子の冷やかな眼差し。

「萌子、お帰り」

ほかに口にする言葉も見当たらず、笑みらしきものを顔に浮かべて泰史は言った。ただし、声は表情を完全に裏切って、低く陰鬱なものになっていた。

「ただいま」

愛想のない声で萌子が応える。

「具合はどう？　大丈夫なのか」

「今はね。だけど、ひどい目に遭ったわ。たかだかひと月足らずのこととはいえ、何だか浦島太郎になったような気分よ。もうひとつ感覚が現実に馴染まなくて変な感じ。でも、からだの方は問題ないわ」

「いずれにしろ、無事に帰ってこれてよかったよ」

「よかった？」ちらっと上目遣いに泰史の顔に視線を走らせながら萌子が言う。「そうかな。本当のところ、お兄ちゃんにとっては、私が帰ってこない方が都合がよかったんじゃないの？」

「帰ってこない方がよかっただなんて、そんなこと」

「パソコン、見たわよ。ひどい人ね」

萌子が生きて戻った以上、こんな場面がやってくることはわかっていた。が、いきなりそこを突かれて、泰史の肌にとたんに冷や汗が噴きだした。

泰史は萌子のパソコンを見て勝手にファイルを削除した。けれども、萌子がその行為自体を非難しているのではないことはわかっていた。問題は、何を思って泰史がそうしたかだ。萌子は、その心根を責めている。

「お兄ちゃんは、私がどこでどうしているかを心配するより、彼女との間でトラブルが起きたのではないかということの方を心配した。そういうことよね。何しろあの人、ひとごろしだものね。私があの人に殺されている可能性だって考えられないことじゃなかった。お兄ちゃんは、それを隠蔽《いんぺい》するためにファイルを消した。お父さんにもお母さんにも、警察にもファイルのことを話さなかった。要は私の身を案ずるよりも、あの人を庇ったのよ。妹よりもあの頭のおかしいひとごろしの女を。それって、あんまりよね」

「それは誤解だ。僕はべつに彼女を庇おうとした訳じゃない」

「でも、現にファイルを削除しているじゃない。自分と彼女にとって都合の悪いファイルを」

「……自分で、少し調べてみるつもりだったんだ」

「どう？　で、調べて何かわかった？　仮に何かわかったとしても、お父さんにもお母さんにも誰にも話さず、どうせ自分の胸だけに仕舞っておくつもりだったんでしょ？　お兄ちゃんてそういう人。保身よ。お兄ちゃんはわが身かわいさにファイルを消したのよ。厄介ごとに巻き込まれるのがいやで。要はそういうことよね。冷たい人」

「萌子――」

「安心して」皮肉な笑みを浮かべて萌子が言った。「お父さんにもお母さんにも何も言っていないから。言っとくけど、べつにそれはお兄ちゃんのためじゃない。二人を悲しませるのは私の本意じゃないから」

聞けば萌子が弓恵と会ったのは、やはり『琥珀亭』でだけではなかったという。店の外でも、二人は二度、べつに接触を持っていた。

弓恵は泰史にはふさわしい女ではない。抱えている過去が悪すぎるし、性格というより人間性そのものが信用できない。このままでは、必ず泰史が不幸になる。そう考えて、萌子は弓恵にこれ以上泰史に関わらないでくれるように頼むため、彼女に会いにいった。ほぼ泰史が想像していた通りの展開だった。

「あの人、約束した店に、きちんとお化粧をしてやってきたっけ。顔も態度も表情も口調も……何から何まで『琥珀亭』で会った時とは別人みたいで怖いようだった。妙な自信に満ち溢れていて、いくら私が頼んでも聞く耳を持たない。『私は野本さんを愛しているんです』の一点張り。本当なら、愛しているならなおさらに、自分は身を引くべきだと考えるのがふつうじゃない？　だって、あの人には前科がある。それもひとごろしの前科よ。なのに、あの人にはまったくその発想がない。話しているうち、底知れず気味の悪い人だと思ったわ。この人は絶対にどこかおかしい、歯車が狂っている、って。だから私はさらに彼女のことを調べたのよ。パソコンを見たんだから、そのために私が近江朽木にいったことは、お兄ちゃんももちろん知っているわよね？」

歌神楽女の血筋、化粧、巫女、憑依《ひょうい》、禁じられた愛欲……それを知って、余計に気味の悪さと嫌悪が強まった。東京に帰ったら、萌子はもう一度弓恵に会いにいこうと考えた。彼女は出自そのものがふつうではない。多少弓恵を脅してでも、もう泰史には関わらないと、今度こそ彼女にしっかりと約束させなければならない。

「それがどうして池袋なんかにいったのか……、そこがいまだにわからないのよね。自分でも思い出せないの。もしかすると、あの人と会う約束をしたのが池袋だったのかもしれない」

そこでの突発的な事故。バイクと接触したというのは本当で、事故自体は、弓恵と何の関わりもないことだという。

「それじゃ、東京に帰ってきてからは、彼女とは会わなかったのか……」

「事故に遭って、会い損なったのよ」

萌子の失踪には、弓恵が関わっている。彼女が萌子を殺した。泰史のなかで現実と同じぐらいに堅牢《けんろう》に出来上がっていた事実が瓦解《がかい》していく。いや、事実ではなく妄想。いったい自分は何を見て、何を考えていたのかと思う。自分が今、目に映しているものは、果たして本当に現実なのか。

「いずれにしても、あの人、おかしい」萌子が言った。「異常よ。根本のところで話が通じないのは、何かが一本大きく狂っているからだわ。でも、私、家に帰ってきて思ったわ。あの人もおかしいけど、お兄ちゃんもおかしいって。お兄ちゃんには、心がない。何か大事なものが、ごっそり欠落してる。でなかったら、実の妹の行方がわからなくなっているっていうのに、肝心のファイルを消して口を拭《ぬぐ》っていることなんか、ふつうは絶対にできやしないわ。しかも私は、お兄ちゃんのために動きまわっていたのよ。そのなかで災禍に遭った可能性だってあったっていうのに、それを承知していながら、お兄ちゃんは知らん顔をして黙っていた。ただ自分のことだけを考えていた」

言葉を口にするうちに、激してくるものがあったらしく、徐々に萌子の声のトーンが、内に圧力を持ったものになっていった。瞳も、鋭い光を放ちはじめている。その光のなかに、内側の怒りが覗いていた。

「パソコンを見て、最初私は愕然としたわ。私の見間違いかマシンのトラブル、さもなければ、やっぱりまだ頭がどうかしているのかと思った。でも、お母さんからお兄ちゃんが私のパソコンを調べていたと聞いてわかったわ。妄想でも何でもない。みんなお兄ちゃんがしたことだって。がっかりして、涙もでなかった。お兄ちゃんは家族も見捨てるような人なんだとわかって、悲しみよりも落胆が勝ったのよ。冷たいなんて言葉じゃ全然間に合わない。はっきり言って、血の通ったふつうの人間の神経じゃない。そういうの、何て言うか知っている？」

そこで萌子は、いったん言葉を切って泰史を睨《にら》んだ。静かだが、燃えるような目をしていた。

「ひとでなしよ。お兄ちゃんはひとでなしよ」

ひとでなし――、弓恵が言ったのとまさに同じ言葉を、目の前の萌子が泰史に向かって口にしている。それが不思議に思えた。その一方で、泰史は二人の女がそう言うのだから、自分はひとでなしなのかもしれない、とも思った。ひとでなしならひとでなしで構わない。べつに自分に無理を強いてまで、温かい血の通った心ある人間になどなりたくない。

「黙ってないで何とか言ってよ」

「悪かった……」

仕方なしに、泰史は詫《わ》びの言葉を口にした。泰史が萌子を見捨てたことは事実だ。詫びずにやり過ごすことはできない。

「謝ったからといって許してもらえるとは思わない。でも、悪かった。萌子、本当にごめん」

「そうよ。謝ったって駄目よ」萌子が言った。「私はお兄ちゃんを許さない。でも、勘違いしないでよね。お兄ちゃんのことを許さないんじゃない。私はお兄ちゃんがこのままひとでなしであり続けることを許さない」

泰史はちょっと眉を寄せるようにして萌子を見つめた。いやな予感がした。あっという間に胸にひろがった暗雲が、泰史の顔の上にも翳を落とす。

「だって、お兄ちゃんは私のお兄ちゃんだもの。家族だもの」

それが絶対的な事実であり、正義であるかのように萌子が言う。その顔は澄みきった確信に満ちていて、凛《りん》としたうつくしささえ感じさせた。それが逆に泰史にはおぞましかった。

「私たち、兄妹だわ。お父さん、お母さん、お兄ちゃん、私……家族だわ。そうでしょ?」

萌子は、泰史が自分という妹さえ平気で切り捨てたひとでなしだと承知している。にもかかわらず、なお、お兄ちゃんだ、家族だと口にしている。ひとでなしの兄との血の絆を断ち切ろうとはせず、さらに強固に結び直すことを考えている。

「ほかの人に対しては、どうあろうが関係ない。だけど、せめて家族の間ぐらいは……。だって、何といっても家族が一番の拠《よ》りどころじゃない。そうでしょ？」

両手で耳を覆いたい衝動に駆られた。萌子も弓恵と同じだった。同じ思考の回路を持ち合わせている。片方は愛、片方は家族、それぞれ言葉は違っても、それを絶対のもののようにふりかざして、泰史をがんじがらめにしようとする。

（狂っている）

澄んだ眼差しをした萌子の顔を見ながら、泰史は思った。愛の狂信。家族の狂信。

（やっぱりこの女もどこかおかしい。どうかしている）

部屋のドアをノックする音がした。振り返ると、明るい笑みを顔に湛えた園子がドアの隙間から顔を覗かせた。

「ねえ、ヤッちゃん、今晩、もちろん夕飯食べていくわよね。安心したら何だか急にお腹が空いちゃったから、早めにお鮨でもとって夕飯にしようかって、お父さんと話してたところなの」

帰りたい。たった今、萌子の前からも園子の前からも姿を消したい。だが、それが許されない。

「お鮨、いいわね」ベッドの上の萌子が、園子そっくりの笑みを浮かべて言った。「どうせなら私、宅配のじゃなくてちゃんとしたお鮨屋さんのがいいな」

「やあねえ、わかっているわよ。今日ぐらい奮発しますって」

母娘がともに笑い声を上げる。

部屋にひろがる平和な空気を、泰史の肌は異様なものとして捉えていた。事故に遭い、一ヵ月近くもの間記憶を失っていた娘。一応無事に戻ったとはいえ、この空気はあまりに日常に過ぎる。萌子を保護したという青年との間に、本当に何事もなかったとどうして信じられるのか。医師からまず心配ないと言われたにしても、萌子にしてもそうだ。その顔つき、目つき、口調……すべてはひと月もの間、完全に記憶を喪失していた人間のそれではない。酒を飲んでひと晩のうちのたった何時間かの記憶を失っただけでも、人はとんでもなく不安を覚えるものだ。にもかかわらず、ひと月近くも記憶をなくしていたはずの人間が、なにゆえこうも堂々としていられるのか。自信に満ち溢れたものの言い方ができるものか。

何か変だった。納得がいかない。

「ヤッちゃん、今夜は泊まっていきなさいよね」なかば命令するような口調で園子が言った。「仕事がある、帰る、はなしだからね。今夜は萌ちゃんが無事戻ってきたお祝いの晩なんだから」

逃れられない。

「ヤッちゃん。あなたは今、べつのところで暮らしているけど、紛れもない私たちの家族なのよ」泰史を見据えて園子が言った。「大事な大事な家族の一人なの。私にとってヤッちゃんは、萌ちゃんと同じ私のかわいい子供。家族のうちの誰が病気になっても不幸になっても、家族みんなが不幸になる。家族って、いってみれば運命共同体なのよ」

背筋がぞくりとした次の瞬間、泰史はすべてが見えたような気がした。当初、萌子が家にも連絡を入れずにいたことは本当だろう。だが、本当のところ、ある時点から萌子は、家には連絡を入れていたのではないか。すなわち、萌子は事故にも遭っていないし、一時的に記憶を失っていた訳でもない。ひきこもりの孤独で親切な青年など、この世のどこにも存在せず、萌子はホテルかどこかにいた——。

「お母さん、お兄ちゃんは今、とんでもなく厄介な女の人とつき合っているの。人を二人も殺して服役していたような人よ。万が一、そんな人が家族になるようなことがあったら大変だわ。お兄ちゃんも私たちも、みんな滅茶苦茶になる。仕事なんかどうだっていい。とにかく私はそんなことになるのだけはいやなのよ」

野本の家族を守るため——、萌子のそんな言葉に乗せられるように、園子まで芝居に加わった。だとすれば、園子の感覚も狂っている。

夜遅く部屋に弁当を届けにきた美恵子の顔が唐突に脳裏に甦《よみがえ》った。ことによると、途中から美恵子も萌子から事情を告げられていたのではあるまいか。思えば美恵子は萌子の「お願い」に負けて、萌子が一人で店にきたことを泰史に対して隠していた。今度も泰史から弓恵を引き離すためだという萌子の「お願い」に負けて、美恵子は泰史に知らんぷりを通したのではないか。とはいえ、泰史との間には、十三年余りにも及ぶつき合いがある。

弓恵をひき離すためとはいえ、泰史を騙《だま》しているのはさすがに美恵子としても心が痛む。あの差し入れは、泰史に嘘をついているという後ろめたさがさせたこと。電話も然《しか》り。つまり、美恵子も共犯。

「さて、じゃあお鮨、頼んでおくことにするわね」翳りない口調で園子が言う。「今夜は六時頃から夕飯にしましょう」

下のリビングにいるであろう、和臣のことが思われた。和臣はどんな顔をして、今晩これからこの母娘の茶番劇に加わろうというのか。

今、自分が思っていることが、事実かどうかはわからない。もしかすると泰史は、ひとり妄想の沼に陥っているのかもしれない。だが、もしもそれが事実だとすれば、誰もがおかしかった。萌子も、それに巻き込まれた園子も美恵子も和臣も、誰もかもが狂っている。

弓恵に殺意を抱いたのと同様に、泰史は目の前の萌子に殺意に等しい憎悪を覚えた。この女が目障りでならない。存在自体が我慢ならない。我慢をすれば、こちらが息が詰まって死にそうになる。園子にしても同様だった。もはや美恵子にしたところで、萌子や園子とたいして違わない。誰も彼もが鬱陶しい。

(ひとごろし)

泰史は心で呟いた。現実に、目に映っているのは萌子の顔だ。が、泰史の脳裏には、弓恵の、園子の、そして美恵子の顔が浮かんでいた。

(ひとごろし)

頭に浮かんだ女たちの顔を眺めながら、もう一度呟く。
（俺じゃない。お前たちがひとごろしだ）

エピローグ

夜の新宿の街の人込みを、人と肩を触れ合わさないように意識しながらすり抜けていく。どこからともなく無尽蔵に湧《わ》きだしてくる人間たち。通りを埋め尽くすようなタクシー。大漁旗のように、上からずらりとテナント名の並んだビルの原色の電飾看板……。派手で猥雑《わいざつ》で品がなくて、自棄《やけ》っぱちな空気が漂うこの街が、泰史は好きになれなかった。そのくせ本郷を離れて新宿にきた。遠くに逃れたところで、べつに意味はない。人込みに紛れてしまうのが、やはり一番手っ取り早いし確実だった。

泰史は、弓恵にも市川の両親や萌子にも告げず、まるで夜逃げのように本郷のマンションの部屋を引き払った。『琥珀亭』の田島夫婦にも、むろん何も告げずに本郷をでた。思い切って、ライターの仕事からもいっとき離れることにした。どうせフリーの身だ。一年休んだからといって、何かが大きく変わる訳ではない。だから、今は仕事はしていない。どこの版元とも、また誰とも、泰史は連絡をとっていない。少しの間で構わない。泰史は、自分を縛る一切のものから自由になりたかった。

あの状況に身を置き続けていたら、きっと泰史は、自分を殺すか相手を殺すか、たぶんそのどちらかだったと思う。とにかくありとあらゆることが、面倒臭くてならなかった。愛だの家族だのということだけではない。起きること、食べること、着替えること、風呂にはいること、考えること、寝ること……指一本動かすことすらしたくない。突き詰めれば、生きていること自体が億劫《おっくう》でならなかった。そんな状態では、どのみちまともな仕事などできるはずがない。貯金を食い潰《つぶ》すまで、あるいは弓恵か萌子に肩を摑《つか》まれてしまうまで、泰史はこの街の雑踏に紛れるようにして無為に時を過ごすつもりでいた。どうせひとでなしだ。そこにろくでなしが加わったところで大差ない。それに人間、いつかは必ず死ぬものだ。それを思うと、急に肩の荷が降りたように気が楽になった。生の裏側にある死というものに、泰史は今、救いを見出《みいだ》していた。死ねばすべてが終わりになる。今頑張ってみたところで、明日死んでしまうかもしれない。

新宿の若松町《わかまつちょう》にアパートを借りた。１Ｋ。かろうじて風呂はついているものの、ほとんどひと間に等しいアパートだ。だが、その方が安心できた。今の泰史は、やどかりが外敵から身を隠すように、貝のなかに身を潜めているようなものかもしれなかった。

二月。一年のうちでも最も寒さの厳しい時期だ。サングラスをかけて帽子を目深にかぶり、コートの襟を立てて、繁華街を通り抜ける恰好《かっこう》で早足で若松町の方向に歩いていく。寒さを凌《しの》ぐためというより、知った人間と顔を合わせたくなかった。誰かに見つかりたくない。声をかけられたくない。なかでも弓恵や萌子には、絶対に見つかりたくない。時にショーウィンドーに映った自分の姿にぎょっとする。丸まった背中、ぎょろぎょろとして落ち着きのない目……まるで逃亡者のそれだと思う。

せかせかとあたりに視線を配りながら歩くのにもふと疲れて、泰史は何気なしに空を見上げた。月は見えない。空のどこかにでているのかもしれないが、目に喧《やかま》しいような周囲のネオンが、それを隠してしまっている。

女の客を狙《ねら》った若いホストが、二、三人でたむろしている。すらりとした痩《や》せ型の長身、やや日に焼けた小麦色の肌、斑《まだら》に染めた長めの髪。どれも見た目は悪くない。それでいて、細いからだにソフトスーツをまとった姿は、まるでスーツがかかった脱け殻のようで、中身がまったく感じられなかった。顔だちは整っていても、通りをいく女のなかから客を拾おうと狙う目は、腹を空かせた野良犬のように飢えている。むろん女に飢えている訳ではない。彼らが飢えているのは金だ。泰史には、彼ら一人一人の区別がつかない。どれもこれもが同じ顔をした、実体のない幽霊に見えた。

数人の若い男の一団が、ぐったりとした若い女を担いでいく。酒のせいなのか、あるいは薬のせいなのか、担がれている女に意識はない。仮に死体であったとしてもおかしくなかった。抱えていく側も、介抱するという担ぎ方はしていない。まさに仕留めた獲物を持って帰るという体《てい》だ。これからあの女はどうなるのか。道行く人は、ちらりと一団に目を向けはしても、そのまま黙って通り過ぎていく。一、二分後には、一団のことも忘れている。

『青娥《せいが》』という店の脇を通り過ぎる。ここは半月ほど前、殺傷事件が起きた店だった。客が二人死んだ。殺された二人は知り合いではなく、たまたま同じ時刻に居合わせて、突然店にはいってきた見知らぬ男に刺し殺された。二人を殺した犯人は、まだ捕まっていない。

水色のスーツに身を包んだ長い髪をした女が、泰史の脇を通り抜けていく。すれ違う瞬間、香水と化粧の匂《にお》いが薫った。セットした髪、完璧《かんぺき》な化粧を施した顔。その女が、軽やかな足取りで『青娥』のなかにはいっていく。人が殺された店では、今夜も宴《うたげ》が営まれる。怖《お》じ気もなく、女はその店へと出勤していく。

新宿は嫌いだ。けれども、この街に身を置いてあたりの人間を眺めていると、泰史は自分がまともに思えてくる。彼らに比べて、ということではない。この街に巣食う人間と同じ程度にまともという意味でだ。もはやこれがふつうなのだ。誰も彼もどこか一本ネジが外れているか緩《ゆる》んでいる。それが致命傷になるかならないか、恐らく違いはそれだけだった。聖職者のような顔をした斉藤利枝にしても同じだった。相手の人間ではなく、神を見つめて奉仕する女。泰史には、それがまともな人間だとは思えない。

若松町のアパートに帰り着き、ストーヴをつける。コートを着たまま、畳の上に坐って途中で拾ってきた新聞を開く。

『母親が三歳の娘をせっかん死』『十四歳の少年が同級生を刺殺』『コンビニ強盗の犯人は十五歳と十六歳の少年少女の二人組』『足立区で連続通り魔事件』『男二人、女三人、計五人のネット心中』……相変わらず、三面記事は忙しくも賑《にぎ》やかだ。仮に『文京区本郷のレストラン〝琥珀亭〟で、店主が妻を刺殺』という記事を見つけても、泰史はもはやべつに驚かない。それどころか、こうした新聞記事のなかに加害者として自分の名前がでることも、被害者として自分の名前がでることも、今の泰史にはさほど距離のない現実に思えた。泰史も含めた誰もがおかしい。何でもありの世のなかだ。したがって、加害者、被害者、自分がどちらになっても不思議はない。泰史はそんな病んだ世のなかにいる。気づかぬうち、泰史自身が病んでいた。

ドアをノックする音がした。午後八時二十五分。こんな時刻に泰史の部屋を訪ねてくる人間はいない。夜だけでなく、この部屋を訪ねてくる人間は、今、誰もいないはずだった。

身構えるようにしながらも、泰史はゆっくり立ち上がった。泰史の脳裏に二人の女の顔が交互に浮かんだ。どちらであろうと同じだった。病の種類は違っても、二人も泰史と同じく病を内に抱えた病人たち。

またノックの音がした。部屋の明かりはついている。このままやり過ごすか、あるいはドアを開けるか、泰史は迷った。ドアを開けてみたら、そこには弓恵でもなければ萌子でもない、べつの人間が立っているかもしれない。同じなのは、その人間もまた病んでいるということだろう。

足音を殺しながら、ゆっくりとドアに向かって歩きはじめる。ドアを開けるか開けないか、まだ泰史の心は決まっていない。ドアを開けた結果、自分が加害者になるのか被害者になるのか、それもまた、泰史にはわからなかった。

ドアのノブに手をのばしかける。未来を自らの手で開くというのはこういうことなのか。前に向かってのばされた泰史の手は、薄い木のドア一枚向こうの未来に怖けるように、かすかな震えを発していた。

ふと思った。夜空に、月はでているのだろうか。

（了）

新装版あとがき

「愛」という文字を目にしたり、「愛している」という言葉を耳にしたりすると、愛は好ましく望ましいものと、多くのかたが思うのではないでしょうか。誰《だれ》かを愛し愛されたい――。

本書『人殺し』は、敢《あ》えてその逆をいきます。即ち、愛ほど鬱陶《うっとう》しいものはない。孤独好みで自由に生きている主人公・野本泰史は、自分と同じようなタイプと思われ、何やら謎《なぞ》を抱えている水内弓恵と出逢《であ》い、摑《つか》みどころのない女性だと思ったからこそ、彼女を追い求めました。ところが――。

「愛情お化け」という言葉があるとすれば、弓恵はまさしく「愛情お化け」。彼女にとっての愛は激しい執着。愛するあまり人さえ殺しかねないほどに。泰史に愛情を注ぐ継母の園子も、今の家族での完結を願う腹違いの妹の萌子も、同じく「愛情お化け」。泰史はこの二人の「愛情お化け」嫌さに家を出たのだったかもしれません。泰史の憩いの場であった『琥珀亭』の美恵子までもが、彼には「愛情お化け」に見えてきます。

もしも誰かに部屋のスペアキーを勝手に作られたり、行動の一部始終を監視されていたり……そんな目に遭ったら、皆さんも恐怖とともに、堪《たま》らない鬱陶しさを覚えるのではないでしょうか。「こんな女、死ねばいい」――泰史のなかでも、愛が殺意に変わる瞬間が訪れます。

本書は、二〇〇九年に『ひとごろし』としてハルキ文庫から刊行された作品を『人殺し』と改題のうえ新装版にしたものですが、各章には月に因《ちな》んだ章タイトルがつけられています。実は、月こそがストーカーという言葉の始まりとも。いつもどこまでもくっついてくる。くっついてきてこちらを見ている――月は美しいだけの存在ではないのです。愛もまた然《しか》り。

刊行から十二年が経《た》った今も変わらぬストーカー被害の多さとその執拗《しつよう》さが、いかに愛本来のありようをはき違えている人が多いかを、物語っている気がします。

ラスト、居を移して逃れた泰史の部屋のドアを、夜、ノックする人物がいます。皆さんは、誰がドアの外に立っていると想像したでしょうか。ノックしたのもノックされたのも、あなた自身でないことを、私は切に祈りたいと思います。

二〇二一年五月

明野照葉

本書は二〇〇九年十月にハルキ文庫として刊行された
『ひとごろし』を改題し、新装本にいたしました。

Haruki Bunko
ハルキ文庫

あ 18-4

人《ひと》殺《ごろ》し 新装版

著者 明野《あけの》照葉《てるは》

2009年10月18日 第一刷発行
2021年 8月18日 新装版 第一刷発行

発行者 角川春樹

発行所 株式会社角川春樹事務所
〒102-0074 東京都千代田区九段南2-1-30 イタリア文化会館

電話 03(3263)5247(編集)
03(3263)5881(営業)

印刷・製本 中央精版印刷株式会社

フォーマット・デザイン 芦澤泰偉
表紙イラストレーション 門坂 流

ISBN978-4-7584-4427-9 C0193 ©2021 Akeno Teruha Printed in Japan
http://www.kadokawaharuki.co.jp/[営業]
fanmail@kadokawaharuki.co.jp[編集] ご意見・ご感想をお寄せください。

明野照葉の本

棲家《すみか》（新装版）

恋人のために、新しい部屋を探しはじめた中内希和は、一軒目に紹介された物件を一目見て気に入ってしまう。それは、風変わりな洋館だった。家賃五万円、赤みの強い錆色をした瓦屋根、動植物を象ったレリーフや幾何学模様のモザイクのある外壁、軒先飾りや破風飾り、フレンチウィンドーのテラス……。希和にとって最高の部屋に思えた。さっそく引っ越した希和は恋人を招き、幸せな時間を過ごそうとするのだが——。傑作サスペンス小説。

ハルキ文庫